JAN HOLMES
KAINS KÖNIGSWEG

Jan Holmes

Kains Königsweg

Roman

© 2014 AAVAA Verlag

Alle Rechte vorbehalten

1. Auflage 2014

Umschlaggestaltung: AAVAA Verlag
Coverbild: Jan Holmes, http://dasmussteraus.blogspot.com

Printed in Germany
AAVAA print+design

Taschenbuch:	ISBN 978-3-8459-1263-9
Großdruck:	ISBN 978-3-8459-1264-6
eBook epub:	ISBN 978-3-8459-1265-3
eBook PDF:	ISBN 978-3-8459-1266-0
Sonderdruck:	Mini-Buch ohne ISBN

AAVAA Verlag, Hohen Neuendorf, bei Berlin
www.aavaa-verlag.com

Alle Personen und Namen innerhalb dieses Buches sind frei erfunden. Ähnlichkeiten mit lebenden Personen sind zufällig und nicht beabsichtigt.

# Teil Eins

Der Moment, an dem sich mein Leben änderte, war die Sekunde, als das Schreien aufhörte. Wäre dies ein Film, sähe man erst einmal nichts. Jetzt den aufgerissenen Mund, dann das Gesicht, zu dem der Mund gehört, man würde den Schrei hören, den langgezogenen, durchdringenden Schrei, der nicht aufhört. Die Kamera wird dann irgendwann zurückfahren, immer mehr von der Szene enthüllen, man sieht das Auto, oder das, was davon noch übrig ist, das Innere des Autos seltsam zusammengedrückt, gestaucht, darin Körper.

Die magische Kamera wird mithilfe eines geheimnisvollen Tricks durch das Dach des Wagens fahren, und jetzt sieht man die Szene von außen: Das Auto ist mit hoher Geschwindigkeit vor einen Brückenpfeiler gerauscht, man hört nichts weiter, nur diesen Schrei, der nicht aufhören will. Die Scheiben des Autos sind zersplittert, die Reste hängen an ihren Rahmen sinnlos herunter, das Blech ist zerknittert, die Farbe aufgeplatzt. Die Perspektive erweitert sich, der Schrei wird leiser, man sieht Rauch aus der Motorhaube aufsteigen, die Landschaft, grüne Wiesen liegen friedlich abseits der Straße, sie kümmern sich nicht um den Unfall, Vogelgezwitscher überlagert jetzt den Schrei, der immer noch nicht aufhört, andere Autos fahren langsam am Ort des Geschehens vorbei, halten aber nicht an.

Wäre dies wirklich ein Film, gäbe es jetzt eine Explosion, einen lauten Knall, eine Feuer- und dann eine Rauchsäule, die in den Himmel steigt. Dann gäbe es eine Einblendung, den Namen eines Schauspielers oder den Titel des Films in kantigen Buchstaben, die an den Rändern ein wenig angefressen sind und andeuten wollen, dass jetzt etwas Heftiges kommt, dass man jetzt etwas sehen und erfahren wird, das einschneidend ist, scharfkantig wie die Buchstaben über der Szene. Aber das hier ist kein Scheiß-Film, es gibt keine Explosion, keine Einblendung oder sonstigen Mumpitz, das Auto raucht einfach nur ein wenig weiter vor sich hin, die Szenerie bleibt so, wie sie ist, keine dramatische Musik.

Das Einzige, was einem Film entnommen worden sein könnte, ist das Ausblenden des Bildes, das berühmte „fade to black", das in meinem Kopf passierte.

Wir waren mit diesem Auto unterwegs, einer Familienkutsche, die Mutter am Steuer, die Söhne unterhielten sich über irgendetwas. Unsere Mutter war eine gute Autofahrerin, kein Zweifel, sie fuhr zügig, aber immer sicher, sie wusste um die wertvolle Fracht. An diesem Tag war irgendetwas anders, ich weiß bis heute nicht, was es war, kann nur vermuten, was sich vorher ereignet hatte, aber ich will nicht spekulieren. Verstehen Sie, ich will überhaupt nur Tatsachen sprechen lassen, also, „meine" Tatsachen, denn irgendwie ist ja alles immer nur die Interpretation einer Tatsache, nie wirklich die eine und objektive Wahrheit.

Wenn es so etwas überhaupt gibt. Wissen Sie zum Beispiel, dass wir überhaupt dasselbe sehen, wenn wir von der Farbe „Rot" sprechen? Könnte es nicht sein, dass Ihre Augen Farben ganz anders aufnehmen, sie Ihnen diese ganz anders vorspielen? Kann es nicht sein, dass, wenn ich die Farbe „Rot" sehe, Sie etwas sehen, was ich als „Grün" empfinden würde, wozu wir aber beide „Rot" sagen, weil wir uns im Laufe der Zeit darauf geeinigt haben, dass eine bestimmte Farbe mit „Rot" bezeichnet wird, völlig egal, wie der Einzelne sie „wirklich" sieht?

Aber ich möchte Sie nicht mit Farbenlehre langweilen, hier geht es nicht darum, ob wir irgendetwas auf identische Weise wahrnehmen werden, ich möchte vielmehr erfahren, ob diese Wahrnehmung eine allgemeine Gültigkeit haben könnte, ob man sich gleichsam außerhalb seiner selbst hinstellen kann und sagen: So, das ist jetzt unvoreingenommen und unbestreitbar die Farbe „Rot" oder die Länge von einem Meter oder, und hier kommen wir der Sache schon viel näher, gut oder böse. Geht das? Denken Sie mal nach, es lohnt sich. Ich verbringe Tage und schlaflose Nächte damit, mir diese Frage zu stellen und nach einer Antwort zu suchen. Gibt es den Königsweg der richtigen und guten Tat vor, sagen wir Gott, einer Instanz, die unbestreitbar entscheiden kann, dieses oder jenes sei wahr oder richtig?

Meine Antwort auf diese Frage ist bis heute: nein. So etwas gibt es nicht, und deswegen möchte ich diese Geschichte erzählen, aus meiner Perspektive, durch meine Augen, mit den Voraussetzungen, Gefühlen und Meinungen, die mich das als „Rot" sehen lassen, was

Sie vielleicht ganz anders wahrnehmen. Ich möchte mich nicht rechtfertigen, ich möchte nicht, dass Sie nachher sagen, ich hätte richtig gehandelt, recht gehabt oder Sie könnten mich verstehen oder wenigstens nachvollziehen, was mich antreibt. Ich nehme in Kauf, dass dieser Fall eintreten könnte, dass Sie sagen: „Gut gemacht", und ich nehme auch in Kauf, dass ich damit vielleicht das Unrecht fördere, dass ich im Endeffekt doch gar nicht recht habe …

Aber mir wird recht geschehen, da bin ich mir ganz sicher, und das ist vielleicht auch der wirkliche Grund, warum ich diese Aufzeichnungen begonnen habe, von denen ich nicht weiß, wohin sie mich (und Sie) führen werden. Ich bin mir sicher, dass ich bekomme, was ich verdiene, denn ich habe das Gesetz gebrochen. Nicht nur ein von Menschen gemachtes Gesetz wie Falschparken oder Abfall in eine Parkanlage werfen, hier geht es um eherne, ewige, allgemein gültige Gesetze, die vor ein paar Tausend Jahren einmal in Stein gemeißelt worden sein sollen. Eines dieser Gesetze lautet: „Du sollst nicht töten."

Als ich im Auto saß, das nicht explodieren wollte, und nicht von oben auf die Szene sah, wie es im Film wahrscheinlich passiert wäre, kamen mir all diese Gedanken nicht. Der vorangegangene Exkurs tut mir leid, ich fange gerade erst an, zum ersten Mal in meinem Leben, so etwas wie Ordnung in meine Gedanken zu bringen, und Ihnen mag das alles unzusammenhängend und wirr vorkommen. Ich werde mich bemühen, mich so verständlich wie möglich auszudrücken und Überflüssiges wegzulassen, soweit es geht.

An die Sekunden vor dem Aufprall kann ich mich nicht erinnern. Ich saß hinter meiner Mutter im Wagen, mein großer Bruder vorne, neben ihr, mir halb zugewandt, irgendetwas erklärend, wie er es so häufig tat. Gestenreich erläuterte er mir etwas, und ich schäme mich zuzugeben, dass ich nicht richtig zuhörte, dass ich das letzte, was mein Bruder mir in seinem Leben sagte, nicht mehr hervorrufen kann aus den Tiefen des Gedächtnisses, aus dem Sumpf der Gedanken, die diesen schrecklichen Tag umranken.

Es knallte. Hätte mir jemand später gesagt, dass ich stunden- oder gar monatelang in diesem Auto lag, ich hätte es geglaubt. Es müssen aber nur Minuten gewesen sein, ein harter Schlag auf meinen Kopf, das Zerquetschen meiner Beine, das Brechen meines Armes, und mein Gehirn sagte sich wohl, dass es besser ein paar Momente aussetzen würde, um mich vor dem Schock zu schützen. Dann, diese undefinierbare Zeit später, erkannte ich das Wageninnere vor mir, der Fahrersitz ganz schief, durch die Lücke zwischen Lehne und Kopfstütze sah ich die Haare meiner Mutter, strähnig, obwohl sie sie frisch gewaschen hatte.

Ich dachte an diesem Moment wirklich an die Haarpflege meiner Mutter! Der Grund, warum die dunkelblonden Wellen ihrer Haare so strähnig, so verklebt waren, war die unglaubliche Menge Blut, die aus ihrem Kopf strömte, durch die Haare floss, langsam, wie schwarzer Honig. Meine Augen wanderten in Zeitlupe herüber, mein Blick streifte das Loch, an dessen Stelle vorher einmal die Windschutzscheibe gewesen war, die jetzt zur Hälfte heraushing, ich sah den schwarzen Gummirahmen des Fensters und meinen Bruder, der reglos da saß, sein Kopf in einem merkwürdigen Winkel verdreht.

Und dann hörte ich den Schrei, durchdringend, nicht enden wollend. Es war ein Schrei gegen den Tod, ein Schrei aus Angst zu sterben, diese Welt verlassen zu müssen, viel zu früh, jetzt.

Mit dem Schrei kamen die Schmerzen. Man hat mir später gesagt, was alles mit meinem Körper passiert ist, und die unzählbare Menge an Narben überall an meinen Beinen, meinem linken Arm und was weiß ich, wo sonst noch, ist Zeuge für die Verletzungen, die mich nicht umbrachten. Es ist ein Glück, dass der menschliche Körper Schmerz empfinden kann, um zu warnen, um einem zu sagen, dass etwas nicht in Ordnung ist, dass man sich um irgendetwas im Körper kümmern muss … aber es ist ein noch viel größeres Glück, dass ein guter Geist in unserem Kopf zu bestimmten Zeiten diesen Schmerz mindern kann, weil wir sonst unweigerlich wahnsinnig werden müssten.

Ich kann und will nicht wissen, was es bedeutet, mit zwei zersplitterten Beinen und einem Arm, aus dem ein Teil eines gebrochenen

Knochens durch die Haut stößt, auch nur eine einzige Sekunde bei vollem Bewusstsein warten zu müssen. Eine einzige Sekunde, die sich bis in alle Ewigkeit ausbreitet, den Körper nur noch Schmerz sein lässt, eine einzige wunde Stelle, in die die Zeit mit jedem Moment ihr Salz reibt.

So aber fühlte ich nur ein dumpfes Unbehagen, ein Gefühl wie einen leicht schmerzhaften Druck, das Empfinden, dass irgendetwas mit meinem Körper nicht in Ordnung war. Ausgelöst wurde diese Empfindung durch das Schreien, dieses Kreischen, das andauernde Geheul in Todesangst, das ich noch heute hören kann, das mir in den Ohren brüllt, wenn es ganz still ist und das mich damals in die Realität zurückholte. In eine Realität, die mir wie ein Traum vorkam, denn das konnte doch nicht sein: Wir alle, die ganze Familie lag in einem Wrack von einem Wagen, der eben noch von sicherer Hand geführt über die Bahn schoss und jetzt mit einem Schnitt der Beginn eines Films mit scharfkantigen Buchstaben im Titel sein könnte.

Den Gedanken, meine Mutter habe den Brückenpfeiler absichtlich angesteuert, weil sie all das nicht mehr ertrug, habe ich mehr als einmal in die Abgründe des Unmöglichen zu verbannen versucht, aber diese schreckliche Vorstellung steigt immer wieder hoch ans Licht meines Bewusstseins wie kleine Luftblasen, die unermüdlich an die Oberfläche wollen.

Ich habe versucht, die Tat, sollte sie absichtlich geschehen sein (bitte Mutter, verzeih mir, wenn ich dir damit Unrecht tue), als einen Akt der Barmherzigkeit zu sehen, als die letzte, fürsorgliche Handlung einer Mutter für ihre Söhne, die sie in einer Welt, der sie nicht gerecht werden konnte, vernachlässigen musste und allein lassen, nur um dafür zu sorgen, dass wir morgens nicht nur trockenes Brot zu essen hatten, sondern „mithalten" konnten mit dem Leben.

Warum meine ich nun, dass mich der Arm des Gesetzes über kurz oder lang doch noch erreichen wird? Nun, ich schreibe diese Zeilen hier nicht, um ein Geständnis abzulegen und mich selbst ans Messer zu liefern, ich werde vielmehr dafür sorgen, dass diese Notizen (wenn überhaupt) erst nach meinem Tod an die Öffentlichkeit gelangen können, oder ich ändere alle Namen und Orte ab. Nein, ich schreibe das hier, um mir selbst klar zu werden darüber, was ich getan habe. Papier ist geduldig, ich lege hiermit vor mir selbst Rechenschaft ab, damit ich nie vergesse, was passiert ist.

Aber wie könnte ich vergessen, dass ich meinen Bruder umbrachte?

Ich war erst 16, um genau zu sein: 15 Jahre, 11 Monate und 25 Tage, es passierte eine knappe Woche vor meinem 16. Geburtstag, der so groß gefeiert werden sollte, wir hatten schon alles geplant. Ich hatte mir meinen Lieblingskuchen ausgesucht, den Mutter mir backen würde, ich hatte eine Liste mit Geschenken geschrieben. Es war eine lange Liste, wobei ich genau wusste, dass ich nur über den Kuchen schon so glücklich sein würde, dass alle anderen Geschenke überflüssig waren, aber trotzdem schrieb ich all das auf, was mir fehlte, was ich gern gehabt hätte.

Wie grausam das meiner Mutter gegenüber gewesen sein musste, verdrängte ich in diesem Moment. Ich träumte, ich dachte, ich könnte mit dieser Liste, mit diesem langen Stück Papier einen Teil meiner Träume verwirklichen und sei es lediglich dadurch, dass ich sie formulierte, statt sie nur ständig in meinem Kopf zu behalten, sie zu pflegen, sie wachsen zu lassen, bis sie anecken und meinen Geist bluten ließen.

Mein größter Wunsch zu diesem Geburtstag war ein neues Fahrrad, denn ich hatte im letzten Jahr einen ordentlichen „Satz" gemacht, war mit einem einzigen Schub so schnell gewachsen, dass ich jetzt zu den Größten - oder sagen wir: Längsten - in meiner Klasse gehörte, während ich in den Jahren zuvor beim Wettstreit, wer denn schon die größten Schuhe benötigte, immer sang- und klanglos untergegangen war. Nachdem ich das alte Kinderfahrrad meines Bruders geerbt und jetzt lange genug genutzt hatte, wollte ich ein eigenes, ein neues Rad, und ich sollte es haben. Geheimnisvolle Aktivitäten vor dem Jahrestag meiner Geburt ließen mich neugierig werden und irgendwann unseren Keller durchsuchen, wo ich es fand.

Ich weiß nicht, was getan wurde, um mir dieses Geschenk zu machen, aber es war das Traumrad, ein metallener Blitz in Alarmrot mit allen Extras, die man sich wünschen konnte und die ich mir auch tatsächlich gewünscht hatte. Natürlich stand auf meinem Zettel nur „ein Fahrrad", es hieß noch nicht einmal „ein neues Fahrrad" oder „ein Fahrrad, knallrot wie ein Feuerwehrwagen", aber welche Mutter könnte ihren Sohn nicht wie ein offenes Buch lesen?

Entschuldigung, ich schweife ab.

Ich musste den Schrei verstummen lassen, um meinetwillen und um seinetwillen, es war einfach nicht zu ertragen, für mich nicht und für ihn auch nicht, wie ich hoffe. Klar, jetzt bin ich der barmherzige Samariter, der den eigenen Bruder vor seinen Schmerzen oder sonst was schützen wollte und ihn deswegen tötete. So ein Unsinn. Was war sonst der Grund? Neid, so wie bei Kain? Ich weiß es nicht, aber ich hoffe, dass mir diese Aufzeichnungen etwas Klarheit bringen.

Doch ganz egal, was der Grund war, eines steht fest: Ich habe getötet, und niemand weiß davon. Trotzdem meine ich immer, man könne mir meine Sünde ansehen, könne in meine Augen tauchen, auf den Grund meiner schwarzen Seele sehen und dort erblicken, was ich Schreckliches getan habe. Wie heißt es? „Die Augen sind der Spiegel der Seele." Oder das Fenster zur Seele? Wenn das stimmt, müsste ich schon lange hinter Schloss und Riegel verschwunden sein. Vielleicht sind die Menschen aber auch einfach nur blind und sehen sich gegenseitig nicht in die Augen, sondern lieber nur vor die Stirn, auf der bei mir kein Kainsmal sichtbar ist.

Ich fange lieber mal vorne an …

Teil Zwei

Eins

Vater verließ uns, als ich noch ein Säugling war. Das Einzige, was ich von ihm kenne, ist ein Bild, das ich einmal zufällig in einer Schublade im Schlafzimmer meiner Mutter entdeckte. Sie erwischte mich damit, und ich habe es später nie wieder gesehen. Das Foto war eine alte Schwarz-Weiß-Aufnahme mit einem gezackten Rand, das meine Eltern wahrscheinlich in ihren Flitterwochen zeigte. Sie standen vor einem alten VW Käfer, meine Mutter in einem gestreiften Minikleid, mein Vater mit einer dunklen Stoffhose und einem Hemd, das er halb aufgeknöpft hatte.

Die Arme meiner Mutter waren um seine Taille geschlungen, sie lehnte sich an ihn, während er lässig eine Zigarette hielt und sonst kaum zu merken schien, dass sie da war. Im Hintergrund gab es außer ein paar verschwommenen Hügeln wenig zu sehen, ich weiß bis heute nicht, wo das Bild aufgenommen wurde und habe mich auch nicht getraut, danach zu fragen. Die Perspektive des Bildes war leicht schief, wahrscheinlich hatten sie die Kamera irgendwo hingestellt und das Bild mit Selbstauslöser aufgenommen, vielleicht fragten sie aber auch nur jemanden, der das Bild machte und den Apparat nicht gerade halten konnte.

Was sagten ihre Augen? So kurz, wie ich das Bild gesehen habe, so deutlich haben sich mir doch ihre Gesichter eingeprägt. Meine Mutter, glücklich, verliebt, ihr schmales Gesicht umrandet von einer aufgesteckten Frisur mit einem hellen Haarband, ihre vollen Lippen wahrscheinlich rot bemalt wie ein Pin-Up der 50er-Jahre, diese sexyschüchterne Art, wie man sie auf alten Postkarten sieht. Mein Vater dagegen lehnte sich an den Wagen zurück, rauchend, selbstbewusst, dunkles, leicht lockiges Haar, lange Koteletten, ein insgesamt schneidiges, etwas aufsässiges Auftreten, so als wolle er sagen: Guck nicht so blöd!

Aber ich habe das Bild nie wieder gesehen. Einmal fragte ich meinen Bruder danach, aber er hatte auch keine Ahnung, ob meine Mutter diesen Beweis ihrer gemeinsamen Vergangenheit mit unserem Vater, ihrem Ehemann, vernichtet hatte, um endgültiger vergessen zu können, noch wusste er überhaupt von der Existenz des

Bildes. Wäre mir nicht der tadelnde Blick meiner Mutter im Gedächtnis geblieben, als sie mir das Bild wegnahm und mich auf mein Zimmer schickte, ich hätte mir einbilden können, das Foto nur in einer der alten Zeitschriften gesehen zu haben, wie sie beim Friseur auslagen und in denen ich blätterte, wenn ich darauf wartete, dass meine Mutter sich zu Weihnachten neu herrichten ließ.

Damals ging es uns wahrscheinlich besser, ich kann mich an die frühen Jahre meiner Kindheit nicht erinnern, aber ich weiß zumindest, dass es damals noch nie geheißen hat: Nein, das können wir uns nicht leisten, das ist zu teuer, das ist aber sowieso überflüssig, verstehst du nicht, dass das unnützer Luxus ist? Das kam erst später.

Luxus. Was fängt man als kleines Kind damit an? Für mich wurde „Luxus" im Laufe der Zeit zu etwas Lächerlichem, etwas, das nur dumme Leute brauchten, Snobs, die ihre Nase hoch trugen, die nie im Dreck gewühlt hatten und die sich Sachen leisten konnten (und das auch taten!), Sachen, die sie nie im Leben brauchten, Sachen, mit denen sie sich schmücken und behängen konnten, hinter denen sie sich versteckten, mit denen sie sich maskierten. Aber ich wusste ja, warum sie das taten: nicht etwa, weil sie es konnten, nein, der Grund war der, dass sie nicht arm, aber armselig waren, sie brauchten diesen Müll, diesen teuer erkauften Schrott, um von sich abzulenken, um zu verschleiern, dass sie nichts zu bieten hatten. Armselige Arschlöcher.

Für mich wurde Luxus etwas ganz anderes. Im Sommer fuhren wir natürlich nicht weg, dazu fehlte das Geld. Wenn die anderen Kinder in meiner Schulklasse nach den großen Ferien davon erzählten, wie sie in Italien am Strand gelegen hatten, wie sie in den Bergen gewandert waren, auf einem Schiff gefahren oder einige ganz besonders Beneidete sogar mit einem Flugzeug geflogen waren, stand ich nicht daneben. Ich wollte mir diese Geschichten nicht anhören, die diese Angeber absonderten, die vielleicht sogar erstunken und erlogen waren. Klar, Oliver, du bist mit einem Schiff gefahren, wer soll das glauben? Wahrscheinlich war's ein richtiges Piratenschiff, denk nochmal genau nach, so war's doch, oder? So eins, wie das, worüber wir in der Schule gelesen haben, im Buch „Die Schatzinsel", richtig, genau so eins war es doch?

Ich hielt mich abseits und dachte an unsere Form von Luxus: den kleinen Garten hinter unserem Reihenhaus, die Tage in der Plastikwanne, spielend mit den Sachen, die Vater noch gekauft hatte und die ich jetzt ebenso wie das Fahrrad meines Bruders benutzte, wie seine Hosen, Hemden und zu oft gestopften Socken, die ich verbrauchte, bis nichts mehr davon übrig war.

Es ging uns besser, als Vater noch da war. Naja, mir nicht, ich war ja noch ein kleiner Wurm, der mit einer Flasche, ein wenig warmer Milch zufrieden war. Aber Timo, mein Bruder, der fast zehn Jahre ältere, hat noch die volle Breitseite mitbekommen, die komplette Ladung an Liebe in Form von Geschenken, die die fehlende Zeit ersetzen sollten, die Vater nicht da war, auf Montage, wie es immer hieß.

Was das bedeutete, sollte ich erst viel später erfahren, aber nur so viel: Wenn ein Mann Wochen und Wochen nicht zu Hause ist, ist die Versuchung, sich von irgendeiner kleinen Nutte verführen zu lassen, obwohl zu Hause die liebende Frau mit den beiden Söhnen wartet, viel zu groß, als dass mein Vater, der Schwächling, sich dagegen hätte wehren können. So wurde mir zumindest berichtet.

Warum erzähle ich Ihnen das alles? Glauben Sie bloß nicht, dass ich Ihr Mitleid will, davon hatten wir schon genug, als mein Vater weg war. Als er *endlich* weg war, sagte meine Mutter immer. Sie wollte sich lieber allein mit ihren Kindern durchschlagen, sie zu ehrlichen und guten Menschen erziehen, als sich noch länger mit einem betrügenden Gauner abgeben zu müssen, dessen dreckiges Geld ihr Sachen kaufte, Luxus, der sie mit Ekel erfüllte.

Nein, Ihr Mitleid ist mir völlig egal, wir wurden überschüttet damit. Von Nachbarn, von wohlmeinenden Verwandten, die glaubten, ihr Bedauern würde uns helfen, über den „Verlust" hinweg zu kommen. Blöde Besserwisser, die jetzt meinten, meiner Mutter erzählen zu müssen, dass sie es ja schon immer gewusst hatten, ja, bereits vor der Hochzeit, als die beiden sich kennenlernten, hätten sie gesagt: Das geht doch nie gut, der ist nichts für unsere Maria. Ha!

Die heilige Maria, die sich mit so einem Typen einließ, einem Frauenheld (wie man hörte), einem Trinker (wie man vermutete), das konnte doch nichts werden.

Und sie alle kamen der Reihe nach an, bemitleideten meine Mutter, saßen bei Kaffee und Kuchen, den sie selber mitbrachten, da wir ja jetzt so mittellos waren, guckten traurig aus der Wäsche, als seien *sie* verlassen worden und verschwanden dann nach einer knappen Stunde wieder (wichtige Termine warteten!). Und das Einzige, was man später noch von ihnen sah, waren ein paar lieblose, vorgedruckte, zum Kotzen hässliche Weihnachtskarten.

Nein, Mitleid hatte ich genug, von allen Seiten, von Kindergärtnerinnen, von Mitschülern, die ich dafür hasste. Es war mir lieber, irgendein kleiner Scheißer versuchte, mich in der Schule damit aufzuziehen, mir damit einen Schlag zu verpassen, indem er mir hinterher sang: „Dein Vater sitzt im Knahast." Das war einfach. Ich wartete nach dem Unterricht auf ihn, und er wusste genau, was die Stunde geschlagen hatte. Er konnte von Glück sagen, dass er noch seine Milchzähne hatte und dass man teure Jacken waschen und wieder nähen konnte.

Solche Typen waren einfach ruhig zu stellen und einfach zu hassen. Aber mitleidige Blicke und verständnisvolles Nicken, wenn man die verschlissene Schultasche des älteren Bruders unter dem Pult stehen hat, statt einen kreischend bunten Kasten, den man haben muss, um etwas zu gelten, diese Blicke kann man zwar hassen, aber man kann ihre Besitzer nicht verprügeln, dazu reicht der Anlass einfach nicht aus.

Einmal ließ ich mich gehen und verpasste einem von ihnen eine Ohrfeige, als wir zusammenstanden und vom Wochenende erzählt wurde, von Ausflügen, von Kinobesuchen und anderem mehr. Als die Reihe an mir war und ich nichts sagte, nickte er nur und sagte etwas wie: „Ach ja, stimmt …" Zu Hause wartete meine Mutter auf mich und meinte, Michaels Mutter habe angerufen, ich hätte ihren Sohn geschlagen. Es gab keinen Grund, das zu leugnen, und die strafenden Blicke der heiligen Maria zeigten mir, dass ich zu weit gegangen war, aber ich wusste: Mitleid und Verständnis von Leuten, die es viel zu gut meinen, sind ein besserer Nährboden für Hass als offene, ehrliche Feindseligkeiten.

Also sparen Sie sich Ihr Mitleid, ich versuche hier nur, meine Gedanken zu sortieren, und je mehr ich das tue, desto mehr Teile des Puzzles, das meine Biographie ausmacht, tauchen aus dem Strom der vergangenen Zeit auf. Ich sitze mit einem Kescher am Ufer und fange die kleinen Stückchen nach und nach ein, betrachte sie kurz und lege sie dann auf den Tisch, jedes an seine Stelle. Manchmal finde ich die Stelle nicht sofort, weiß nicht, wie ich die kurze Episode, den schnellen Gedanken einordnen soll, aber ich muss das Teil ablegen, um es loszuwerden und damit sich später alles zu einem großen Bild zusammenfügen lässt. Auch habe ich keinen Einfluss darauf, in welcher Reihenfolge die Teile auf mich zuschwimmen, ich muss einfach nehmen, was da ist, sobald es da ist.

Und was war der Grund dafür, dass mein Vater im „Knahast" saß? Einiges der Geschichte hat mir Timo erzählt, anderes habe ich mir später zusammengereimt und aus einzelnen Artikeln der Tageszeitung herausgesucht. Mein Vater war kein Mörder, so wie ich einer bin, eigentlich war er ein kleines Licht, ein Gelegenheitsgauner, der Leuten im Gedränge im Bus oder an der Schlange im Supermarkt ein paar lausige Scheine aus der Tasche zog. Um sein Gehalt aufzubessern, hatte er leider die Angewohnheit, seinem Hobby auch während der Arbeitszeit nachzugehen, und irgendwann erwischte er die Tasche seines Chefs, die er um etwas Bargeld erleichtern wollte. Das Problem war nur, dass sein Chef die besagte Tasche gerade trug. Bevor er endgültig einfuhr, soll er mit Anekdoten dieser Art auf jeder Feier aufgetrumpft haben, er prahlte wie selbstverständlich mit seiner Dummheit und hatte die Lacher natürlich immer auf seiner Seite.

Weniger lustig wurde die Geschichte, als er erkrankte. Er hatte als einfacher Arbeiter jahrelang in einer Fabrik gearbeitet, die Farben herstellte, und eines Tages hatte seine Lunge genug von den Dämpfen und Lösungsmitteln.

Es ist natürlich sehr einfach, den bösen Chemikalien den schwarzen Peter zuzuschieben, denn mein Vater war genauso schuld an seiner Lage. Wer rauchte denn mehrere Schachteln Zigaretten am Tag, wer pfiff denn auf die Vorschrift, bei der Arbeit mit den Fässern Atemschutz zu tragen? Irgendwann war einfach Schluss mit der Vergewaltigung seines Körpers, und seine Lunge zog die Notbremse, ließ ihn Blut husten und während der Schicht zusammenbrechen.

Danach wurde sein Markenzeichen ein übergroßes Taschentuch aus kariertem Stoff, das er ständig bei sich trug und benutzte, wenn seine Lunge sich wieder einmal meldete, um etwas von dem Dreck auszuwerfen, den er jahrelang hineingepumpt hatte.

Infolgedessen war nicht mehr viel mit ihm anzufangen, er war ständig krank, konnte kaum noch einen Job übernehmen, fing an zu husten, wenn es nur ein bisschen staubte, kriegte kaum Luft, wenn er sich über längere Zeit körperlich anstrengen musste. Mit einem Wort, er war ein Wrack, abgeschrieben, zu nichts mehr zu gebrauchen.

Aber zu Hause warteten zwei hungrige Mäuler, das dritte (meins) war unterwegs, Timos Wechsel auf eine weiterführende Schule stand an und die damit verbundene Pflicht, weitere Jahre für ihn zu sorgen, ohne dass er mit einem eigenen Einkommen aushelfen konnte. Was war also das Richtige? Gab es eine Möglichkeit, aus dieser Situation herauszukommen und dabei gut bürgerlich, integer und ehrlich zu handeln? Wie entscheidet man über den Lebensweg seiner Frau und seiner Kinder, wie weit lässt sich Recht und Gesetz beugen, wenn man am Abgrund steht? Kann man von seinem zehnjährigen Sohn erwarten, dass er versteht, dass er sich als hellster Kopf der Familie als Automechaniker um den Unterhalt wird kümmern müssen, weil sein Vater ein kleiner Dieb und Versager ist? Kann man diesem Kind verständlich machen, dass es sich das Abitur, eine akademische Laufbahn und all das, gefälligst aus dem Kopf schlagen soll, weil er in spätestens sechs Jahren auf eigenen Beinen stehen und seine Familie ernähren muss?

Man kann über meinen Vater sagen, was man will, aber uns im Regen stehen lassen, das konnte er nicht. Er versprach meinem Bruder, er werde zur Universität gehen und lernen können, was immer er wolle, er gab meiner Mutter die Hand darauf, für uns zu sorgen, und das tat er. Er besann sich darauf, was er konnte, und so begannen seine wochenlangen „Montage"-Jobs.

Mein Vater war seit ehedem ein verdammt guter Autofahrer und ein paar Wochen in den richtigen Kneipen ließen seine Fähigkeit in den richtigen Kreisen bekannt werden. So dauerte es nicht lange, bis er die ersten Angebote bekam, Wagen zu fahren, und er war skrupellos genug gegenüber dem Gesetz und fürsorglich genug gegenüber seiner Familie, um nach dem Strohhalm zu greifen.

Es war an einem Freitagabend vor ziemlich genau 20 Jahren, als mein Vater am anderen Ende des Landes in irgendeiner Stadt mit laufendem Motor vor einer Gasse stand, die zum Hintereingang einer Bank führte. Drei seiner Kollegen hatten sich in der Nähe der gepanzerten Stahltür versteckt und warteten auf den Geldtransporter, der die in der Woche angefallenen Einzahlungen in Sicherheit bringen sollte. Dass das kleine Vermögen diese Sicherheit nie erreichen sollte, dafür wollten die drei sorgen, mein Vater war dann dafür zuständig, seine Kollegen und die Beute weg zu bringen.

Es lief auch alles glatt, die Angestellten der Bank wie auch des Fuhrunternehmens waren viel zu überrascht, um Gegenwehr zu leisten, die Säcke mit dem Geld wechselten den Besitzer, die drei machten sich aus dem Staub, hechteten in den wartenden Wagen, und mein Vater startete durch. Ich vermute, im Auto wurden die Masken abgenommen, es gab wahrscheinlich Gelächter und siegessichere Sprüche, Gedanken an Urlaub auf tropischen Inseln, einen Rennwagen für jeden und so weiter.

Man kennt die Szene aus Bankraubfilmen, und seien Sie ehrlich: Gönnen Sie in diesen Situationen den Gangstern die Beute nicht? Stellen Sie sich beim Anblick solcher Szenen nicht vor, wie es wäre, selbst in diesem Auto zu sitzen, einen Sack auf den Knien zu haben, in dem die Scheine knistern, das Versprechen auf ein besseres Leben? Selbstverständlich ist die Sympathie auf der Seite der Gauner, weil die Figuren natürlich nie Arschlöcher sind, keine skrupellosen Mörder, sondern - wie mein Vater - warmherzige Familienväter, bedürftige Leute von nebenan oder einfach nur verdammt coole

Schweine, die das große Los gezogen haben und die man in diesem Moment um ihren Gewinn beneidet. Ist es nicht so?

Und wie im Film sitzt am Steuer des Fluchtwagens ein abgebrühter Fahrer, ein Haudegen, ein todesmutiger, rote Ampeln ignorierender, über sich hochklappende Zugbrücken springender, die Polizei abhängender Teufelskerl. Genau wie im Film ist der Fahrer derjenige mit der am wenigsten fleckigen Weste, und genau wie im Film geht etwas schief.

Das Quartett war schon lange aus der Stadt heraus, eigentlich waren sie in Sicherheit und brausten so schnell, dass es gerade noch unauffällig war, über eine Landstraße. Natürlich war in der Bank in der Zwischenzeit Alarm ausgelöst worden, die Zeitungen schrieben später, dass die ganze Stadt abgeriegelt worden war, aber man wusste nicht, mit welchem Wagen die Diebe geflüchtet waren, so dass unsere Helden (das waren sie, geben Sie es zu) entkommen konnten.

Zunächst zumindest, denn hätte die Lunge meines Vaters nicht für einen Augenblick die Kontrolle über seine Atmung verloren, hätte er nicht im entscheidenden Moment einen Hustenanfall bekommen, der ihm für ein paar Sekunden die Sicht nahm und hätte der unglückliche Bürger, der spät abends noch seinen Hund ausführte, nicht ausgerechnet an dieser Kurve Halt gemacht, damit sein Köter sich erleichtern konnte, mein Vater wäre heute noch bei uns.

Er wich aus, touchierte den Mann leicht und setzte den Wagen vor eine Hauswand. Das geschah in einem kleinen, verschlafenen Dorf, das allerdings nicht verschlafen genug war, um nicht mit zwei übereifrigen Beamten ausgestattet zu sein, die kurze Zeit später vor Ort waren und das Kleeblatt verhafteten. In der Juristensprache hieß es nachher wohl etwas wie „Beteiligung an einem bewaffneten Raubüberfall und grobe Gefährdung des Straßenverkehrs in Tateinheit mit fahrlässiger Körperverletzung", und was niemanden interessierte: Mein Vater besaß gar keine Waffe, und seine Kollegen hatten ihre nicht benutzt, aber er war dabei. Mitgefangen, mitgehangen. Und zumindest gefangen war er für die Zeit meiner Kindheit, da sein früherer Chef dafür gesorgt hatte, dass der kleine Diebstahl an eine Glocke gehängt wurde, die groß genug war, um ihn als notorischen

Verbrecher darzustellen, den man für lange Zeit wegsperren musste.

Und das Beste an der Geschichte: Die Kassen der Bank waren gar nicht voll. Die Zeitungen wussten nicht ohne Spott zu berichten, dass der Bankdirektor aus irgendeinem Grund veranlasst hatte, dass ausgerechnet in dieser Woche die Einnahmen der Vortage schon am Donnerstag abgeholt wurden und so die Verletzungen des armen Mannes, der mit seinem Hund spazieren ging, viel zu billig erkauft wurden.

Ich bin mir nicht mehr sicher, welche Worte die Zeitungen tatsächlich wählten, es ist auch über zehn Jahre her, dass ich die Artikel gelesen habe, aber ich weiß noch genau, dass es eine dieser typischen Formulierungen war, die den Leser gegen den Täter aufhetzen sollen - und sei es um den Preis dessen, dass ein Menschenleben mit einem Geldbetrag verglichen wird.

Seit diesem Tag hatte ich keinen Kontakt zu meinem Vater, also eigentlich hatte ich noch nie Kontakt zu ihm, ich war gerade erst geboren, als er uns verließ. Ich sage absichtlich „verließ" und nicht „verlassen musste", denn er hat sich seinen Weg bewusst so gewählt, er wollte den Fahrer für irgendwelche zwielichtigen Typen spielen, er wollte sein Geld für uns auf eine Art und Weise verdienen, die ihn zwangsläufig in den Knahast bringen musste. Und was weiter? Für das besagte Delikt gibt es keine lebenslange Strafe, und selbst in diesem Fall wäre er doch bei guter Führung nach 15 Jahren wieder entlassen worden, oder? So hört man es doch ständig im Fernsehen.

Gehen wir einmal davon aus, dass mein Vater im Gefängnis nicht noch irgendjemanden vorsätzlich umgebracht hat, hätte er zu meinem grandiosen Geburtstag, der mir das feuerrote Rad bescheren sollte, bei uns anklopfen können, hätte sagen können: „Hallo, Sohn, ich bin's, dein Vater. Ich weiß, ich habe mich die letzten 16 Jahre nicht gemeldet und deinen Start ins Leben verpasst, ganz schön dumm von mir, ich weiß, aber hier bin ich jetzt."

Hätte ich das kalte Herz gehabt, ihm die Tür vor der Nase zuzuschlagen? Ich weiß es nicht, und die Frage hat sich nie gestellt, denn er hat nicht geklopft, er hat auch nicht geschrieben oder angerufen, nie, nicht ein einziges Mal. Und ich war die ganze Zeit zu Hause erreichbar, wir sind in all den Jahren nicht einmal umgezogen.

Und natürlich habe ich an das Nächstliegende gedacht. Natürlich habe ich meine Mutter im Verdacht, den Kontakt unterbunden zu haben. Wie einfach ist es, Briefe abzufangen und dem Mann, den sie nie besuchte, sehr deutlich zu machen, dass er es niemals in seinem ganzen verdammten Leben wieder wagen sollte, seine Söhne auch nur von Weitem anzusehen. Manchmal habe ich mir vorgestellt, wie er einsam in seiner Zelle sitzt, eine Pritsche, darauf ein Laken und eine grobe Decke, an der Wand ein Waschbecken, kein Spiegel, kahle Wände bis auf ein paar blöde Poster. Über seiner Schlafstätte ist noch ein Bett, darin ein fetter, tätowierter Kerl, den man besser nicht anspricht, es gibt einen Metallspind mit ein paar Habseligkeiten und dann, versteckt in seiner Matratze ein verblichenes Bild, ein Foto seiner Familie, eingerissen und abgeschabt durch das häufige, sehnsüchtige Darüberstreichen.

Ich weiß, ich habe zu viele Filme gesehen, wahrscheinlich war es ganz anders, vielleicht war er froh, uns los zu sein, vielleicht lebt er lange wieder in Freiheit, vielleicht weit weg von uns, vielleicht aber auch in unmittelbarer Nachbarschaft, ich werde es nie erfahren. Ehrlich gesagt will ich das auch gar nicht, was glauben Sie, was 16 Jahre Erziehung anrichten können, wie viel Hass man aufbauen kann, wenn man der einzigen Quelle an Informationen, die man hat, glauben muss und wenn man so viele schreckliche Dinge über die Person erfährt, die nur noch „dein Erzeuger" genannt wird? Sie können mir glauben, dass ein Ausmaß an Abscheu entsteht, das einen in bitteren Stunden wünschen lässt, den Gedanken „Ich wollte, er wär tot!" selbst in die Tat umsetzen zu können.

Unser Leben wurde einsamer, nachdem Vater weg war. Es stellte sich heraus, dass die mitleidenden Verwandten sich wieder anderen Angelegenheiten zum Tratschen und Bedauern überließen, nachdem sie ihr Pensum an klugen Sprüchen und „Ich habs immer gewusst"-Weisheiten bei uns abgeladen hatten. Ebenso waren unsere „Freunde" Vaters Freunde. Die Feiern, gemeinsamen Abendessen,

Spieleabende und alles, was das gesellschaftliche Leben, unseren Kontakt zur Außenwelt, ausgemacht hatte, war auf seinem Mist gewachsen, bestand aus seinem Freundeskreis, seinen Arbeitskollegen und deren Familien.

Meine Mutter war sozial praktisch mittellos, ihre einzige Schwester war ausgewandert, die Eltern lange tot, früh verstorben an irgendwelchen Krankheiten, die sie meinte, bei sich im Ausbruch befindlich feststellen zu können, wenn es ihr schlecht ging (selbstverständlich blieb sie immer gesund). Sie war weggezogen aus dem Dorf, in dem sie aufgewachsen war, um ihrem Mann das Finden einer Arbeit in der größeren Stadt zu ermöglichen.

Die anderen Kinder in der Schule konnte man natürlich auch vergessen. Meine aufbrausende Art und meine Angewohnheit, schnell Ohrfeigen zu verteilen, machte mir nicht gerade Freunde. Und selbst wenn ich mich an irgendjemanden hätte gewöhnen können (und er sich an mich), hätte ich bei jedem, der mir gegenüber freundlich war, sofort vermutet, dass er nur die Geschichte meines Vaters hören wollte, diese Räubergeschichte aus dem wirklichen Leben, das so viel spannender war als die Bücher, die wir lesen mussten.

Hätte es so jemanden gegeben, ich wäre trotzdem misstrauisch gewesen und hätte ihn nicht mit nach Hause genommen, ihn meiner Mutter als Freund vorgestellt, meine Zeit mit ihm verbracht. Mein Platz war zu Hause, in unserer kleinen Zelle, der eingeschworenen Gemeinschaft, die nicht gestört werden durfte. Niemand sprach das jemals aus, aber die gemeinsamen Abende ließen keinen anderen Schluss zu, als dass es uns nur solange gut gehen werde, wie wir Einflüsse von außen vermieden und zusammenhielten. Gegen wen eigentlich?

Und wie bekommt man nun das Brot auf den Tisch? Ich wollte es als Kind nicht wissen, und meine Mutter sorgte dafür, dass ich es nicht mitbekam, dass ich unschuldig blieb im Geist. Als ich dann irgendwann erfuhr, woher das Geld angeblich kam, das uns unser Leben, unsere Existenz ermöglichte, war es wieder irgendein hämischer Singsang, der mich darüber in Kenntnis setzte, was meine Mutter „für eine" sei.

Ich glaubte natürlich kein Wort, passte den Spötter aber nach der Schule ab und sorgte dafür, dass er weder jemals darüber spräche, noch dass er die nächsten drei Wochen das Krankenhaus verließe. Ich hatte ihm unzweideutig klargemacht, dass es das Ende seines dreckigen kleinen Lebens bedeute, wenn irgendjemand jemals erfahren sollte, wer ihn so zugerichtet hatte. Und so machte später in der Schule die Warnung die Runde, dass eine Gruppe von brutalen Teenagern die Schulwege überwache und jeden, der sich weigere, ihnen seine Wertsachen ohne weitere Diskussion zu übereignen, brutal zusammenschlüge. Der arme Lars sei das beste Beispiel dafür, hieß es, und Lars' schlaue Lüge sorgte dafür, dass besorgte Mütter, die den Schulweg ihrer Kinder jetzt für eine Todesfalle hielten, ihre Brut in den nächsten Wochen häufiger persönlich vor der Schule absetzten und sie nach dem Unterricht auch wieder abholten. Von den marodierenden Teenagern hat man natürlich nie wieder etwas gehört, und die elterliche Vorsicht pendelte sich irgendwann wieder auf ein gesund-sorgloses Normalmaß ein.

Doch entschuldigen Sie, ich greife wieder vor, denn zunächst einmal soll es um Timo gehen, meinen Bruder und natürlich den Helden meiner Kindheit. Ich kann nicht einschätzen, was er durchmachen musste, um mir und meiner Mutter den Vater zu ersetzen, aber er hat verdammt gute Arbeit geleistet. Mit ihm hatte ich einen Schutzengel, der mich durch Feindesland geleiten konnte, der mich beschützte, mir Geschichten erzählte und mir erklärte, was er schon wusste.

Und er war derjenige, der Opfer brachte, damit ich es leichter habe als er.

Es war Winter, einer der härtesten, die ich je erlebt habe, es hatte geschneit und zwar so heftig, dass die Schule ausfiel und jetzt alle Kinder draußen herumrannten, Schneeballschlachten ausfochten, Schlitten hinter sich herziehend immer steilere Hügel suchten und sich alle paar Stunden von ihren besorgten Müttern trockene Socken und heiße Schokolade bringen ließen. Timo und ich waren schon den halben Tag einen Hang nach dem nächsten herunter geflitzt, zu zweit auf einem Schlitten, einem Luxusgerät, dem einzigen, das wir hatten: Es war nicht einer dieser Holzschlitten, bei denen man auf ein paar harten Latten sitzt und die sonst jeder hatte, nein, unser Schlitten hatte Kufen, die sich vorne fast zu einem vollständigen Kreis bogen, und die Sitzfläche war mit Stoff bespannt! Wenn sonst für gar nichts, aber für dieses Renngerät ernteten wir den Neid der anderen, und, ganz ehrlich, von mir kann ich sagen, dass ich es genoss.

Es war um die Mittagszeit, die Sonne schien kräftig, aber es war so kalt, dass der Schnee sich hartnäckig zu schmelzen weigerte und liegen blieb. Trotzdem war die Wiese schon arg mitgenommen von den Massen an Kindern, es müssen Hunderte gewesen sein, an einigen Stellen brach bereits Lehm durch, und mein Bruder kam auf die Idee, den Waldweg mit unserem Schlitten zu befahren. Dieser Weg war ein Hohlweg, es gab also keine Gefahr, in irgendeinen Graben zu steuern, allerdings mussten wir aufpassen, denn der Boden bestand aus Schotter und Felsen, die es zu umfahren galt, aber ich hatte ja den nach eigenen Aussagen besten Schlittenlenker im ganzen Land und großen Bruder in Personalunion an meiner Seite, daher überlegte ich nicht lange. Bei unserem Start hatten sich schon ein paar Schaulustige versammelt, die unbedingt sehen wollten, wie wir vor den nächsten Baum krachen, die nicht warten konnten, wie unser Schlitten, der ihre armseligen Gestelle noch in den Schatten stellen würde, wenn sie sie vergoldeten, in tausend Teile zersplittert wurde.

Als wir uns setzten, kamen mir die ersten Zweifel, denn der Weg führte am oberen Teil direkt am Zaun zur Wiese entlang, und so sympathisch mir der Gedanke war, den feixenden Neidern zu zeigen, was Todesmut ist, so wenig wollte ich doch vom Stacheldraht aufgerieben in einer blutigen Masse liegen, die einmal mein Körper gewesen war. Nur gab es jetzt kein Zurück mehr, in diesem Moment noch zu kneifen, hätte bedeutet, den Spott einer ganzen Generation schlittenfahrender Kinder auf uns zu ziehen, und mein Bruder schien überhaupt nicht gezögert zu haben, denn sobald er sich gesetzt hatte, ging es auch schon los.

Wir nahmen mit unserem Gewicht auf dem Höllengerät mit den gewachsten Kufen schnell Fahrt auf, es rumpelte gefährlich, als wir über ein paar Steine rasten, die sich nur unter einer dünnen Schneedecke verborgen hielten. Auch überragten den Weg mehrere Bäume, so dass der Schnee bei weitem nicht so dicht lag wie auf der Wiese und unsere verwöhnten Hintern trotz des Stoffes auf der Sitzfläche arg leiden mussten. Vor allem die seitlichen Holzleisten hinterließen blaue Flecken, die sich, nachdem sie ein wildes Kaleidoskop von Farben durchlaufen hatten, erst Wochen später wieder von uns verabschiedeten.

Nach der ersten Kurve waren wir bereits so schnell, dass auch der beste Bremser des Landes nichts mehr ausrichten konnte, und so kam es, wie es kommen musste und wie die kopfschüttelnde Masse hinter uns es auch schon die ganze Zeit insgeheim erhofft hatte.

Der Weg machte eine Kehre, die wir von oben nicht hatten sehen können und in der es unmöglich war zu lenken, und es setzte die typische Zeitlupe ein, die mit der Gewissheit beginnt, dass etwas unausweichlich ist. Wir schossen auf die Kehre zu, stemmten beide unsere Stiefel auf den Boden, aber das Geröll rutschte unter unseren Fersen einfach weg. Wir wurden und wurden nicht langsamer, die ansteigende Wand der Röhre, die wir entlang sausten, kam unerbittlich auf uns zu und drohte, uns meterweit in die Luft springen zu lassen. Was sich dahinter befand, war nur zu erahnen, hätten wir die Zeit gehabt, uns darüber Sorgen zu machen. Und Timo tat das einzig Richtige, er packte mich, stemmte sich gegen den Boden und ließ sich rückwärts vom Schlitten fallen.

Ich landete auf der Brust meines Bruders, der sich ein Ton entrang, der mir noch lange im Ohr blieb, ein gepresstes Keuchen, das sofort unterging im Rollen und Klackern der Steine, die sich unter seinem Rücken bewegten. Das Denken war in diesem Moment völlig abgestellt, außer diesem schrecklichen Geräusch, das sich anhörte, als presse ich mit meinem Gewicht das letzte bisschen Leben aus meinem Bruder, vernahm ich fast nichts mehr. Ich sah den Schlitten über die Böschung schießen und zwei Meter weiter vor einen Baum prallen, der ihn vollständig zerfetzte. Es waren nicht die erwarteten tausend Splitter, aber es reichte, damit wir für den Rest dieser Wintersportsaison auf mit Kissen gefüllte Plastiktüten ausweichen mussten.

„Geh mal von mir runter", hörte ich nach einer halben Ewigkeit eine Stimme unter mir sagen, die mich zurückbrachte in den Moment. Ich rollte mich zur Seite und sah meinem stöhnenden Bruder zu, wie er sich langsam aufrichtete. Seine Jacke hatte einen langen Riss auf dem Rücken, sein Ellenbogen schmerzte, aber wenigstens hatte die dicke Fellmütze seinen Kopf geschützt. Wären wir jemals gläubig gewesen, hätten wir in dieser Situation wohl Gott auf Knien gedankt. Tage später klagte mein Bruder über Schmerzen beim Atmen, und ein Arzt sollte eine angebrochene Rippe feststellen, aber für den Augenblick standen wir beide ungläubig vor der Kurve, die unser Ende hätte bedeuten können, und sahen uns entgeistert an.

Ich war der erste, der das Schweigen störte, indem ich in ein verzweifeltes Flennen ausbrach. Ich hatte keine Schmerzen, zumindest keine, die mich normalerweise hätten aufheulen lassen, aber als das erste Gefühl des Schocks verschwunden war, musste ich mich wohl irgendwie erleichtern. Mein Bruder sah mich fragend an, denn schließlich hatte er die angebrochene Rippe (was wir noch nicht wussten) und, viel schlimmer, eine kaputte Jacke, für die er sich zu Hause eine ordentliche Standpauke würde anhören müssen.

Durch den Schleier meiner Tränen sah ich zu ihm auf, ich war ungefähr sechs Jahre alt, verzweifelt, schon jetzt innerlich den Beschimpfungen einer besorgten Mutter ausgeliefert, die natürlich zu Hause damit auf uns wartete. Zuvor waren wir aber erst einmal dem Spott der anderen ausgesetzt, die zwar noch nicht da waren, so schnell hätte niemand, selbst todesmutig durch den steinigen Hohlweg rennend, mit uns mithalten können, aber das war auch nicht nötig, wir mussten auf dem Weg zurück auf jeden Fall an ihnen vorbei. Diese anderen, die es natürlich schon wieder vorher gewusst hatten, wie die Klugscheißer, die Jahre zuvor meiner Mutter nichts Besseres zu sagen hatten, als dass ja jeder sofort gesehen habe, dass ihr Mann ihr nicht gut tue.

„Der Schlitten …", brachte ich hervor, und in diesem Moment war mir mein Bruder zum ersten Mal und ab dann für immer mein Retter, mein Vorbild, zu dem ich noch aufsähe, wenn ich selbst alt und grau war und mir die Enkel vor den Füßen herumliefen. Derjenige, der mich unter Einsatz seines Lebens vor dem Zerschmettern am nächsten Baum gerettet hatte, der, der mit zerschundenem Körper und zerrissener Jacke vor mir stand und mich für ein dummes Kind halten musste (das ich war), weil ich mir Sorgen um den blöden Schlitten machte, statt froh zu sein, dass wir es überlebt hatten, er holte mich zurück.

Ich fand mich nach unserem Sturz in einem dunklen Loch wieder, ohne Hoffnung, dass jemals wieder die Sonne für uns scheinen könne, nachdem wir den Schlitten zerstört hatten. Der Schock machte mich glauben, dass die Verletzungen, die das Opfer meines Bruders mir erspart hatte, mir unweigerlich durch meine Mutter zugefügt werden mussten, wenn sie erführe, was wir getan hatten.

Aber Timo machte mit einem Lächeln alles wieder gut. Er ging zur Böschung, sah auf der anderen Seite hinunter und überprüfte offensichtlich, wie übel es den Schlitten erwischt hatte. Dann kam er zurück zu mir, lächelte mich an, zuckte nur kurz mit den Schultern und sagte: „Den Schlitten flicke ich wieder zusammen. Fahren wir halt solange Schlittschuh."

Und auch zu Hause nahm er alles in die Hand, sprach zu meiner Mutter nicht wie ein Sohn, sondern wie ein ihr gleichgestellter Erwachsener. Er erklärte, was passiert war, übernahm die volle Verantwortung und versicherte auch ihr, er werde den Schlitten wieder richten und seine Jacke nähen. Er sagte, sie solle sich keine Sorgen machen, was sie beruhigte und woraufhin sie uns in die Arme nahm und meinte, sie sei ja bloß froh, dass uns nichts passiert sei.

Und als wir kurz darauf in unsere Zimmer gingen, zwinkerte er mir nur verschwörerisch zu. Mein Bruder.

Das zweite Ereignis aus meinem siebten Lebensjahr, an das ich mich lebhaft erinnere, schließt direkt an unseren Unfall mit dem Rennschlitten und meine heldenhaften Errettung an. Wie mein Bruder es angekündigt hatte, fuhren wir Schlittschuh, allerdings hatten wir nur ein Paar. Seine Füße passten mit eingeklappten Zehen gerade noch in die Schuhe, und mir waren sie natürlich viel zu groß, aber mit zwei Paar dicken Socken und ein paar zerknüllten Zeitungsseiten konnte auch ich mich aufs Eis wagen. Dass das Ganze eine mehr als wackelige Angelegenheit war, können Sie sich sicher vorstellen.

Wir fuhren zum zugefrorenen See hinter der Schule, die immer noch geschlossen war, aber wenn es nicht um den Unterricht ging, plagte uns selbstverständlich nicht der sonst üblichen Widerwille, dorthin zu kommen. Nachdem ich die umständliche Prozedur des Schlittschuh-Ausstopfens hinter mich gebracht hatte, wackelte ich über das unter einer frischen Schneeschicht verborgene Eis. Nach anfänglichen Problemen und vorsichtig stelzendem Gang, gewöhnte ich mich an die Schuhe und das Gefühl des Gleitens.

Doch leider ist ein zugefrorener See keine glatte Bahn, im Eis eingefroren waren Blätter und ein Ast, der im Herbst von einem überhängenden Baum abgebrochen, jetzt aber durch den Schnee nicht sichtbar war. Kaum hatte ich also meine ersten Schritte auf dem Eis hinter mir und meinte, mich sanft gleitend dem Fahrtwind hingeben zu können, da lag ich auch schon auf der Nase. Auf dem Kinn, genauer gesagt, das auch sofort aufriss und an dem eine Narbe heute noch von meinem Sturz zeugt.

Timo stürzte auf mich zu, und was ich als erstes sah, war ein großes, kariertes Stofftaschentuch, das er aus seiner Hosentasche zog, um es mir ans Kinn zu drücken. Erst als er den riesigen Lappen wieder entfernte, bemerkte ich die Blutflecken, erst jetzt setzte sich der Schmerz über den Schock hinweg, und ich fing an zu brüllen, als ob es um mein Leben ginge. Die Wunde an meinem Kinn brannte, ich hatte mir auf die Lippe gebissen und den rostigen Blutgeschmack auf der Zunge, mein Kopf schmerzte, als wolle er zerspringen, und zu allem Unglück sammelten sich auch noch sämtliche anderen Wintersportler um mich, betrachteten mein Blut, gaben Kommentare ab und guckten mitleidig.

An diesem Tag fühlte ich wahrscheinlich das erste Mal, dass ich falsches Mitleid verabscheue, und viele weitere Gelegenheiten bestärkten mich und ließen mich hart werden gegenüber wehleidigen Blicken, mitfühlenden Tränen und Schmerz, den man an anderer statt empfindet. Auch hier gab es niemanden, der half, alle starrten nur, waren wahrscheinlich überglücklich, nicht selbst über den Ast gestolpert zu sein und fühlten sich besser mit ihren Gedanken an den „armen Jungen".

Auch heute noch bekomme ich die Wut, wenn ich dieses wohlmeinende Mitleid in der Stadt sehe. Sie meinen es gut? Dann tun sie was! Kein Bettler auf der Straße kann sich etwas davon kaufen, wenn Sie ihn bemitleiden. Er tut Ihnen leid? Dann geben Sie ihm Geld, so einfach ist das, aber von warmen Gedanken wird niemand satt!

Warum mir die Episode mit meinem Sturz auf dem Eis noch so präsent ist, wurde mir erst viele Jahre später klar, denn der eigentliche Anlass für meine Erinnerung war nicht mein Sturz und die Fürsorge meines Bruders, sondern das Taschentuch, mit dem er gegen mein Blut ankämpfte. Ich sollte erst viel später erfahren, dass dieses Taschentuch natürlich das unseres Vaters war und dass Timo es vor dem Bestreben unserer Mutter gerettet hatte, sämtliche Stücke aus dem Haus zu entfernen, die an ihn erinnerten. Ich erfuhr, dass sie tagelang wie panisch durch alle Zimmer gerannt war, überall hektisch putzend, Schränke ausräumend und Müllsäcke füllend, so als könne sie sich ihrer gemeinsamen Vergangenheit dadurch entledigen, dass sie mit scharfen Reinigungsmitteln darüber wischte.

So bedeutete dieses Taschentuch, das Timo für mich opferte (denn als ich mit dem blutigen Tuch am Kinn nach Hause kam, wusste meine Mutter natürlich sofort, welchen Ursprungs der Verband war, den ich da vor mir her trug, und sie entsorgte ihn mit spitzen Fingern), dieses lächerliche Relikt also bedeutete für meinen Bruder mehr, als nur ein bloßes Souvenir zu besitzen. Es war leider auch eine Erbschaft, die sich auf geistiger Ebene vollzogen hatte, wie sich später heraus stellte.

Ich bin heute überzeugt, dass unsere Mutter wusste, was Timo in seiner freien Zeit machte und dass sein Geld nicht daher kam, dass er Zeitungen auslieferte (so wie er es ihr gegenüber behauptete), denn er fuhr niemals mit einem Fahrrad durch die Nachbarschaft, das mit einem klapprigen Anhänger ausgestattet war, so wie die anderen Jungen in seinem Alter. Er hatte nie die vom Sortieren der Blätter schwarzen Finger und fuhr auch nie in den Wald, um die restlichen Zeitungen, die er nicht mehr austragen wollte, heimlich zu verbrennen.

Aber was bedeuten einem Recht und Gesetz, wenn man keine Wahl hat? Was kann eine Mutter mehr tun, als ihrem Ältesten den Umgang mit gewissen Kreisen zu verbieten, ihn darauf einzuschwören, nichts Ungesetzliches zu tun, ihm das Beispiel seines Vaters vor Augen zu halten, der seine Familie im Stich ließ? Timo verbrachte wahrscheinlich mehr Zeit unter Hausarrest als jeder andere in seiner Klasse, nur aus völlig anderem Grund.

Während andere Jungen zu Hause eingesperrt wurden, weil sie Scheiben einschlugen, jüngere Kinder ärgerten oder ihre Eltern belogen, gab es für Timos Haft eigentlich gar keinen Grund, sondern nur Vermutungen und Angst. Es war die Angst meiner Mutter davor, irgendwann einen zweiten geliebten Menschen zu verlieren, denn dass sie unseren Vater liebte, daran kann kein Zweifel bestehen. Wer den Blick in ihren Augen auf dem besagten Foto gesehen hat, weiß, wie Liebe aussieht, und ihre wütenden Reinigungsanfälle waren nur die Kehrseite der Medaille, die enttäuschte Liebe, umgeschlagen in Hass.

Was hätte Timo also tun können, als sich über das Gesetz zu stellen? Obwohl, das ist falsch, denn das ist nicht das, was er tat. Er ignorierte nur gewisse Regeln und war ansonsten ein sehr moralischer Mensch. Er hätte zum Beispiel nie einen Schwächeren geschlagen, hätte nie etwas von jemandem genommen, der bedürftig war und selbst Opfer. Ich weiß, was Sie jetzt sagen: Doppelmoral, Schönreden von Kriminalität. Wo kämen wir denn da hin, wenn sich jeder seine Regeln selbst machen würde? Und natürlich haben Sie recht.

„Du sollst nicht stehlen", heißt es doch, und daran hat man sich gefälligst zu halten. Das können Sie auch guten Gewissens sagen, denn Sie stehen nicht mit dem Rücken zur Wand, oder? Müssen Sie sich sorgen, was morgen auf dem Tisch steht, müssen Sie daran denken, dass sich Ihre Mutter, Ihre eigene Mutter, die einzige Heilige Ihres ganzen Lebens, von fremden Händen betatschen lässt, dass sie für schmierige Wichser, Arschlöcher, die die Not in ihren Augen nicht sehen können, den Arsch hinhält, dass sie sich erniedrigen und, sprechen wir es ruhig aus, sich ficken lässt für dreckiges Geld, nur damit ihre Kinder es einmal besser haben?

Ich bin mir ziemlich sicher, dass das nicht der Fall ist, und jetzt überlegen Sie mal: Wenn Sie eine Möglichkeit hätten, jemanden, der Ihnen so nahesteht, wie Ihre eigene Mutter, wenn Sie die Macht hätten, diesen Menschen aus einem Sumpf menschlicher Körperflüssigkeiten, in den er schuldlos geraten ist, herauszuziehen dadurch, dass Sie ein paar Sachen stehlen und verkaufen? Würden Sie nicht auch die Gelegenheit ergreifen und nachts in den Lagerraum des Supermarktes einsteigen, um ein paar Stangen Zigaretten zu klauen, wenn Sie könnten?

Erzählen Sie mir nichts, Sie würden es tun! Und es würde niemals auffallen, weil Sie immer nur wenig nehmen und dort ganze Paletten lagern, die gegen Diebstahl versichert sind, und Sie würden Ihre Spuren verwischen, niemand könnte Ihnen jemals auf die Schliche kommen. Mit dem Rücken zur Wand, den Arsch zusammengekniffen, damit Sie niemandem Geld dafür abnehmen müssen, damit er seinen Schwanz in Sie reinstecken darf, würden Sie es tun, glauben Sie mir.

Sicher, meine Mutter war nicht „schuldlos", wie ich es mir (und Ihnen) eben wieder so schöngeredet habe. Nein, hätte sie sich doch einfach einen anderen Mann ausgesucht, einen ordentlichen, guten, ehrlichen Bürger mit geregeltem Einkommen und gutem Leumund, wäre das alles nicht passiert. Wenn Sie das wirklich meinen, waren Sie wahrscheinlich nie verliebt, haben nie selbst gespürt, was es heißt, wenn man weiß, dass etwas gut ist. Nur dass man natürlich nie die Garantie hat, dass etwas auch gut bleibt …

Erst Jahre später, ich war vielleicht 14 Jahre alt, Timo unterhielt uns mehr schlecht als recht mit dem Geld, das er anbrachte, aber wir kamen über die Runden, erfuhr ich, dass es noch diese andere Geldquelle gab und welcher Art sie war. Ich saß nach der Schule in der Küche beim Essen, meine Mutter lief nervös von einer Ecke in die nächste, irgendetwas schien in ihrem Zeitplan dieses eine Mal nicht funktioniert zu haben.

Sie musste ihren „Gönner" schon seit Monaten, wenn nicht Jahren haben, doch niemals hatte ich etwas davon mitbekommen, immer war sie da, wenn ich von der Schule kam, nichts machte mich misstrauisch, gab mir Anlass zu glauben, die Abende mit „Freundinnen", von denen ich nie jemals eine zu Gesicht bekam, seien nicht das, was ich mir darunter vorstellte.

Wieso hätte mich meine Mutter auch anlügen sollen? Ganz einfach: um mich vor der Wahrheit zu schützen, und die kam an diesem Tag auf mich zugerast wie ein Sandsturm, den man einatmet, der einem die Augen tränen lässt und nach dem man verändert zurückbleibt. Falls man überlebt.

Ich saß also am Tisch und löffelte eine Suppe, in die ich eine Scheibe Brot gelegt hatte, meine Mutter sprang um mich herum, machte einen überaus nervösen Eindruck und sah mich kaum an. Ich fragte, was sie vorhabe, worauf sie nur kurz antwortete, dass sie noch ausgehe. Ich betrachtete sie von der Seite und konnte nicht sofort sagen, was anders war an ihr, was an dem Bild nicht stimmte, aber dann fiel es mir auf: Sie trug Ohrringe und war geschminkt. Normalerweise bemalte sie sich nicht und legte auch keinen Schmuck an, wenn sie abends wegging. Auf meine Frage, warum sie so feierlich aussehe, erhielt ich die Antwort, dass sie ins Theater gehe, schon spät dran sei und jetzt sofort los müsse. Kaum war das letzte Wort verklungen, hupte jemand vor dem Haus, und sie stürzte hinaus, ich hinterher.

Draußen stand ein dunkelgrüner Schlitten, auf den meine Mutter zulief und in den sie einstieg. Auf dem Fahrersitz saß ein Mann, den ich nicht kannte. Ich hatte ihn ein paarmal in der Stadt gesehen, er war mir nur deswegen aufgefallen, weil er mich ansah, als müsse er mich kennen und mich jeden Moment ansprechen, aber immer ging er nur vorbei. Jetzt erkannte ich ihn wieder und sah meine Mutter, die ihn energisch anschrie.

Ich konnte nichts hören, da sie die Autotür schon wieder geschlossen hatte, aber wahrscheinlich war sie wütend, weil er vor ihrem Haus gehalten hatte und damit die Gefahr beschwor, dass sie jemand zusammen sah, was dann ja auch passierte, denn ich stand nur wenige Meter daneben und sah ihn mir an.

Ich wusste nicht sofort, was hier gespielt wurde, aber ich konnte es mir schnell zusammenreimen. Die Ohrringe, die Schminke, der Mann. Wenn es ein Freund war, wieso kannte ich ihn dann nicht? Woher kam das Geld, das meine Mutter für uns ausgab? Die kleine Halbtagsstelle als Verkäuferin in einer Drogerie, die sie bekommen hatte, konnte dafür nicht verantwortlich sein. In meinen Gedanken spielten sich die widerlichsten Szenen ab, die meine Mutter beschmutzten und mit ihr das Geld, das sie bekam und alles, was wir davon kauften, was wir aßen, die Kleidung, die wir trugen.

Ich stand vor dem Haus und sah diesen Kerl mit meiner Mutter argumentieren, hoffte, sie würde aussteigen und mir alles erklären, mir sagen, dass ich mich irrte, aber das passierte nicht. Ich starrte die beiden wie versteinert an, konnte mich nicht rühren, hätte ihn am liebsten aus seiner Karre gezogen und windelweich geprügelt, ihn angebrüllt, er solle meine Mutter in Ruhe lassen, seinen Wagen demoliert und angezündet, bis die Nachbarn, durch den Lärm aufmerksam geworden, die Polizei riefen, die mich abführen würde. Aber das alles passiert nicht, ich konnte mich nicht bewegen, sah die Szene wie auf einer Leinwand sich vor mir abspulen, war wie gelähmt, verletzt durch die Lügen meiner Mutter, ihr verlogenes Schweigen, und mir war kalt vor Scham.

Ich fühlte jeden Vorhang hinter jedem Fenster der Nachbarschaft heimlich zur Seite geschoben und tausend Augen uns beobachten und nicken und wissen. Schließlich wurde der Wagen angelassen, er fuhr los. Erst jetzt löste sich mein Körper aus dem Gefängnis seiner Eisesstarre, und ich kotzte heulend in den Rinnstein.

Ich weiß nicht, warum ich mich in diesem Moment nicht rühren konnte, warum ich da stand, als sei ich aus Stein gemeißelt, aber ich habe eine Vermutung: Der Mann auf dem Fahrersitz, der Kerl, der sie aushielt und bezahlte für Sachen, die ich mir nicht vorstellen möchte, sah aus wie ein ganz normaler Mensch. Er trug einen Anzug und ein weißes Hemd, er war frisch rasiert, seine Haare gewaschen und gescheitelt, er sah gepflegt aus, fast könnte man sagen: sympathisch.

Wie oft habe ich mir gewünscht, es hätte ein fettes, dreckiges Schwein am Steuer gesessen, so einer, wie man meint, dass so ein typischer Urlaubs-Kinderficker aussehen müsste. Wäre das der Fall gewesen, hätte ich bestimmt nicht so angewurzelt dagestanden, sondern gehandelt und die Sau am gestreckten Arm ausbluten lassen.

So aber war ich wütend auf mich selbst, dass ich nichts tun konnte, viel mehr noch als enttäuscht von meiner Mutter, von der mich ab sofort ein Ekelgefühl trennte, das mich zurückzucken ließ, wenn sie mich berührte und von dem sie wahrscheinlich annahm, es sei der in einem bestimmten Alter übliche Widerwillen eines Sohnes gegen die Zuneigung seiner Mutter. Ich habe sie nie auf den Abend angesprochen.

Zwei

Ich hatte Ihnen erzählt, wie ich zu meinem Bruder stehe oder vielmehr stand. Er war für mich der Vater, den ich nie hatte, die Person, auf die ich hörte, die mir einen Rat geben durfte, mich aber auch zurechtweisen konnte. Unsere Mutter war dafür viel zu weich, sie hatte wahrscheinlich Angst, die beiden verbleibenden Männer in ihrem Leben (vergessen wir für einen Moment einmal ihren „Wohltäter" im Auto, ich werde später noch auf ihn zurückkommen) auch noch zu verlieren.

Ich kann nicht sagen, dass sie uns verhätschelte, dafür fehlten ihr Zeit und Geld, später übte sie sogar scharfe Kritik, vor allem an Timos Broterwerb, aber wenn es hart auf hart kam, wenn wir Widerworte gaben, knickte sie zu schnell ein, setzte sich nicht in letzter Konsequenz durch. Ich weiß nicht, ob sie mit Strenge viel hätte ausrichten können, oder ob wir noch mehr Widerstand gegen ihre Erziehung mobilisiert hätten, wenn sie beharrlicher auf die Befolgung ihrer Regeln gepocht hätte. Ich kann auch nicht sagen, ob sich die Sache mit Timo dann vielleicht anders entwickelt hätte.

Es ist müßig, jetzt darüber nachzudenken, die Vergangenheit ist abgeschlossen, ich kann heute darüber reflektieren, ein wenig Licht ins Dunkel meiner und unserer Entwicklung bringen, ich kann deuten und erklären, aber all das ist in Stein gemeißelt. Sich jetzt auszudenken, was hätte passieren müssen, um den nach abwärts gewandten Weg meines Bruder korrigieren zu können, bringt nichts, also bleibe ich bei dem, was ich beobachtet und erfahren habe - erinnern Sie sich an die Farbe „Rot"? Ich weiß nicht, ob es sich wirklich so verhalten hat, ob meine Gedanken und Empfindungen das widerspiegeln, was sich tatsächlich zugetragen hat, aber ich werde mein Bestes geben, der einzigen Wahrheit so nahe wie möglich zu kommen.

Wie ich schon sagte: Timo war mein Vaterersatz, er hatte alles, was mir noch bevorstand, bereits hundertfach gesehen und erlebt. Wenn er mir etwas sagte, gab es keinen Grund, an seinen Erfahrungen oder etwa an seiner Aufrichtigkeit zu zweifeln. Sagte er mir, ich solle gewisse Gegenden meiden, machte ich einen großen Bogen darum, empfahl er mir, bestimmte Bücher zu lesen, verbrachte ich Nachmittage im Schneidersitz, um möglichst schnell nachzuholen, was er mir voraus hatte.

Doch auch die am hellsten strahlenden Vorbilder verblassen mit der Zeit, werden schwächer in ihrem Licht, das einen führt, ihre makellose Oberfläche bekommt Risse. Aber vielleicht ist es auch nur der Blick, der sich schärft, so dass man die kleinen Fehler deutlicher sieht, oder ist es das eigenständig heranwachsende Leben in einem, das die Bereitschaft schwinden lässt, sich alles vorkauen zu lassen? Man will seine eigenen Narben, will selbst auf die Schnauze fallen und nachher sagen: Das habe ich allein herausbekommen.

Wer von uns sich veränderte, ist letztendlich nicht wichtig, denn meine Bewunderung für ihn hat trotz allem nie abgenommen. Ich kann nicht hoch genug schätzen, wie sehr ich ihn dafür liebte, dass er mir die Welt öffnete, wie mein Vater es hätte tun sollen, wozu er aber nie in der Lage war.

Nun gab es aber die Kehrseite, den „dunklen" Timo, der sich mit Geschäften über Wasser hielt, die auch ich irgendwann nicht mehr gutheißen konnte. Er hatte mir die Sache mit den Zigaretten erklärt, meinte, ich solle selbst abwägen zwischen Gut und Böse, zwischen größerem und kleinerem Übel, und in dieser Angelegenheit hatte ich mich klar für ihn entschieden. Aber irgendwann kommen auch die dümmsten Lagerverwalter dahinter, dass ihnen irgendjemand die Bude ausräumt (und sei es nur, weil sie sich selbst die Taschen füllen), irgendwann wird jedes offene Fenster mit Riegeln, jedes Tor mit einer Alarmanlage gesichert, so dass sich die einträglichen Zeiten fürs Erste erledigt hatten.

Es gab neue Geschäftsfelder. Früher hätte ich gerne gewusst, wie mein Bruder an die Kontakte und die Möglichkeiten gelangte, die sich ihm ständig eröffneten und die uns unsere Existenz ein wenig leichter machten, aber jetzt ist mir das egal, er ist tot, was hätte ich von der Einsicht, mit welchen Subjekten er sich herumtrieb? Ich bekam nur ein einziges Mal einen kurzen Einblick in den Sport, den er ausübte. Und zwar hielt er seine „Partner" immer von unserem

Haus fern, wickelte sämtliche Käufe und Verkäufe irgendwo anders ab, auf Parkplätzen mit geöffneten Kofferraumdeckeln, darum herum stehend eine verschwörerisch grinsende Gruppe, die sich irgendwann einig wurde und dann Sporttaschen mit fragwürdigem Inhalt austauschte. Sie kennen die Filme.

Doch einmal war etwas anders, hatte nicht so funktioniert, wie es geplant war, und vor unserem Haus hielt ein heruntergekommener Sportwagen. Ich saß oben am Fenster und sah zwei Gestalten aussteigen, die wie Karikaturen der Gangster aussahen, die Hollywood einem verkaufen wollte: Der eine hatte einen Trainingsanzug an, drei Nummern zu groß, eine verspiegelte Sonnenbrille thronte über einem blöden Schnauzbart, seine Haare eingefettet und angeklebt, alles in allem eine mehr als lächerliche Erscheinung.

Der zweite entstammte einer völlig anderen Liga: feine Klamotten, ein karierter Pullunder (schon der Name für diese Missgeburt eines Kleidungsstücks ist das Letzte!), Bügelfaltenhose und einen Zigarillo mit Mundstück zwischen den Lippen. Timo hatte die Ankunft der beiden Witzfiguren ebenfalls bemerkt und stürzte schon aus dem Haus, drängte sie zurück in den Wagen, setzte sich selber auf die Rückbank und verschwand nach kurzer Zeit, in der er sie vermutlich gehörig zusammenstauchte, aus meinem Blickfeld. Unsere Mutter hatte nichts mitbekommen, aber selbst sie hätte gewusst, dass das keine Arbeitskollegen waren, wenn man wie mein Bruder den Tag damit verbringt, Autos zu reparieren.

Eins muss ich ihm lassen: Er handelte professionell. Niemals stolperte ich im Keller über eine Wagenladung von Autoradios, nie bekam ich mein Zimmer mit verdächtigen Kartons vollgestellt, um mal eben darauf aufzupassen. Die kriminelle Karriere meines Bruders vollzog sich im Stillen, weitab von seiner Familie, die er schützen wollte, was ihm auch ganz gut gelang.

Zumindest solange, bis das Gift ihn ereilte.

Mein Bruder war nie das, was manche Leute „straight edge" nennen, wenn es darum ging zu feiern, bewies er regelmäßig ordentliche Nehmerqualitäten. Dieses Bild gewinne ich, wenn ich seinen Erzählungen glauben darf, die er mir unter dem Siegel der Verschwiegenheit nachts ab und zu brühwarm auftischte, und ich habe keinen Grund, daran zu zweifeln.

Manchmal kam er erst spät nach Hause, machte kein Licht, bewegte sich auf Zehenspitzen, um unsere Mutter nicht zu wecken. Ich habe nie Details erfahren, aber es muss jeweils hoch hergegangen sein, Alkohol spielte immer eine Rolle, und ich sog jedes Wort von seinen Lippen wie ein Säufer die letzten Tropfen aus seiner Flasche. Ein solcher ist Timo nie gewesen, dafür war er trotz aller Eskapaden zu verantwortungsvoll, Mutter hat ihn nicht ein einziges Mal betrunken gesehen, da bin ich mir sicher, und egal wie übel der Kater ihm am Morgen mitspielte, er verließ pünktlich das Haus und klagte nicht.

Am meisten bewunderte ich ihn, wenn er mir Geschichten von Mädchen erzählte, jungen Frauen, mit denen er zu tun hatte, in welcher Weise, ließ er immer bedeutungsvoll offen, und ich malte mir später, wenn sein Schnarchen zu mir herüber dröhnte, die wildesten Phantasien aus und kleckerte dann mein Bettzeug voll. Was mich angeht, habe ich zu seinen Lebzeiten nie den Anschluss gefunden und eine Freundin „gehabt", daher musste ich meine Gelüste durch ihn leben lassen und mir dann aus zweiter oder vielmehr eigener Hand holen, was ich selbst nicht haben konnte.

Aber ich wollte von seinem Niedergang erzählen. Im Laufe der Zeit, ich denke an einen Zeitraum von etwa zwei bis drei Jahren, kam er öfter und öfter völlig apathisch nach Hause, teilnahmslos, blass im Gesicht, das ein seliges, aber doch irgendwie dümmliches Lächeln zierte. In diesen Nächten war er zu kaum etwas zu bewegen, antwortete nur einsilbig auf meine Fragen, erzählte nichts, saß auf seinem Bett, lehnte an der Wand und starrte vor sich hin.

Beim ersten Mal, als ich ihn so sah, hatte ich schreckliche Angst um ihn, ich zerrte an ihm herum, schüttelte ihn, was er ohne ein Anzeichen von Widerstand oder auch bloßem Bemerken über sich ergehen ließ. Um Mutter nicht zu wecken, konnte ich ihn nicht anschreien, also saß ich nur hilflos vor ihm, drosch auf seine Brust ein und heulte leise. Ich weiß nicht, was damals in ihm vorging, aber mit einem Mal schreckte er scheinbar kurz aus seinem Wachtraum auf, seine Augen schienen aus dem Jenseits wieder in diese Realität zu fokussieren, er ergriff meine Handgelenke und hielt mich eisern fest.

Mir stockte der Atem, es waren quälend lange Minuten, die er mich so hielt, dann wanderten seine Augen langsam und zögerlich durch den Raum und blieben schließlich an mir hängen. Ich fühlte mein Blut gerinnen, ein eisiger Schauer durchfuhr mich, denn so hatte ich ihn noch nie gesehen. Seine sonst so lebhaften, blauen Augen wirkten matt und tot, so als sähe er durch mich hindurch. Seine Haut hatte etwas wächsernes, kalter Schweiß stand auf seinem Gesicht.

Nach einiger Zeit kehrte ein Hauch von Leben in ihn zurück, er atmete geräuschvoll ein, fixierte mich mit seinen erstarrten Augen und hauchte mir kaum hörbar entgegen: „Nicht. Es ist gut." Das war das Einzige, was ich von ihm hörte, er ließ mich los, und sein Mund verzog sich in Zeitlupe wieder zu diesem dummen Grinsen. Ich ließ ihn auf dem Bett sitzen, sein Oberkörper seltsam gekrümmt, angelehnt an die Schräge des Daches. Ich lief in mein Zimmer, wo ich mich aufs Bett warf und fest davon überzeugt war, mein Bruder werde in dieser Nacht sterben.

Natürlich starb er nicht, aber beginnend mit diesem Tag betrachtete ich ihn auf eine andere Weise. Wenn er mir ins Gesicht sah, erkannte ich hinter seinem flinken Blick immer die toten Augen, die mich angestarrt hatten, war für mich sein lautes Lachen immer gepaart mit dem Anblick dieser entsetzlichen Grimasse, die ihn aussehen ließ, als habe man ihm den Schädel gespalten und er genösse es auch noch.

Ich kann nicht sagen, wie oft ich ihn noch in diesem Zustand erleben musste, ich weiß nur, dass ich mich immer seltener um ihn kümmerte, dass ich nicht mehr auf ihn einschlug, um ihn aufzuwecken, wusste ich doch, dass es nichts brächte. Ich kann auch nicht sagen, wie oft ich mir dafür Vorwürfe gemacht habe, dass ich nicht härter reagiert, dass ich ihn nicht zur Besinnung gerufen habe, aber erst heute weiß ich, dass man nichts ausrichten kann, dass die Welt, in der er träumend seine Zeit verbrachte, für uns nicht zugänglich ist.

Man kann mit einem Menschen, dessen Geist vom Gift umnebelt ist, nicht normal kommunizieren, man ist ausgeschlossen aus seinen Gedanken und seinen Gefühlen. Es ist völlig egal, wie vernünftig und klar, wie lebhaft, wie humor- oder gedankenvoll die Person ist, wenn sie einem im Licht des normalen Tages begegnet, wenn sie existiert und lebt, von Wärme strahlt und einem nicht wie eine halbtote, leichenkalte Wachspuppe den Schreck deines Lebens einjagt.

Er starb nicht wirklich, aber für mich jedes Mal ein bisschen, wenn ich ihn so sitzen sah. Ich bekam weniger und weniger Geschichten zu hören, hatte immer kleineren Anteil an seinem Leben, das ich zumindest noch dadurch ein wenig mitleben konnte, dass er mir tagsüber erzählte, was alles passiert war (wobei er seine „Geschäfte" immer gewissenhaft unterschlug). Ich hasste diesen Anderen, diese kalte Person, dieses Etwas, das nachts nach Hause kam und mich ängstigte.

Ein einziges Mal, ein kleines, dreckiges Mal habe ich ihn angesprochen. Es war ungefähr nach der zweiten oder dritten Gelegenheit, dass ich ihn so erleben musste. Normalerweise verschwand er vor uns aus dem Haus, hinterließ einen gedeckten Tisch zum Frühstück, trank nur schnell ein paar Tassen pechschwarzen Kaffee und ging dann zur Arbeit. Nicht dieses Mal. Ich passte ihn ab, als er gerade aus der Tür wollte, der kleine Bruder hält den großen zurück, packt ihn und sieht ihn mit stechendem Blick in die Augen.

So hatte ich es mir vorher ausgemalt, aber natürlich konnte ich diesem Timo, diesem echten, lebendigen Timo gegenüber nicht so hart sein, wie ich es gerne gewesen wäre, wie er es vielleicht nötig gehabt hätte, um endlich aufzuwachen aus seinem Alptraum.

Versuche ich schon wieder, die Vergangenheit zu ändern? Scheiße, ich bin nicht schuld an seinem Schicksal, habe ich ihm den Arm abgebunden und die Nadel geführt? Nein, das habe ich nicht. Ich bin an vielem schuld, aber nicht an seiner Wahl, an seiner eigenen, verdammten Entscheidung, sich über die Zeit hinweg zu vergiften.

Was also war passiert? Ich hielt ihn nicht zurück, ich sagte nur seinen Namen, er erschrak kurz, war er doch morgens sonst stets allein. Er blieb im Türrahmen stehen, die Sonne schien schon hell, ich sah nur seinen geisterhaften Schattenriss, der gerade im Begriff war, das Haus zu verlassen. Er drehte sich halb um, sein Schatten verformte sich zu einem grotesken, buckligen Monster, das mich jetzt doch mit der gewohnten Stimme ansprach und mir einen guten Morgen wünschte.

Als ich diese Worte hörte, war mein Zorn verflogen, Timo kam zurück, jetzt konnte ich sein Gesicht sehen, alles war wieder in Ordnung, da stand er vor mir und sah mich fragend an. Ich wollte ihm alles Mögliche an den Kopf werfen, ihn zur Schnecke machen, ihm drohen, wir seien geschiedene Leute, wenn er nicht sofort aufhöre, sich nachts in diese furchtbare Gestalt zu verwandeln, die mir Angst machte und die nicht mehr mein Bruder sein sollte. Aber wem mache ich etwas vor? Ich stand am Treppenabsatz, sah den gedeckten Tisch, den er für uns hergerichtet hatte, sah ihn, seine Augen, und ganz langsam liefen mir in der morgendlichen Stille die Tränen die Wangen herunter.

Timo sah mich entgeistert an, er schien nicht zu verstehen und kam zu mir herüber, nahm mich in den Arm und streichelte über meinen Kopf, bis ich mich wieder beruhigt hatte. „Hör auf, bitte", war das Einzige, was ich hervorbrachte, bis mich ein erneuter Sturzbach von Tränen wieder verstummen ließ. Und jetzt folgte keine Ansprache, keine Rechtfertigung, nichts, was ich hätte greifen können, um vielleicht mit ihm zu argumentieren, ihm vorzuhalten, was er zerstörte, aber das war gar nicht nötig. „Ich weiß", sagte er dann auch nur, nickte leicht, drehte sich um und ließ mich allein zurück.

Mir kam es vor, als sei es das Letzte, was ich von ihm sehen sollte.

Der Zustand meines Bruders, oder sagen wir lieber: Seine Zustände besserten sich für einen Moment. Es schien, als hätten ihm meine Tränen gezeigt, was er mir bedeutete und wie wichtig er für mich war. Vielleicht hat er für eine kurze Zeit gespürt, dass er eine Verantwortung für mich hatte und welch schlechtes Vorbild er mir gab. Für eine Weile kümmerte er sich mehr um mich, kam seltener spät nach Hause und schlich nicht wieder wie sein eigener Geist herum und ängstigte mich.

Ich möchte nicht herzlos erscheinen, aber ich witterte in seiner Fürsorge einen Funken Falschheit, er bemühte sich ein bisschen zu sehr, so als wolle er etwas aufholen und wieder gut machen. Aber ein paar Wochen später überwog dann doch schon wieder die Trauer in mir, er vergaß mich ein ums andere Mal, und nach zwei weiteren Begegnungen der unheimlichen Art schloss ich mich in mein Zimmer ein, sobald ich schlafen ging. Sollte er doch Zombie spielen, ich würde mich da heraushalten, ich käme auch ohne ihn klar. Dass ich das früher, als mir lieb war, auch musste, wusste ich zu diesem Zeitpunkt noch nicht.

Dafür ereignete sich in diesem Sommer noch etwas anderes, das es mir umso leichter machte, mich ein wenig von Timo zu entfernen, ihn allein zu lassen mit seinem Gift, seinen Feiern und was er sonst noch so machen mochte.

Ich hatte mich im Laufe der Jahre abgesetzt von Gleichaltrigen, meine seltenen aber dafür umso heftigeren Ausbrüche hatten es den anderen leicht gemacht, mich zu meiden, und wer will es ihnen verdenken? Ich hätte auch mit niemandem befreundet sein wollen, der nichts so gut zu können schien, wie schlecht gelaunt dreinzublicken und den jede Kleinigkeit überschnappen lassen konnte, der sich verwandelte in einen um sich schlagenden Spinner, der sich erst beruhigte, wenn sein Gegenüber bereits am Boden lag.

Meine Rolle des verschlossenen Einsiedlers, den niemand so richtig durchschaute und die mir ehrlich gesagt gar nicht so schlecht gefiel, da ich mich nicht verbiegen, nicht nett sein musste, niemandem Rechenschaft abzulegen hatte, diese Rolle wurde um ein Vielfaches erleichtert durch die Schule, die ich in der Zwischenzeit besuchte. Die Grundschule, in der mich und meine Familie jeder kannte, wo jeder genau wusste (oder zu wissen meinte), was in mir vorging, weil ich einen so schrecklichen Vater hatte, diese Brutstätte der Kleinstadtgerüchte hatte ich schon vor fast fünf Jahren hinter mir gelassen, und es kam mir vor wie eine halbe Ewigkeit.

Auf der weiterführenden Schule genoss ich meine Anonymität, ich konnte allein auf dem Schulhof stehen, ohne dass jemand schon meine Geschichte kannte und mich schief ansah. Die Schule lag in einem anderen Stadtteil, die Schüler trabten aus dem ganzen Umland an, und so konnte ich mich unter Hunderte von anderen Zugereisten mischen, ich war allein, aber frei. Es gab einige Schüler, die mich noch von der Grundschule kannten, aber sie wussten zumeist, wie ich diejenigen behandelt hatte, die mich verspotteten, daher forderten sie ihr Glück nicht heraus.

Natürlich entwickelten sich im Laufe der Zeit ein paar Bekanntschaften, man ging in dieselbe Klasse, hatte vielleicht ein Stück des Heimwegs gemeinsam zurückzulegen, und so kam man sich zwangsläufig näher, wusste den Namen des anderen, kannte seine Schulnoten, seine Kleidung, seinen Geschmack. Man konnte sagen, ob jemand Geld hatte oder nicht, was die Eltern beruflich machten, man sah es daran, dass sie ihre eigenen Schlüssel besaßen, die Pausenbrote von ihren Müttern gerichtet waren oder dass sie Geld dabei hatten, um sich mittags etwas zu kaufen. Man konnte wissen, ob sie mit Geschwistern aufwuchsen, wenn sie offensichtlich bereits etwas aus der Mode gekommene Sachen trugen (so wie ich), die ihnen von älteren Brüdern oder Schwestern vermacht worden waren.

All diese Anhaltspunkte ließen mich meine „Freunde" sorgfältig auswählen: Jeder, der nach Reichtum stank, war sofort tabu, aber die Außenseiter mit älteren Geschwistern, die kein Geld für das Mittagessen dabei hatten und auch bei Klassenausflügen nicht durch prallgefüllte Rücksäcke glänzten, oder diejenigen, die nicht von einem Elternteil zur Schule gebracht und wieder abgeholt wurden mit übergroßen, glänzenden Autos neuesten Baujahrs, diese suchte ich mir unbewusst aus. Das tat ich nicht, damit sie meine Freunde würden, aber in ihrer Nähe erhielt ich mir selbst eine Art Glaubwürdigkeit, für sie musste ich mich nicht verstellen.

Das Bild, das ich von mir hatte, das des Einsiedlers, der mit niemandem etwas zu tun haben wollte, wurde auch durch die Bekanntschaft mit einigen harmlosen anderen Personen nicht zu etwas, das ich zur Schau stellte. Ich blieb unauffällig, bot keinen Anlass zu Fragen, eine Schattengestalt, die man (so bildete ich mir ein) sofort wieder vergaß, wenn sie aus dem Blick der anderen verschwunden war.

Es gab nur eine Situation, die mir für einen kurzen Moment den Atem stocken und glauben ließ, jetzt hätten mich alle durchschaut, jeder wisse jetzt unwiderruflich, wie es um mich bestellt sei, aber keiner hatte eine Ahnung, keiner interessierte sich so sehr für mich oder auch nur für irgendjemand anderen. Es musste schon dicker kommen, dafür musste man kaputte Sachen tragen, völlig lächerliche Frisuren verpasst bekommen haben oder wiederholt ausgesucht dumme Antworten geben.

In diesem Fall konnte man sich sicher sein, dass sich die Schüler wie eine blutrünstige Meute auf ihr Opfer stürzten, siegessicher, einen Schwächeren gefunden zu haben, den man im Kollektiv der Menge erniedrigen konnte, um sich selbst für den Moment ein bisschen besser zu fühlen, sich erhoben zu wissen über den armen Tropf.

Aber lassen Sie mich zu meiner Schrecksekunde zurückkommen. Wir hatten das Bergfest des Halbjahres schon vor einigen Wochen hinter uns gebracht, erste Klausuren waren geschrieben, und so langsam ging es daran, an Zensuren zu denken. Sonst ruhige Schüler oder solche, denen unerwartet schlechte Noten in den schriftlichen Arbeiten einen gehörigen Schrecken eingejagt hatten, bäumten sich für kurze Zeit auf. Sie waren angetrieben von guten Vorsätzen, die wenige Wochen später schon wieder vergessen waren, meldeten sich eifrig und wünschten, sich beim Lehrer ins Gedächtnis zu rufen. Zu „streben", wie die anderen, die um ihre Versetzung nicht zu bangen brauchten, es dann abfällig nannten, obwohl sie eigentlich diejenigen waren, auf die das sonst eher zutraf, aber wer wollte ihnen verübeln, dass sie ihre Chance nutzten, schnell ein wenig Spott loszuwerden?

Wir dachten also mit mehr oder weniger Unruhe an unsere Versetzung in den Fächern, die uns nicht lagen. Mein Angstfach war Biologie, unterrichtet von einem alten Drachen, einer Lehrerin, der man nicht glauben würde, sie habe einmal bessere Zeiten gesehen, alt, verhärmt, mit einem Blick, der Blut zum Stocken bringen konnte, was er auch regelmäßig tat. Ich hatte in den letzten Monaten nicht durch besondere Beteiligung geglänzt und die ersten Prüfungen gehörig in den Sand gesetzt, deswegen war ich Kandidat für eine Demütigung der besonderen Art. Glücklicherweise gab es noch eine ganze Reihe anderer, die diese fragwürdige Ehre mit mir teilten, denn beim Drachen eine bessere Note als „befriedigend" zu erhalten, war schon Glücksache. So ein Glück konnte zum Beispiel sein, dass die Lehrerin mit den Eltern gemeinsam in die Kirche ging oder ähnlich irrelevante Privilegien, die sie trotz aller Korrektheit nicht davon abhalten konnte, diese Schützlinge regelmäßig besser zu bewerten, als es ihnen eigentlich zustand.

Ich fühlte, dass sie falsch lag, aber was sollte ich tun? Mich öffentlich mit ihr anlegen, sie zurechtweisen, sie beschuldigen, nicht gerecht zu benoten? Ich verabscheute diese Person, ihr Lächeln, das genauso falsch war wie ihre Zähne, aber ich sah für mich keine Chance, sie über meine Auffassung von Gerechtigkeit aufzuklären, und so ließ ich es direkt sein.

Nun, sie machte sich einen Spaß daraus, diejenigen, deren Zensuren ihrer Meinung nach auf verlorenem Posten standen, namentlich zu nennen und einen Text zu diktieren, der sich lang und breit darüber erging, dass der Sprössling es nicht fertig bringe, sich ordentlich am Unterricht zu beteiligen, schlechte Noten schriebe und, kurz gesagt, die Gefahr bestünde, dass „nicht ausreichende" Leistungen im Fach Biologie das nächste Zeugnis verunzieren und die Versetzung gefährden könnten.

Diese demütigende Übung gipfelte in dem Satz: „Und das lasst ihr von euren Eltern unterschreiben." Was hätte sie auch sonst sagen sollen? „Von eurem Erziehungsberechtigten"? Wohl kaum. Trotzdem traf mich die Formulierung „von euren Eltern" wie ein eiskalter Stich in die Brust. Der Drache war während des Diktats durch die Reihen gegangen und kam passenderweise neben mir zum Stehen, als er mit der für mich unerfüllbaren Forderung geendet hatte. Mir wurde kalt, der Klassenraum verengte sich vor mir zu einem Tunnel, an dessen Ende kaum noch Licht zu sehen war.

Ich schnappte nach Luft, und als ich aufsah, starrte ich direkt in die unbarmherzigen Augen des Reptils, das keine Gnade kannte. Ich bildete mir ein, dass jeder meinen Aussetzer bemerkt hatte, wollte mich umsehen, um mich zu vergewissern, war aber versteinert von diesem Blick, der mich zu durchbohren schien. Der Blick fragte, was mit mir los sei, ob ich ein Problem mit dieser doch nun wirklich nicht zu schweren Anweisung habe, es könne doch nicht zu viel verlangt sein, seinen Eltern ein Blatt Papier zur Unterschrift vorzulegen.

Nichts dergleichen passierte. Der Drache hatte sein Ziel erreicht, die sich kurzzeitig ändernden Schatten in den Falten um seinen Mund deuteten ein siegessicheres Grinsen an, zeigten die Gewissheit, dass er geschafft hatte, was er wollte: dass wir die Hosen gestrichen voll hatten. Nicht so ich.

Ich ging beinahe froh nach Hause, glücklich darüber, dass ich den Sumpf der Gerüchte, der spitzen Zeigefinger und des Mitleids, der sich am Ende des Tunnels schon auf meinem Weg zeigte, umschifft hatte. Ich erntete natürlich einen missbilligenden Blick meiner Mutter, verbunden mit der Forderung, mich für den Rest des Halbjahres anzustrengen, aber kein Blick der Welt konnte es mit den Eis versprühenden Augen des Drachen aufnehmen, ich war abgehärtet.

Von nun an war ich gefeit gegen die Angst, jemand könne irgendetwas ausplaudern, denn die Lösung war ganz einfach: Es interessierte sich einfach niemand dafür, wahrscheinlich gab es Hunderte anderer Schüler, die noch viel schlimmere Familien zu Hause hatten, manche vielleicht gar keine. Wer war ich schon, mir ins Hemd zu machen, nur weil mein Vater nicht bei uns lebte? Er war eben auf Montage, lebte auf einer Bohrinsel, war anerkannter Korrespondent im Ausland, Kapitän auf einem Frachter, Rettungsflieger in einem Krisengebiet, es gab tausend solcher Geschichten, die nur einen einzigen Makel hatten: Es waren Lügen.

Ich erzählte diese Lügen niemandem, damit ich mir nicht merken musste, wem ich was gesagt hatte, ständig Gefahr laufend, ertappt zu werden, eine Rückfrage nicht schnell genug beantworten zu können und schließlich noch viel schlimmer dazustehen, als Aufschneider nämlich. Deshalb achtete ich auch weiterhin darauf, dass mir niemand zu nahe kam, dass ich keinen an mich heranließ, der mich vielleicht zu sich einladen würde und den ich im Gegenzug vielleicht zu mir mitnehmen müsste. Auch wenn mir die Angst genommen war, dass ich mich in der Schule verraten könnte, obwohl es vielleicht gar nichts zu verraten gab, meine Familie blieb meine Familie, eine Einheit, untrennbar, in die niemand eindringen durfte und sei es nur für einen Augenblick.

Es waren Jahre ohne Geburtstagsfeiern, ich behauptete, ich wolle niemanden einladen, wir saßen zu dritt zu Hause am Tisch, ich blies Kerzen aus und wünschte mir ein normales Leben, obwohl ich nicht genau wusste, was das sein sollte, aber es war bestimmt anders als das hier.

Was mich aber eigentlich von Timos Schicksal ablenkte, mich davon abhielt, mir zu viele Sorgen um ihn zu machen, war etwas völlig anderes, das ich nur kurz erwähnen möchte, denn wer will schon etwas über unglückliche Liebe hören, geschweige denn erzählen? Ich nicht.

Aber immerhin war ich ein paar Monate abgelenkt, konnte mich einer Schwärmerei widmen, die mich meinen Bruder vergessen ließ. Ich schämte mich gleichzeitig dafür, dass ich mich nicht um ihn gekümmert hatte, dass ich ihm nicht die Pistole auf die Brust setzte, ihn zwang, sich zu ändern, mich nicht allein zu lassen mit seinem toten Zwilling. Heute weiß ich, dass ich niemals die Macht gehabt hätte, ihn zu ändern, aber ebenso wenig hatte ich in der Hand, wie ich fühlte.

Es begann damit, dass mitten im Schuljahr eine neue Schülerin in die Klasse kam, die ich zunächst genauso ignorierte, wie alle anderen Mädchen in der Schule. Ich kann nicht leugnen, dass ich einigen von ihnen hinterher sah, beobachtete, wie sie aufblühten, wie sich ihre Körper veränderten und wie mich das erregte. Aber Interesse an dem Menschen hatte ich nicht, an der Person, der sich hinter den gerade sich entwickelnden Frauen, den glatten Beinen unter kurzen Röcken, den knospenden Brüsten hätte zeigen können. Bei Sarah war das nicht so. Sie ignorierte mich, wie ich sie, aber es war anders. Wir waren in einem Alter, in dem die kleinen Hänseleien zwischen den Geschlechtern ernsteren Gesprächen wichen, der Umgang wurde vertrauter und handfester, wenn auch scheuer auf eine eigene Art und Weise.

In diesem Meer von balzenden Jungs, die von den Mädchen etwas verächtlich (wenn auch nicht vollständig mit Desinteresse) behandelt wurden, weil sie sich noch so kindlich benahmen, wurde ich vielleicht dadurch interessant, dass ich nichts tat. Ich enthielt mich jedem Streich, der gespielt wurde, jedem derben Scherz oder Albernheiten, weil ich die Vertrautheit mied, die sich meiner Meinung nach dadurch zwangsläufig ergeben musste. Sarah verhielt sich ähnlich zurückhaltend, wenn auch nur aus dem Grund, dass sie neu war und nicht wusste, wie sie sich verhalten sollte, welche Gruppen es gab, auf wessen Meinung man Wert legen musste und wen es zu meiden galt.

Ich weiß, dass ich zu viel Bedeutung in die Blicke legte, die wir uns hin und wieder zuwarfen, quer durch den Klassenraum, in der Pause, nach der Schule, die ich zu Fuß verließ, während sie auf den Bus wartete. Ich bildete mir tatsächlich ein, aus uns könnte etwas werden, wir würden uns zusammentun, Außenseiter, die wir beide waren.

Ich möchte Sie nicht langweilen mit Details dieser Schwärmerei, deren Höhepunkt damit erreicht war, dass wir uns auf einer Schulfeier unterhielten und im Anschluss einen flüchtigen Kuss austauschten, der in meiner Erinnerung noch tagelang in meinem Gesicht brannte, denn wie ich schon sagte, wurde nichts daraus, die Tragödie, die meine Familie auslöschte, zerstörte auch diese zarte Pflanze. Ich sah Sarah erst Jahre später wieder, in der Stadt, einen Kinderwagen schiebend, und ich bildete mir ein, sie habe nicht glücklich ausgesehen.

Unsere Mutter hatte einen guten Grund, warum sie nichts mitbekam von den Eskapaden meines Bruders, warum sie so abwesend schien, beinahe desinteressiert an unserem Leben. Ich hätte damals nicht sagen können, was es war, sie sah besorgt aus, manchmal entrückt glücklich, aber innerhalb eines knappen Jahres alterte sie zusehends, bekam Falten, graue Haare, ging gebeugt und hörte häufig nicht zu, starrte teilnahmslos ins Leere.

Aber die Änderung in ihrem Verhalten und Fühlen ging ähnlich langsam vor sich wie eine schleichende Krankheit, so dass ich die kleinen Unterschiede von Tag zu Tag, von Woche zu Woche, nicht bemerkte. Wäre das alles mit einem Krachen, einem lauten Donner passiert, meine Welt wäre mit einem Schlag zusammengebrochen, aber so glaubte ich vorerst nur an eine Phase, und das große Heulen und Zähneklappern setzte erst ein, als es schon zu spät war.

Rückblickend betrachtet schien sich das Karussell unseres Lebens mit einem Mal immer schneller zu drehen, und es war nur eine Frage der Zeit, wann wir an den Rand getrieben wurden, um dann unwiderruflich in die Weiten des schwarzen Raums zu gleiten, aus dem es kein Entrinnen gibt. Naja, ich bin entronnen, aber um welchen Preis? Ich werde es Ihnen ersparen, hier abgedroschene Phrasen zum Besten zu geben, aber mir wurde schmerzhaft bewusst, dass man wirklich erst merkt, was man hatte, wenn man es verliert.

Der erste Verlust, der sich ankündigte, betraf Timo. Seine „Zustände" waren zurückgekehrt, aber ich erlebte ihn trotz allem nur selten gefangen in seinem erbleichten Körper, was natürlich auch nur heißen konnte, dass er sich nicht täglich betäubte oder ich lediglich nichts davon mitbekam. Wir sprachen nie darüber, als es möglich war und hatten später keine Gelegenheit mehr. Ich sollte erst an dem Tag, an dem er abgeführt wurde, erfahren, dass er das Gift nicht nur nahm, sondern es zum Erwerb seines und unseres Lebensunterhalts großräumig über die Stadt verteilte.
Es war Ende Mai, wir hatten bereits ein paar schöne, sonnige Tage erlebt, die Erde hatte die Decke ihres kühlen Frühlings endgültig abgeschüttelt, nachdem es im April bei unzumutbaren Temperaturen wochenlang wie aus Eimern geschüttet hatte. Allen schien die Kälte nun aus den Knochen gewichen zu sein, man sah die ersten kurzen Hosen am Wochenende, man traf sich draußen, und Pfingsten stand unmittelbar bevor.
Eine Woche vor diesen kurzen Ferien mitten im Jahr hatte mich Timo mit einer Idee überrascht, die mich vorübergehend an seine Seite zurückführte, mich hoffen ließ, ihn wieder zurückzubekommen als den normalen, gesunden Bruder, den ich einmal gehabt hatte. Wir sollten an diesem verlängerten Wochenende wegfahren, raus

zum Zelten an einen nahe gelegenen Stausee, aber wohin es ging, war völlig uninteressant.

Wir hätten draußen im Garten sitzen können und vorgeben, wir seien in Italien am Strand, wir hätten uns kalte Getränke aus der Küche geholt, klirrende Eiswürfel in hohen Gläsern mit bunten Flüssigkeiten, Strohhalme und was sonst noch zu einem erstklassigen Cocktail gehört. Doch dieses Mal sollte es anders sein, und wir kauften schon Tage vorher Vorräte ein, flickten das alte, stockfleckige Zelt, räumten Kissen und Decken zusammen, organisierten Lampen, Kerzen, Streichhölzer für das Lagerfeuer, suchten Badehosen aus den Schränken und Sonnenhüte.

Mutter musste nicht arbeiten, brauchte also das Auto nicht, und Timo hatte einen Führerschein, also konnten wir es tatsächlich tun. Wir räumten den Kofferraum ein und planten unsere große Reise, deren Fahrt vielleicht gerade einmal eine halbe Stunde in Anspruch nehmen würde, und da war die Zeit zum Tanken und die Extrarunde ums Haus, um sich noch einmal hupend zu verabschieden, schon mit eingeschlossen. Die Entfernung spielte keine Rolle, es sollten ein paar Tage zusammen mit meinem Bruder sein, draußen in der Natur, Würstchen grillend und schwimmend im klaren Wasser des Sees, von mir aus hätten wir die Zeit in Unterhosen auf einer Eisscholle verbringen können, solange wir es nur gemeinsam tun würden.

Von der „Aktion" bekam ich erst einmal überhaupt nichts mit, denn ich saß schon auf dem Beifahrersitz, hatte die Schuhe ausgezogen und die nackten Füße aufs Armaturenbrett gelegt. Die Augen geschlossen, fühlte ich die Sonne durch das Fenster scheinen, ich sah einen roten Schleier, Leben. Ich wartete auf Timo, der noch ein paar letzte Sachen zusammenklaubte, dann sollte es losgehen. Es ging auch los, aber nicht so, wie ich gehofft hatte, denn plötzlich war mir, als hätte ich ein Geräusch gehört, das Zuschlagen einer Tür.

Vor unserem Haus stand ein Streifenwagen, zwei Beamte stiegen aus, setzten sich ihre Dienstmützen auf und gingen auf das Haus zu. Mit einem Satz war ich aus dem Auto und kam gleichzeitig mit den beiden vor der Haustür an. Ich war davon überzeugt, dass sie sich in der Adresse geirrt hatten, was konnten die beiden hier wollen? Nie im Traum hätte ich mir vorgestellt, dass dieser Besuch das Ende unserer Ferien bedeuten sollte, und zwar noch bevor sie begonnen hatten.

Ich grüßte die Polizisten scheu von der Seite, sie nickten mir abwesend zu, klingelten dann, und mit einem kalten Schrecken bemerkte ich, dass die beiden ihre Jacken etwas hochgeschoben hatten und gerade die Hand an ihre Waffen legten, als die Tür aufging und meine Mutter vor ihnen stand. Sie fragten rundheraus nach meinem Bruder, und mir wurde schwindelig. Ich stütze mich an der Hauswand ab, meine Mutter ließ die beiden sprachlos ins Haus, ich schlich hinterher und versuchte zu verstehen, was hier gerade vor sich ging.

Dass es sich um einen Irrtum handelte, konnte ich wohl ausschließen, ich hatte deutlich gehört, wie der erste Polizist, ein junger Kerl mit forschem Blick und dem dunklen Schatten eines Bartes, den Namen meines Bruders ausgesprochen hatte. Mutter schien es ebenso zu gehen, sie blickte konsterniert umher, suchte tastend Halt hinter sich und ließ sich schließlich auf den Stuhl neben das Telefon fallen. „Aber …", stammelte sie, doch Timo kam schon die Treppe herunter. Sein Gesicht verriet Erstaunen aber auch eine Art Erkennen, so als habe er lange auf diesen Zeitpunkt gewartet und sei vielleicht sogar ein bisschen froh, dass er nun endlich gekommen war, die Warterei und Anspannung ein Ende habe, sich alles in Wohlgefallen auflösen werde.

Aber nichts löste sich auf, im Gegenteil, die Beamten erklärten ihm freundlich aber bestimmt, dass er sich fertig machen solle, er müsse sie begleiten und was in solchen Momenten sonst noch gesagt wird. Ich hörte nicht wirklich zu, starrte nur in Timos Richtung, den Mund offen stehend, ich muss ein selten dämliches Bild abgegeben haben.

Unsere Mutter hingegen gab ein sehr würdevolles Bild ab, sie sagte nichts und blickte zu Boden. Ihr Gesichtsausdruck verriet ihre Gedanken nicht, sie saß schicksalsergeben auf ihrem Stuhl, ein flüchtiges Lächeln umspielte ihre Lippen, sie stand kurz auf, als Timo ging, strich ihm mit einer unendlich zärtlichen Geste über die

Wange und setzte sich dann wieder. Doch kaum hatten die drei das Haus verlassen, stürzte sie förmlich in sich zusammen, sämtliche Spannung verließ ihren Körper, sie schrumpfte vor meinen Augen, mir schien, als hauche sie das letzten bisschen Glaube und Hoffnung aus. Sie wäre von ihrem Stuhl gerutscht wie ein nasser Sack, wenn ich sie nicht aufgefangen hätte.

Wir machten uns nichts vor, Justizirrtümer passierten, aber doch immer nur den anderen. Der Film, in dem jemand zu Unrecht beschuldigt wurde, abgeführt vor den Augen der ganzen Stadt, die an seine Schuld glaubte, aber demütig Abbitte leisten musste, als sich herausstellte, dass er nur das Opfer einer miesen Intrige war und die ihn in allen Ehren wieder aufnahm in ihren Schoß, dieser Film lief nicht in unserem Kino.

Hier saßen zwei zerstörte Geister in lächerlicher Pose auf einem wackligen Stuhl, hielten sich gegenseitig und konnten nicht glauben, was ihnen widerfuhr. Das sollten sie aber besser, denn genau hier, an dieser Stelle, in dieser Zeit spielte das Leben seinen grausamen Streich.

Nachdem ich zuerst Timo und dann mich eine Zeitlang bemitleidet hatte, dachte ich an unsere Mutter, die im Begriff war, bereits den zweiten ihrer Lieben zu verlieren. Ich machte mir viele Gedanken darüber, was in diesem Moment in ihr vorging, aber ich wollte es doch lieber nicht wissen, ich befürchtete, diesen unendlichen Schmerz, diese maßlose Enttäuschung nicht ertragen zu können.

Mit einem Ruck kehrte das Leben in den Körper meine Mutter zurück, sie schien wie aus einem kurzen Schlaf erwacht, blickte leicht verstört um sich, fasste sich aber sofort wieder, entwand sich meiner Umarmung, murmelte etwas davon, sie müsse füttern, sah mich kurz an und ließ mich dann allein. Dieser Blick traf mich wie ein sauber geführter Schlag mitten ins Gesicht und konnte alles bedeuten, war eine Mischung aus flehender Bitte, sie nicht auch noch zu enttäuschen und dem Aufgeben eines lebenslangen Kampfes, dem Aussetzen all ihrer Kräfte, mit denen sie sich über Jahre und Jahrzehnte aufgerieben hatte.

Ich spürte, dass ihre Hoffnung mit diesem Augenblick zerstört war, weil sie ja jetzt doch wusste, dass auch ich sie eines Tages niederstrecken würde, ihr den Todesstoß verpassen mit einer Dummheit, einer Gedankenlosigkeit, die mich gleichmachen würde mit den anderen beiden.

Ich habe keine Ahnung von behördlichen Abläufen, weiß nichts davon, welche Schritte in welcher Reihenfolge vorgenommen werden, wenn jemand verhaftet wird, ich bin mir nicht einmal sicher, ob es sich überhaupt um eine Verhaftung handelte, denn am Abend saßen wir schon wieder gemeinsam am Tisch und sagten kein Wort. Es waren ein paar kurze Sätze gefallen, als Timo wiederkam, ich saß in meinem Zimmer und hörte von unten etwas von falschen Anschuldigungen, Verrat und völligem Unsinn, Unrecht, das ihm getan wurde, aber auch Worte aus dem Jargon der Juristen, „Besitz und Handel mit Betäubungsmitteln" und ähnliche Phrasen.

Bis heute kann ich nicht sagen, warum sie ihn überhaupt wieder freiließen, aber natürlich wollte ich an seine Unschuld glauben, schöpfte mit dem von Zweifel zerfressenen Löffel der Bruderliebe Hoffnung bis zum Letzten, klammerte mich an Geschichten, die ich mir nachts ausmalte und in denen er strahlend hervorgehen würde als zu Unrecht beschuldigter Held und Wohltäter. Als sie ihn abermals abholten, kamen sie gleich zu sechst, und dieses Mal brachten sie auch einen Hund mit.

Meine nächtlichen Phantasien steigerten sich zu üblen Rachefeldzügen, in denen ich mit bloßer Hand ganze Einsatzkommandos niederstreckte, eine blutige Spur hinterließ, um meinen Bruder zu retten, aber auch das half nichts. Er kam wieder zu uns zurück, aber dieses Mal war sein Widerstand schon gebrochen, er versuchte gar nicht erst, die Sache zu verharmlosen, redete nicht mehr von Irrtümern und Verschwörungen, denn es hätte sowieso nichts mehr genützt. Wen wollte er schon täuschen?

Meine Mutter sprach kaum noch ein Wort, selbst wenn er nicht dabei war, und in meinen Träumen war er zwar immer noch derjenige, der mich beschützte, der mir das Leben erklärte, aber die Wirklichkeit sah anders aus, mein Bild von ihm hatte Risse bekommen, war brüchig geworden. Und diese Risse erweiterten sich von Tag zu Tag, und je mehr ich darüber nachdachte, desto dunkler wurde das Bild. Aus den Brüchen quoll dicker, blutroter Saft, verflüssigte Lügen, die sich nun ihren Weg ans Tageslicht bahnten und dabei unerträglich nach Scheiße stanken.

Ich konnte meinem Bruder kaum noch in die Augen sehen und dachte an das, was er wahrscheinlich getan hatte. Oft kam ich ins Wanken, konnte nicht glauben, was passierte und schämte mich zutiefst für mein Misstrauen, aber was sollte ich machen, was konnte ich für meine Gefühle? Ich hatte einmal einen Film gesehen, in dem ein schreckliches Verbrechen begangen wurde, und nach und nach wurden immer wieder andere Personen verdächtigt, doch sie alle waren unschuldig, bis zum Schluss sämtliche Hinweise auf einen Mann zeigten. Wie sich am Ende herausstellte, war auch er unschuldig, aber seine Frau, die er über alles liebte, hatte einen kurzen Moment an ihm gezweifelt, und zum traurigen Finale der Geschichte musste er sie deswegen verlassen, weil er nicht mit einem Menschen zu leben in der Lage war, dem er nicht absolut und immer vertrauen konnte.

Ich fühlte mich in dieser Zeit wie ein Verräter, befand mich selbst schuldig der Untreue an meinem Bruder, redete mir immer wieder ein, dass ich an ihn glauben, ihm uneingeschränktes Vertrauen schenken müsse, damit er diese Zeit der Prüfung unbeschadet durchschreiten möge, aber ich konnte nicht. Und meine letzten Zweifel wurden schon bald zerstört, der seidene Faden, an dem mein Glauben hing, wurde zerrissen durch die Vorladung, die kurze Zeit später per Einschreiben kam und von Timo mit zitternder Hand angenommen wurde. Natürlich hatten sie im Haus nichts gefunden, so blöd konnte er nicht sein, aber irgendwo schien es tatsächlich eine Bande feiger Hunde zu geben, die beharrlich seinen Namen nannte, wenn die richtigen Fragen gestellt wurden.

Hätte er doch nur irgendetwas gestohlen, meinetwegen eine komplette Schiffsladung Luxusuhren oder einen Container voll Geld, ich hätte ihm sofort verziehen, wenn auch das Verhältnis, in dem diese Tat zu ihrer Notwendigkeit stünde, geradezu lächerlich war. Und Sie brauchen nicht mit den Augen zu rollen, es ist mir klar, dass es niemals wirklich nötig ist, etwas zu stehlen, aber diese Diskussion hatten wir ja schon.

Was mich wirklich im tiefsten Inneren verletzt hat, war die Tatsache, dass er offensichtlich Drogen verkaufte. Man muss ein dämlicher Ignorant sein, wenn man nicht weiß, was dieser Dreck anrichtet, wir alle kennen die Dokumentationen, haben die Filme gesehen und wissen, wie Leben in den Abgrund getrieben werden durch das Versprechen einer kleinen Flucht und sei sie noch so kurz. Wer wird schon getrieben, sich selbst auf Raten hinzurichten, werden Sie jetzt fragen, kein Angebot ohne Nachfrage, werden Sie vielleicht argumentieren, und natürlich haben Sie recht. Trotzdem ist es ein himmelweiter Unterschied, ob Sie geklaute Autoradios verkaufen, was gegen das Gesetz ist, oder ob sie pulverisierten Tod unters Volk bringen, was ebenfalls gegen das Gesetz ist, aber ganz andere Auswirkungen hat, da werden Sie mir wohl zustimmen.

Und so sah ich in meinen Träumen hinter dem Rücken meines Bruders, der für uns sorgte und der uns half, Legionen von elendig krepierten Gestalten auftauchen, die sich über ihm aufbauten wie eine Armee von Untoten. Ich stehe ihm in diesen Träumen gegenüber, sehe die herandonnernde Welle von Körpern, schreie, brülle wie am Spieß, aber meine Beine sind in der Erde verwachsen, meinem Mund entringt sich kein Ton, ich kreische lautlos in seine Richtung. Doch er steht nur vor mir, breitet die Arme aus, um mich zu empfangen, er lächelt liebevoll und wird im nächsten Moment von der Meute in Stücke gerissen.

Manchmal denke ich, und ich erschrecke selbst über meine Kaltblütigkeit, dass es vielleicht gut war, dass er nie mehr vor Gericht erscheinen sollte, aber dann, in dunklen Stunden einsamer Trauer weiß ich, dass alles besser wäre als der Tod, dass man das Leben nicht aufwiegen kann. Zu spät.

Der zweite Verlust, den ich hinnehmen musste, betraf natürlich meine Mutter (und viel mehr gab es ja nicht zu verlieren). Ich kann nicht sagen, ob Timo es in seinem Tran überhaupt noch mitbekam, aber sie hatte sich nicht erst verändert, als die Anzeichen offensichtlich wurden. Rückblickend musste ich feststellen, dass es schon viel früher begann, sogar noch bevor ich den leider gar nicht so schmierigen Typen im Auto gesehen hatte, der sie uns entführte, aber woher sollte ich wissen, wie lange sie sich schon von ihm aushalten ließ?

Ich möchte die Geschichte nicht unnötig in die Länge ziehen, möchte nicht davon erzählen (müssen), wie unsere Mutter stiller wurde, zurückhaltender, wie sie sich im Bad einschloss und keine Auskunft darüber gab, was mit ihr los war. Ich möchte nicht noch einmal die ganzen kleinen Gelegenheiten aufgreifen, an denen ich etwas hätte sagen oder merken können, es aber nicht getan habe, denn wissen Sie was? Es hätte doch nichts geändert.

Wie die heilige Maria zu ihrem Kind kam, hat viel mit Glauben zu tun und wenig mit Wissen, und so war es auch hier. Meine Mutter kam nicht zu mir (oder uns), um uns von ihrer bevorstehenden Niederkunft zu erzählen, aber irgendwann kann man es einfach nicht mehr verbergen, egal wie wallend die Stoffe sind, in die man sich kleidet.

Wie reagiert man in so einer Situation, wie hätten Sie reagiert? Bei einer Frau Mitte Vierzig, die ein nicht gerade sorgenfreies Leben führt, springt man bei dieser Nachricht nicht unbedingt vor Freude vom Stuhl, umarmt sie, freut sich, dass es endlich geklappt hat und wünscht alles Gute. Nicht ganz.

Ich war an einem Samstagmorgen früher als sonst aufgestanden, normalerweise mimte ich den Langschläfer, der am Wochenende erst dann aus den Federn kletterte, wenn ihn der Hunger dazu zwang. An diesem Tag allerdings war ich früh dran, weil ich irgendetwas vorhatte, ich wollte den Tag nutzen. Daraus sollte nichts werden, denn als ich auf das Badezimmer zusteuerte, ging die Tür auf, und meine Mutter kam heraus. Sie hatte gerade geduscht und war völlig nackt, wahrscheinlich, weil sie nicht vermutet hatte, dass um diese Zeit schon jemand wach war.

Zunächst sah ich gar nichts, da mir das Sonnenlicht durch das Badezimmerfenster entgegen flutete. Das milchige Fenster streute das Licht und blendete mich, so dass ich die Augen abwandte. Einen

Moment später schloss meine Mutter die Tür wieder, das Strahlen hörte auf, und ich sah sie an, zuerst ins Gesicht, aber dann stimmte etwas mit dem Bild nicht. Ich kann mich an den Anblick erinnern, als sei es ein Foto, das ich stets bei mir trage und bei jeder sich bietenden Gelegenheit studiere, um kein Detail zu vergessen.

Ich stand auf dem weichen Teppich mit dem dunkelroten Rautenmuster im Flur, etwa einen Meter von meiner Mutter entfernt, die Badezimmertür war noch einen Spalt geöffnet, im Licht tanzte der Staub. Rechts und links die Türen aus dunklem Holz, helle Tapeten, daran Kinderfotos in Rahmen, die zwar hässlich waren, doch leider nicht so hässlich, dass sie von unseren bemitleidenswert schauderhaften Klamotten ablenken konnten, die irgendwann einmal in Mode gewesen zu sein schienen.

Von draußen hörte ich Vogelgezwitscher, kurz unterbrochen durch das Klingeln einer Fahrradschelle, wahrscheinlich die des Briefträgers, ansonsten war es still. Ich trug einen blauen Pyjama, ein verwaschenes, altes Teil mit ausgeleierten Bündchen, knotig und mit einer Knopfleiste. Meine Mutter dagegen trug nichts. Mein Blick traf den ihren, mit verklebten Wimpern wirkten ihre Augen größer, meine wanderten langsam an ihrem Körper hinab, die Haut war fast weiß, glänzend, einige Wassertropfen rannen an ihr herab, die nassen Haare sahen dunkler aus als sonst, eine Strähne klebte an ihrer linken Schulter. Ihre Brüste waren größer, die Brustwarzen dunkler und erregt, und dann sah ich den Bauch.

Ich kann diesen Moment nicht beschreiben, ich weiß nicht, was ich empfand, und ich glaube heute, dass ich wahrscheinlich tatsächlich einfach nichts fühlte und nichts dachte. Zunächst verstand ich auch nichts, sah ungläubig ein zweites Mal hin, war aber in meinem Inneren wie leer, konnte keinen Gedanken fassen oder irgendetwas empfinden, das kam alles erst viel später. Der Anblick war einerseits völlig verstörend, weil meine Mutter so ganz anders aussah, als ich sie mein Leben lang gekannt hatte, auf der anderen Seite stand vor mir einfach eine nackte Frau, eine Fremde fast, und ich bin mir heute sicher, dass ich doch etwas spürte, nämlich eine leichte Erektion.

Ich war nur zu einer einzigen Bewegung fähig, öffnete meinen sprachlosen Mund und blickte ihr wieder ins Gesicht, worauf sie nickte, irgendwie sehr langsam und traurig, aber nicht ohne Hoffnung und besänftigend, als wolle sie mir sagen, dass alles gut sei und ich mich nicht sorgen solle. Dann kam sie einen Schritt auf mich zu, streckte mir die Hände zu einer Umarmung entgegen, blieb aber kurz vor mir stehen, so dass ich die kleine Strecke selbst gehen musste, um sie schließlich an mich zu drücken. Dieser kleine, dieser halbe Schritt kam mir vor wie die Überwindung einer ganzen Welt, es dauerte ebenso lang, eine Ewigkeit, bis ich sie spürte und die kalte Haut ihrer Arme an meinem Hals lag.

Sie zitterte, und mit einem Mal war ich der ältere von uns beiden, ich strich ihr über das Haar, küsste sie auf die Stirn und sagte ihr, sie solle sich etwas anziehen, damit sie sich nicht erkälte. Und sie gehorchte wie ein kleines Mädchen, wandte sich folgsam ab, ging den Flur entlang und verschwand in ihrem Zimmer, während ich ungläubig stand und starrte und stand und starrte, bis mir selbst kalt wurde.

Wir trafen uns beim Frühstück wieder, und alles war anders. Reife, alte Frauen ohne Ehemann kriegen doch keine Kinder, schon gar nicht meine Mutter, die Heilige, Unantastbare, Reine! Ich sprach meine Gedanken nicht aus, aber wem wollte ich etwas vormachen, sie wusste natürlich sofort, was in mir vorging, sagte jedoch trotzdem nichts, trank ihren Kaffee und aß ihr Brot. In mir spulten sich Filme ab, Szenen mit an Beinen herabrinnendem Blut und noch viel grausamere Bilder, für die ich mich hasse und die meine Eingeweide sich zusammenziehen ließen, bis ich Krämpfe bekam und nicht mehr weiteressen konnte.

Mutter sah meinen Kampf natürlich, aber wer war ich denn, dass ich mich so anstellte? Was hatte ich denn schon zu durchleiden? Musste ich durch diesen Schmerz und die Demütigung hindurch, hatte ich mich zu rechtfertigen, zu sorgen, zu quälen? Ich konnte hier schön ruhig auf meinem Stuhl sitzen, mich meines jungen Lebens erfreuen und morgen nach Australien auswandern, wenn ich nur wollte. Von wegen. Und wieder verabscheute ich mich für meine Überlegungen, wie ich den Nachbarn aus dem Weg gehen würde, wie ich in der Schule zu reagieren hätte, wenn mich jemand darauf ansprüche. Ich verdrängte diese schmählichen Gedanken in die hinterste Ecke meines trüben Geistes, nicht eine Sekunde daran zweifelnd, dass sie sich früher oder später wieder den Weg in mein Bewusstsein bahnen und mich abermals heimsuchen würden. Aber für den Moment blieb nach einer viel zu langen Weile nur noch eine einzige Frage zurück, klar wie ein Kristall und präsent wie ein Bergmassiv, ihr Gewicht, das auf mir lastete, war nicht zu bewegen, bis sie gestellt war.

„Warum?", presste ich heraus und hätte mich im selben Moment ohrfeigen können für meine Unverschämtheit. Warum was? Was wollte ich eigentlich fragen, konnte es aber nicht zugeben? Wollte ich nicht vielmehr wissen, warum sie sich hatte schwängern lassen und von wem, wollte ich nicht erfahren, warum sie das Kind behielt, statt es hinterrücks und gemein zu töten, war es nicht eher mein Anliegen zu erfahren, warum sie uns, verdammt nochmal, noch tiefer in die Scheiße reiten musste, in der wir sowieso schon steckten, die blöde Fotze?

Und kaum war das Wort in meinem Kopf ausgesprochen (und nur dort, zum Glück), brachen die Dämme, und ich saß auf meinem Stuhl wie das letzte Häufchen Elend, ein mieser, kleiner Wichser, der nur an sich dachte, ein widerliches, flennendes Baby von fast 16 Jahren, das man noch nicht einmal bemitleiden konnte. Das erst recht nicht! Ich fühlte mich so schäbig, so schmutzig und so hundeelend, dass ich jedes Versprechen gegeben hätte, um bloß wegzukommen von hier, weg von mir, der mich so sehr ekelte.

Es gab keine Antwort auf meine Frage, meine Mutter ließ mich einfach gewähren, bis ich keine Tränen mehr hatte und sah mich so freundlich an, wie ich es mit meinen schmutzigen Gedanken und Ideen in meinem verdrehten Gehirn niemals verdient hatte, so freundlich, dass ich wieder hoffte, die Erde möge sich doch endlich auftun und mich verschlucken.

Es passierte nichts dergleichen, und ich stellte auch die Frage nach dem „Wer" nicht, denn dafür kam natürlich nur einer in Frage. Aber war das nicht völlig nebensächlich, waren wir nicht lange genug ohne Vater ausgekommen, als dass wir jetzt unbedingt auch noch wissen müssten, wer der Erzeuger dieses armen Wesens war, das in meiner Mutter heranwuchs? Sobald ich das gedacht hatte, fiel plötzlich alles von mir ab, denn ich wusste, dass wir es schaffen würden, dass sich nichts in unseren Weg stellen konnte.

Wer, wie wir, so lange überlebt hat, den konnte doch so ein kleines Wunder nicht aus der Ruhe bringen, der konnte das doch auch noch mit links erledigen. Oder? Ich zumindest wollte es glauben, denn es war das Einzige, an das ich mich klammern konnte, wenn ich nicht völlig den Halt verlieren sollte, wenn ich unsere Existenz nicht in Scherben sehen wollte, zertreten durch diese kleine Unachtsamkeit meiner Mutter, die mir gegenüber saß. Sie lächelte immer noch auf dieselbe Weise, mild und geduldig, fast hätte man meinen können, sie sei weggetreten, abseits dieser Realität, idiotisch, aber ich wusste es besser, und es wurde kein Wort mehr gesprochen.

Ich war es, der Timo einweihte. In seinem damaligen Leben, mit seinen Ausschweifungen und Geschäften, hatte er wenig Zeit für die Familie, er frühstückte nicht mit uns, kam spät abends nach Hause, manchmal nachts, und für unsere Mutter war der Umschlag, den er ihr auf dem Küchentisch hinterließ, vielleicht der einzige Beweis dafür, dass er noch da war und zu uns gehörte. Sie wusste bestimmt, woher das Geld stammte, das er ihr hinlegte, aber hatte sie eine andere Wahl, als es anzunehmen? Und so verschwand der Umschlag immer schnell in ihrer Tasche, sie nahm ihn vom Tisch wie etwas Störendes, dabei bedeutete der Inhalt doch so viel – so viel Gutes und so viel Schlechtes.

Ich traf ihn eher zufällig, ich war nach der Schule noch in die Stadt gefahren, um mich mit einem Eis in den Stadtpark zu setzen und ein Buch zu lesen, das er mir ein paar Tage zuvor gegeben hatte. Er saß mit ein paar Typen auf einer Bank und hatte mich noch nicht gesehen, als ich durch eines der weiß gestrichenen Holzgatter in den Park kam. Zweifellos wickelte er wieder ein Geschäft ab, aber ich ließ ihn gewähren, um ihn nicht bloßzustellen. Man stelle sich vor: Ein Haufen Gangster bespricht ihren nächsten Coup oder eine Lieferung oder was auch immer sie so zu besprechen haben. Der Kopf der Bande (als den ich meinen Bruder sah, bei allem Widerwillen, den ich gegen seine Unternehmungen hegte) gibt gerade die Anweisungen, sagt „Uhrenvergleich" und andere Stichworte, die die Superhirne in den Filmen immer ihren Laufburschen geben, und alle hängen an seinen Lippen.

Plötzlich kommt der kleine Bruder des Chefs um die Ecke, unschuldig an einem Eis lutschend, stellt sich mitten in die Runde und wundert sich, warum mit einem Mal das Gespräch erstirbt und das einzige Geräusch, was sich noch vernehmen lässt, das plötzlich überlaute Rauschen des Brunnens ist, neben dem sie stehen. Undenkbar. Und so gerne, wie ich ihn aus dieser Runde herausgelöst hätte, am besten für alle Zeiten, damit der richtige Timo wieder bei mir war, gerade nachts, so sehr respektierte ich auch seine Freiheit, sich seine Freunde und Geschäfte selbst auszusuchen, denn wer war ich denn? Der Moralapostel mit dem goldenen Zeigefinger? Vielleicht waren die Jungs ja auch wirklich seine Freunde und nicht das, was ich erwartete, wie lächerlich wollte ich mich denn machen, wenn ich jetzt in ihre Mitte träte und sie zurecht wies?

Wie auch immer, die Freunde oder Geschäftspartner oder was auch immer verschwanden nach kurzer Zeit, Timo blieb auf der Bank sitzen, und meine Gelegenheit kam. Ich schlenderte über die mit Kalk bestreuten Wege zu ihm herüber und setzte mich betont lässig neben ihn. „Hast du was?", fragte ich zweideutig und blickte dabei zunächst mit voller Absicht nicht in seine Richtung, aber er hatte mich natürlich sofort durchschaut und spielte mit: „Wie viel brauchst du?", antwortete er, ohne eine Miene zu verziehen. „Fünf Kilo, bis Samstag", ließ ich verlauten, worauf er mir so unbewegt einen Preis nannte, dass ich das Spiel aufgab, denn so viel wollte ich dann doch wieder nicht wissen, so nah an seinen dunklen Zwillingsbruder wollte ich nicht heran. Es machte mir sogar ein bisschen Angst zu sehen, wie selbstverständlich er mir gegenüber quasi zugab, was ihm der Richter später vorwerfen sollte.

Aber deswegen war ich nicht hier. „Weißt du von Mutter?", fragte ich aufs Geratewohl, aber er schien keine Ahnung zu haben, sonst hätte er sofort schalten müssen und wissen, worum es mir ging. Wie sollte ich es anfangen? Mit dem Holzhammer, so direkt und schmerzhaft wie möglich, Gefahr laufend, dass er sofort aufsprang, um nach Hause zu laufen und sie zur Rede zu stellen? Aber das konnte in jedem Fall passieren, selbst wenn ich ihn scheinheilig fragte, was er von einem weiteren Bruder oder einer kleinen Schwester halten würde.

Also druckste ich irgendwie herum, nuschelte mir etwas in den nicht vorhandenen Bart, rückte aber solange nicht mit der Sprache heraus, bis er die Nase voll hatte und mir sagte, ich solle endlich Klartext reden. Und dann gab es kein Halten mehr, es sprudelte aus mir heraus wie das Wasser aus dem Brunnen, auf den wir blickten. Ich erzählte ihm vom Morgen, an dem ich sie vor dem Bad überrascht hatte, von dem Bauch und ihrem Gleichmut, dem Frühstück, bei dem sie so still war und all dem.

Timo sagte gar nichts. Er blieb einfach sitzen und starrte abwesend vor sich hin, und ich wollte ihn schon fragen, ob überhaupt angekommen war, was ich ihm gerade gesagt hatte, ob er verstanden hatte, worum es ging, aber dann löste er sich aus seiner Lethargie und sah mich unverwandt an. „Dieser Typ in der grünen Karre, was?" Mir blieb nichts anderes übrig, als zu nicken und etwas von „wahrscheinlich" zu murmeln, aber ich wusste es ja auch nicht besser.

„Schöne Scheiße", sagte er, und bei all dem, was ich mir schon zurechtgelegt hatte, dem ganzen Quatsch, dass wir es schon schaffen und dass nichts uns unterkriegen würde und dergleichen Unsinn mehr, bei all dem konnte ich doch nicht anders, als ihm recht zu geben.

Drei

Und jetzt, da Sie die Vorgeschichte kennen, kommen wir zurück zum besagten Tag des Unfalls.

Ich sitze also auf dem Rücksitz des Wagens, mein Körper zur Hälfte zerschmettert, vor mir meine Welt, meine Mutter und mein Bruder, ihr Leben ausblutend, tot. Und dann dieser Schrei.
Zunächst war da gar kein bestimmtes Geräusch, eher ein tiefes Summen in meinem Kopf, das leiser wurde im selben Maß, wie der Schrei in meine Realität trat. Die Szene vor mir habe ich Ihnen bereits beschrieben habe, und ich möchte das auch nicht wiederholen, Sie werden das sicherlich verstehen ... nachdem ich all das wahrgenommen hatte, wanderte mein Blick langsam zum Ursprung des Geräuschs, das mir die Quelle meiner Schmerzen zu sein schien, und blieb an dieser Fratze hängen.
Ich blickte in den zahnlosen Mund, der diesen unglaublichen Lärm produzierte, sah den weichen Flaum auf dem kleinen Kopf, durch den sich ein feines Rinnsal Blut seinen Weg bahnte, die sonst so großen, leuchtenden Augen zusammengekniffen zu kleinen, von Falten umzogenen Strichen. Er schien gar keine Luft holen zu müssen und brüllte immer weiter, und vielleicht war der Grund gar nicht körperlicher Schmerz, sondern vielmehr der Schock. Es könnte aber auch sein, dass er spürte, was vorgefallen war, dass der Tod unsere Familie zerstört hatte und sein winziges Herz jetzt um Hilfe rief, um Beistand für die Seelen, die dieser Welt gerade genommen wurden.
Wo ich gerade von Seele spreche: Hat man von Geburt an so etwas, was man gemeinhin unter einer „Seele" versteht, also etwas Unverwechselbares, einen „Geist", der uns auszeichnet, etwas, das überlebt und ewig ist? Oder erwirbt man sich eine Seele, ist dem Menschen bei der Geburt nur die Möglichkeit dazu gegeben, eine Veranlagung, sich zum Guten zu wenden und etwas Unsterbliches in sich zu tragen? Aber selbst wenn es eine Antwort auf diese Frage gäbe, hülfe sie mir in meiner Lage nicht weiter, machte sie meine Tat nicht mehr oder weniger falsch.

Der Bastard, der in dem zerstörten Auto neben mir in seiner Trageschale lag, gut angeschnallt und wahrscheinlich am wenigstens verletzt von uns allen, hatte wenige Wochen vorher das Licht der Welt erblickt und wurde von unserer Mutter Adam genannt. Sie hatte keine Kritik bezüglich des Namens gelten lassen und auch keine Vorschläge angenommen, weiß der Teufel, was sie geritten hat, aber der Name stand so fest, als sei er schon in den Marmor seines Grabsteins gemeißelt.

Hätte ich in meiner Situation Zeit oder auch nur Kraft gehabt, über irgendetwas nachzudenken, ich hätte mir wahrscheinlich Gedanken darüber gemacht, was jetzt mit ihm passieren sollte. Wer sollte ihn aufnehmen, ihn pflegen, ihn erziehen? Doch nicht der 16-jährige Bruder, der selbst noch fast ein Kind war und dessen größte Leistung im Leben es bisher gewesen war, sich selbst anzuziehen und das Klo zu benutzen, ohne dabei eine Überschwemmung zu verursachen. Ich wäre nie für diese Aufgabe in Frage gekommen, aber in meinem Zustand konnte ich sowieso nichts anderes tun, als ihn blöde anzuglotzen und ihn zu hassen für den Radau den er machte, der mich bis ins Mark erschütterte, so dass ich nichts sehnlicher wünschte, als dass er endlich aufhöre.

Auch auf die Gefahr hin, dass ich mich wiederhole, aber ich kann und will nicht entschuldigen, was ich tat. Ich kann es noch nicht einmal erklären, ich weiß nicht, welcher Dämon mich geritten hat, welcher Wahnsinn von mir Besitz ergriff - doch selbst das ist nur eine schäbige Ausrede. Denn natürlich hat kein Dämon, kein Geist oder Teufel noch sonst eine obskure Macht mich in diesem Moment besessen, mich zu etwas getrieben, was ich selbst nicht auch gewollt habe. Es gibt keinen plötzlich auftretenden Wahnsinn, keinen unerwarteten Ausbruch eines kranken Geistes, der 16 Jahre nichts anderes getan hat, als auf seine Chance zu warten, auf die einmalige Gelegenheit, sich endlich zu zeigen, sein Werk zu vollbringen und dann wieder zu verschwinden, um seinen Besitzer für den Rest seines Lebens rätseln zu lassen, was in dieser Sekunde eigentlich passierte. Oder? Was meinen Sie?

Ich habe jetzt vielleicht zehn Jahre meiner Zeit damit verbracht, mir diese Frage zu stellen, und ich habe immer noch keine Antwort. Gründe habe ich genug, damit könnte ich Ihnen wohl den ganzen Tag ohne Probleme in den Ohren liegen: Welche Zukunft hätte er gehabt, ohne Mutter, ohne Bruder, der sich um ihn kümmern konnte, welche Perspektive hätte sich ihm geboten, welche Aussicht auf ein normales Leben in einer Familie, die ihn so akzeptierte, wie er war? Wie fand man eine Pflegefamilie für einen Säugling wie ihn? Bestand nicht auch die Gefahr, dass sein Erzeuger irgendwann auftauchen und Ansprüche anmelden würde, um den Kleinen wieder aus seiner Umwelt zu reißen?

Und so sehr es mich schmerzt, aber es hätte genauso viele Gründe gegeben, *für* sein Leben zu sprechen: Er könnte ohne die Belastungen aufwachsen, die ich kannte, er hätte keinen Bruder, der mit einem Bein im Gefängnis stand und dessen Vater es geschafft hatte, mit beiden Beinen in dieselbe Misere zu geraten. Er hätte die Möglichkeit, völlig neu anzufangen, in eine liebevolle Familie aufgenommen zu werden, die ihm so viel geben konnte und so viele Wege bereiten, wie wir es niemals fertig gebracht hätten.

Er konnte ohne etwas aufwachsen, was ich mehr als alles andere verabscheute. Er konnte in einer Familie groß werden, deren ständiger Begleiter nicht das Mitleid über seine Umgebung und seine Herkunft war. Dieses verdammte Mitleid, das so viel Distanz schafft, weil es nicht ehrlich gemeint ist, sondern immer dieses Gefühl mit sich bringt, froh zu sein, dass man nicht selbst in dieser Lage ist.

All diese Überlegungen und Gründe spielten in diesen schrecklichen Sekunden überhaupt keine Rolle, wurden noch nicht einmal bedacht. Was hätte ich in den Jahren nach dem Unfall dafür gegeben, das alles ungeschehen zu machen. Zeitweise war ich in einem Zustand, in dem ich zu jedem Vertrag bereit gewesen wäre, zu jedem bösen Handel, und sei er auch mit Blut zu unterzeichnen. Ich hätte jedes Papier unterschrieben und alles, was ich besaß, verpfändet und versprochen und was sonst nötig gewesen wäre. Doch diese Chance ist uns nicht gegeben, wir können zwar stehenbleiben und zurückblicken, aber der begangene Weg steht für immer in unserem persönlichen Buch, festgeschrieben auf alle Zeiten.

Wenn ich zurückschaue, sehe ich diesen Weg vor mir, sonnig zu Beginn, leicht, ohne Anstieg, gesäumt von Wiesen, die vor Blumen leuchten und jedem eine Freude sind, der an ihnen vorbeigeht. Aber schon bald legen sich erste Schatten auf meinen Weg, es wird dunkler, Wolken ziehen herauf, die Sonne ist selten zu sehen. Es folgen kleine Stürme, sanfte Gewitter, die noch nicht die Macht haben, mich zu ängstigen, aber der Weg wird langsam steiler und steiniger, führt weg von der beruhigenden Landschaft und hinein in dunkle Wälder mit schwarzen, schattenhaften Bäumen, die wie Geister nach meinen Beinen greifen und mich straucheln lassen.

Aber Schluss mit dem Gerede.

Ich sah meinen kleinen Bruder also an, es waren nur ein paar Sekunden, in meinem Kopf herrschte vollkommene Leere, kein Gedanke durchzog mein Gehirn, das nur damit beschäftigt war, die Signale meines Körpers zu deuten. Ich hob den rechten Arm und lehnte mich zu Adam herüber, der Gurt drückte meinen Brustkorb zusammen und ließ mich zurückzucken. Durch meinen linken Arm fuhr ein eisiger Speer, ich biss die Zähne zusammen, konnte dann aber nicht anders, als laut herauszuschreien.

Mein Bruder schien mich gehört zu haben, denn er öffnete die Augen, fast sah er ein bisschen verwundert aus, so als wolle er mir sagen, was es denn da zu schreien gebe, mich anklagend, ich hätte hier doch nun wirklich nicht das härteste Los gezogen. Ich starrte in seine Augen, die sich sofort wieder schlossen und dann auf seinen Mund, dem erneut dieser Schrei entfuhr, den ich aber kaum noch hörte. Ich griff zu ihm herüber und drückte seinen Kopf zur Seite. Es ging ganz einfach. Zunächst passierte nichts, doch als ich weiter und weiter drückte, gab sein Genick mit einem Ruck nach, und mit einem Mal war Ruhe.

Todesstille.

Alles, was danach noch passierte, lief wie ein Film vor meinen Augen ab. Ich war wie betäubt, hörte nichts mehr, fühlte mich getrennt von meinem Körper, der gut daran tat, die Schmerzen für sich zu behalten und meinen Geist frei und unbehelligt umherstreifen zu lassen. Irgendwann kamen die Feuerwehr und die Ärzte, ich wurde aus dem Wagen geschnitten und ins Krankenhaus gebracht. Wir müssen ein schreckliches Bild abgegeben haben, und jeder wusste bestimmt, dass ich der einzige Überlebende war.

Als ich im Krankenwagen lag, gab es noch keine Gedanken, aber in meinem Kopf sah ich die Projektion meiner möglichen Leben. Das eine führte mich ins Krankenhaus, wo ich genesen sollte, gepflegt und versorgt von treuen Händen, während sich das andere in einem Gerichtssaal abspielte. Ich wurde direkt vor den Richter geführt, von der Trage auf die Anklagebank, wurde des Mordes bezichtigt, des heimtückischen Mordes an meinem Bruder, meinem Fleisch und Blut. Ich sah mich von außen wie ein neutraler Beobachter, der die Szene von oben herab betrachtete und aufzeichnete, ich kniete vor dem Richter und weinte mein Geständnis heraus, flehte um Gnade, aber auch diese mögliche Zukunft verblasste.

Die dritte Szene, die ich sah, war die düsterste, aber in meiner stumpfen Betäubung nicht die, die ich am wenigsten willkommen geheißen hätte. Während ich das Bewusstsein verlor, sah ich den Krankenwagen verwandelt in eine solide Kiste aus Holz, in der ich lag und in der sie mich alsbald verscharren würden.

Und das ist jetzt vielleicht wirklich der Beginn des Films, von dem ich anfangs sprach. Nachdem der Titel bereits eingeblendet wurde, sehen die Zuschauer mich aus den metallenen Trümmern befreit, ich werde in den Krankenwagen geschoben. Jetzt könnte die Kamera nah an mein Gesicht herankommen, ganz nah, bis an meine Augen heran und in sie hinein, man würde die Episoden sehen, die Projektionen, die sich mein Geist in diesem Moment ausdachte.

Dann aber würde die Kamera zurückfahren, durch das Fenster des Wagens, das man extra für den Film mit einer klaren statt der sonst üblichen, milchigen Scheibe ausgestattet hätte, damit man mein Gesicht noch ein bisschen länger sehen kann. Die Perspektive würde dann kippen und die Kamera zeigt jetzt Richtung Horizont, der Krankenwagen rast unten auf der Autobahn entlang, aber nicht mehr lange, denn in das Bild schiebt sich nach ein paar Sekunden die Sonne, die alles überblendet, es wird sehr hell, so hell, dass man im Kino kurz mit den Augen zwinkert.

Schließlich gibt es ein krachendes Geräusch wie das Zuschlagen eines schweren Tores, das den Beginn der eigentlichen Handlung ankündigt, es wird schwarz, und nach einer kurzen Weile wird in weißer Schrift am unteren Rand des Blickfeldes der Zuschauer kurz ein Text eingeblendet, der ihnen helfen soll, die Zeit besser einzuschätzen.

Da steht: „Zwei Jahre später" oder vielleicht auch nur: „Heute".

Doch im wirklichen Leben gibt es solche Einblendungen nicht, keine Erläuterungen, die Ihnen erklären, was hinter den Kulissen passiert ist in der Zeit, in der Sie gerade nicht hinsahen oder schliefen oder durch irgendetwas abgelenkt wurden. Von einem schönen Tag vielleicht, einem Tag mit Ihren Lieben, mit denen Sie immer noch Ihre Zeit zu teilen das Glück haben.

Für jetzt endet meine Erzählung hier, denn ich weiß nicht, was es weiter zu berichten gäbe, außer kleinen Episoden, die das eine oder andere vielleicht etwas genauer erklären, die Ihnen meine Geschichte noch etwas verständlicher machen könnten.

Rückblickend ist an meinen Aufzeichnungen vieles wahrscheinlich zu lückenhaft oder unstimmig, aber ich habe alles so wiedergegeben, wie ich es erlebt habe oder zumindest meine, erlebt zu haben. Wie ich zu Anfang schon sagte, warte ich auf mein Gericht, auf Gerechtigkeit, die mir widerfahren muss.

Es kann nicht mehr lange dauern.

Teil Drei

Ich möchte den Faden noch einmal wieder aufnehmen, denn einiges ist passiert in den letzten Monaten und Jahren. Und vieles ist mir unerklärlich und hat mich die ganze Zeit über hinweg beschäftigt, am Leben, aber auch am Leiden erhalten.

Ich kann nicht sagen, wie lange es dauerte, bis ich wieder zu mir kam, und ich habe auch nie versucht, es herauszufinden. Tatsache ist, dass eine ganze Armee von Ärzten, insbesondere Chirurgen und später Krankenschwestern und -pflegern an mir herumgebastelt hat, um meinen Körper zu restaurieren. Was ich ebenfalls nicht wissen wollte, waren die ganzen Details über meine Verletzungen, sie waren mir eigentlich egal, in meinen zerstörten Gliedern wohnte ein zerstörter Geist, und den konnte keine Operation der Welt wieder richten. Hier gab es keine Schiene, die man anlegen konnte, hier fand sich nichts zum Verschrauben und Leimen, aber eines konnte man doch tun: betäuben. Man konnte sich lahm legen, abstumpfen lassen, dahintreibend in einem Ozean eines flauschigen Gefühls, ohne Empfindungen, ohne Schmerz.

Wenn es das war, was Timo in seinen „Abwesenheiten" fühlte, dann sei ihm alles verziehen! Wenn das Gift, das er zu sich nahm, die Wirkung hatte, wie ich sie in meinem Krankenbett erleben durfte, verstehe ich seine Sucht, sich immer wieder aufs Neue zu betäuben und dahinzudämmern in einer wohligen Wärme, in der alles egal wird, selbst der eigene Bruder.

Und genau so war es auch bei mir. Die Drogen, die sie mir zur Kontrolle meiner Schmerzen im Krankenhaus verabreichten, bewirkten eine vollkommene Taubheit, ein absolutes Losgelöstsein von der Welt, die man durch seine Augen zwar wahrnahm, aber mit völligem Desinteresse betrachtete, so dass man meist noch nicht einmal auf Reize reagierte, die einen im wirklichen Leben sofort Amok hätten laufen lassen. Aber hier war alles gut. Ich bekam vieles mit, aber immer nur kurze Ausschnitte, kleine Szenen, die häufig von dumpfer Schwärze und traumlosem Dämmern unterbrochen wurden.

Ich sah Ärzte an meinem Bett stehen, hörte ihre Stimmen wie in einem fernen Echo, blieb jedoch stumm liegen, ich spürte Schwestern mich umziehen, fühlte die Berührungen aber wie durch eine Wand aus Watte. Manchmal war es fast so, als geschähe all das gar nicht mit mir, als sei ich nur stiller Beobachter, der über einem gebrochenen Körper schwebt und alles sieht, alles registriert, aber nichts wirklich und echt mitbekommt.

Diese kurzen Szenen dauerten meist nur ein paar Sekunden, weiteten sich aber im Laufe der Zeit aus, wurden zu Minuten und manchmal Stunden. Ich hatte keine Ahnung, wie man mich ernährte, wusste nicht, was man alles mit mir machte, wenn ich in der Finsternis des gnädigen Schlafs versank, und ich konnte nicht sagen, wie oft sie mich operierten, aber es muss eine ganze Serie von Reparaturarbeiten gewesen sein, die man an meiner Hülle vornahm.

Ich schätze heute, dass es ein paar Wochen dauerte, bis ich wieder wirklich aufwachte, bis ich spürte, dass ich noch am Leben war und nicht mehr nur ein willenloses Objekt, das von helfenden Händen wieder auf ihre Seite zurückgeholt wurde. Kurz bevor es soweit war, durchlebte ich plötzlich Todesängste, denn im Gegensatz zu meinem Körper war mein Geist soweit aufgewacht, dass ich handeln wollte, aufstehen, herumlaufen, mich umbringen, irgendetwas, nur nicht mehr ein dämmerndes Stück Fleisch sein, ausgeliefert gegenüber allem, was da kommen mochte.

Eines Nachts wachte ich auf und fühlte mich vollkommen genesen, ich lag im Bett und überlegte, wie ich möglichst schnell von hier verschwinden könne. Mein Empfinden hatte meinen Körper noch nicht wieder erfasst, und ich glaubte einen Moment, alles sei nur ein böser Traum gewesen, ich müsse nur eben kurz aufstehen, zurück nach Hause gehen und alles sei wieder wie früher.

Die Erkenntnis, dass das völlig aus der Luft gegriffen war und vielmehr diese Vorstellung der Traum war, den ich vielleicht hoffte zu leben, kam in der Sekunde, als ich versuchte, mich zu bewegen und nichts passierte. Diese etwa 80 Kilogramm Knochen und Fleisch blieben einfach liegen, es gab keine Möglichkeit, sich auch nur einen Millimeter zu rühren, und in diesem Moment erfasste mich Panik. Was wäre, wenn ich für immer hier gefangen bliebe, wenn eines Tages ein Arzt in mein Zimmer träte, der mir mit Trauermiene, als ginge es um seinen Körper, eröffnete, dass nichts mehr zu machen sei, dass sie zwar wüssten, dass ich lebe, aber dass es das auch schon sei.

Sie würden dann den Fernseher für mich anstellen, mich weiter ernähren und sich um meine Ausscheidungen kümmern, aber im Großen und Ganzen wäre mein Leben damit beendet. Was in diesem Zustand leider überhaupt nicht beendet wäre, war meine Existenz, denn ich war ja noch da! Stellt Euch vor, einen Traum zu leben, der gar keiner ist. Schließt für einen Moment die Augen und bildet Euch ein, Ihr wäret gefangen in einer Statue, in einem versteinerten Abbild Eurer selbst, unfähig, Euch zu rühren, zu sprechen und wegzulaufen von dieser unsäglichen Folter.

Und dann denkt für einen Moment weiter darüber nach, wie zu erklären ist, dass Euer Körper doch atmet, also zur Bewegung fähig ist, nur zu keiner, die Ihr beeinflussen könnt. Degeneriert zu einem Stück Fleisch, einer dummen Reiz-Reaktions-Maschine mit einem wachen Geist im Inneren, der nicht hinaus kann.

Diese Nacht, die Jahre zu dauern schien, war die schrecklichste Nacht meines ganzen bisherigen Lebens. Ich hatte keine Möglichkeit, mich bemerkbar zu machen und versuchte eine Zeitlang, meinen Herzschlag zu beeinflussen, ihn rasen zu lassen, damit jemand, der gerade den Nachtdienst schob, aufmerksam werde, denn irgendeine Form von Überwachung müsste man für mich doch eingerichtet haben, oder nicht? Selbst das konnte ich nicht feststellen, ich wusste nicht, wie sie mich verdrahtet hatten und ob überhaupt. Ich versuchte zu schreien, bekam aber den Mund nicht auf, und selbst wenn ich einen Ton herausgebracht hätte, ich hätte ihn nicht einmal hören können, denn meine Ohren waren wie verstopft, ich vernahm nur das dumpfe Rauschen meines Blutes. Meine Angst, in diesem Zustand gefangen zu bleiben, steigerte sich im Laufe der Minuten und Stunden zu einer wahren Todesangst, ich quälte mich damit ab, eine Bewegung zu verursachen, ein leichtes Zucken an irgendeiner Stelle meines Körpers hätte mir gereicht. Ich mühte mich ab, verausgabte meine Kräfte total, aber nichts regte sich.

Einmal meinte ich, eine leichte Regung an meiner Stirn bemerkt zu haben, ich fühlte eine unendlich sanfte Berührung, so als klettere mir ein Insekt über die Haut, aber wahrscheinlich lief mir nur ein

Schweißtropfen über das Gesicht, ich kam nicht dahinter und konnte auch nicht erzwingen, dass sich das Gefühl wiederholte.

Was aber noch viel grausamer war als die Empfindung, vielleicht den Rest meiner Zeit als lebende Leiche zu verbringen und noch nicht einmal die Möglichkeit zu haben, mich selbst zu richten, waren die Gedanken an das Geschehene, die langsam wieder einsetzten. Ganz allmählich kam die Vergangenheit zu mir zurück, zunächst nur als eine Art Diavortrag in meinem Kopf, ich sah kurze, eingefrorene Szenen aus meinem Leben, die mich tief bewegten, und ich hätte meine Hände vor die Augen geschlagen, wenn ich nur gekonnt hätte. Dann wurden es kleine Geschichten, die ich erlebte, Episoden meiner Kindheit und meiner Jugend, und schließlich endete alles bei dem Unfall und meiner schrecklichen Tat. Wie in einer endlosen Wiederholungsschleife sah ich immer wieder die Sekunden vor dem Aufprall, meine Mutter auf dem Fahrersitz, Timo daneben und dann plötzlich diesen Ruck, dann das Blut im Haar meiner Mutter, den verdrehten Kopf meines Bruders. Dann erschien das Innere des Wagens vor meinen Augen, der Blick schwenkte herum und blieb an dem kleinen Bastard hängen, betrachtete ihn, gefühllos, ohne Mitleid. Ich nahm meinen Arm wie den eines Fremden wahr, er streckte sich aus, zuckte kurz zurück, dann griff er in das kleine Gesicht und brachte es zum Schweigen. Wieder und wieder sah ich diese Bewegung, die mich zum Mörder machte, vor meinem Auge, es wiederholte sich hundert- und tausendfach, und ich wollte nur noch schreien und davonrennen. Könnt Ihr mir sagen, wie man vor seinen Erinnerungen fliehen kann? Man muss schwachsinnig sein, an solch eine Option zu glauben, und man kann wahnsinnig werden, wenn man die Nichtexistenz dieser Möglichkeit in einer endlosen Wiederholung vorgeführt bekommt. Das war die Hölle.

In einem Buch, das Timo mir irgendwann einmal gegeben hatte, hieß es: „Die Hölle, das sind die anderen." Ich habe ein schlechtes Namensgedächtnis, irgendein Franzose hat diesen Satz geschrieben - wer, ist aber vollkommen egal, denn er hatte Unrecht. Die Hölle, das ist die Schuld, derer man sich bewusst ist und die nicht vergeben werden kann. Und ich ging tausendfach durch die Hölle meiner eigenen Gedanken, für immer gefangen in dieser Schuld. Alles, was nach meinem Tod passieren mochte, alles, was da kommen konnte, Himmel, Hölle, Fegefeuer, die ganzen Phantasien, die sich der Mensch im Laufe der Jahrhunderte über das Jenseits zurecht gesponnen hat, sie alle waren einen Dreck gegen meine Hölle.

Sollte mein Körper den ganzen beschissenen Rest meines kleinen Lebens nicht mehr in die Realität zurückkehren und wieder aufwachen, sollte ich für alle Tage, in denen mein Herz noch die Unbarm-*herz*igkeit bewies, weiter zu schlagen, hier gefesselt sein und mich nicht rühren können. Sämtliche Drohungen der führenden Religionen über nicht enden wollende Qualen nach dem Tod hätten mich in diesem Fall laut auflachen lassen, wenn ich meinen Mund hätte bewegen können.

Für alle Zeit gefangen zu sein mit der Schuld, mit dem Bewusstsein, Unrecht getan und ein Leben vernichtet zu haben, das ist die Hölle! Kennt Ihr den Film „Johnny zieht in den Krieg"? Erinnert Ihr Euch an die unmenschliche Quälerei am Ende des Films, als Johnny beinahe regungslos, ohne Kontakt zur Außenwelt, auf seinem Bett liegt und durch Nicken seines Kopfes Morsezeichen gibt, um immer wieder dieselben Botschaften zu übermitteln? Zuerst „sagt" er „SOS", rettet mich, dann, als er merkt, dass seine Lage hoffnungslos ist, gibt er auf und bittet darum, getötet zu werden, bis eine Schwester sich seiner erbarmt.

Ich hatte in dieser nicht enden wollenden Nacht noch nicht einmal diese Möglichkeit. Selbst wenn jemand da gewesen wäre, an meiner Seite gesessen hätte, ich konnte mich keinen Millimeter bewegen. Hätte ich bloß mit dem Kopf nicken können, in Unkenntnis des Morse-Alphabets hätte ich mir einen eigenen Code ausgedacht, einmal für „A", zweimal für „B" und so weiter, und irgendwann wären sie dahinter gekommen und es hätte sich vielleicht jemand hinweg gesetzt über Regeln und Gesetze, hätte ein gutes Herz bewiesen und, Scheiße nochmal, Mitleid mit mir gehabt!

Aber auch die Nacht der Folter, die mir so endlos vorkam, ging irgendwann zu Ende. Auch der stärkste Geist erreicht irgendwann den Punkt, an dem er aufgibt, der Schmerzen müde wird und sich einfach hinwegsetzt über das Empfinden. Ich bemerkte eine leichte Veränderung des Lichts in meinem Zimmer, ich begann, mehr Kontraste wahrzunehmen, sah das Zimmer schemenhaft aus dem Dunkel hervorkommen und bemerkte die kleinen Unebenheiten der Wände, die wohl absichtlich eingebaut werden, damit man beim tage- und wochenlangen Anstarren der glatten Mauern nicht durchdreht.

Ich sah die nicht ganz weiße Farbe der Wände aus der Finsternis auftauchen, bemerkte die nicht ganz rechtwinkligen Ecken des Raums und nahm die beruhigenden Blumenmotive wahr, die in unaufdringlichen Holzrahmen an der Wand verteilt waren. Noch immer wäre ich gerne losgerannt, laut schreiend und nach einer Möglichkeit suchend, wie ich mich diesen Lebens entledigen konnte. Denn meine Schuld blieb bestehen, sie blieb selbst in den kommenden Monaten, als ich mich langsam wieder bewegen konnte und schließlich sogar von Neuem das Laufen lernte, das Gewicht auf meinen Schultern, der Stachel in meinem Kopf, der sich nicht entfernen ließ und immer tiefer zu dringen schien, je mehr ich versuchte, ihn loszuwerden.

Vielleicht ist es ein Zeichen von geistiger Gesundheit, wenn man diese Empfindungen hat, aber manchmal bin ich alles andere als froh, wahrscheinlich doch nicht wahnsinnig zu sein, denn in dem Fall hätte ich mir alles Mögliche einbilden und zurechtlegen können. Aber ich glaubte zum Beispiel nicht daran, dass mich Stimmen dazu gezwungen hatten, meinen Bruder zu töten, mir war auch bewusst, dass es nicht der Wahrheit entsprach, dass ich ihn durch seinen Tod vor größerem Leid bewahrt hatte, und ich konnte mir erst recht nicht weißmachen, dass ich irgendjemanden (am allerwenigsten mich) vor irgendetwas geschützt hatte dadurch, dass ich ihm sein Leben nahm.

Aber ist es auch gesund, so lange und so intensiv zu leiden? Muss nicht auch der sensibelste Geist an einem bestimmten Zeitpunkt seiner Existenz sagen und befehlen, dass es jetzt gut sei, dass man jetzt so langsam wieder einmal zur Normalität zurückkehren müsse, um sein eigenes Leben zu schützen und nicht völlig durchzudrehen, zu einem sabbernden Gemüse zu werden, das auf alle Zeiten in einer dunklen Ecke sitzt und etwas davon murmelt, wie leid es ihm täte?

Erst mit den Jahren wurde das Bedürfnis, mich selbst still und heimlich aus der Verantwortung zu stehlen und in den Tod zu gehen, geringer und weniger dringend, bestimmte nicht mehr meine täglichen Gedanken.

Die Nacht ging irgendwann vorbei, ich schlief erschöpft ein, als die Sonne schon durch die ausgeblichenen Vorhänge vor meinem Fenster schien. Ich erwachte viel später, es mögen Stunden oder Tage gewesen sein, und wusste nicht mehr, ob ich den Horror der letzten Nacht vielleicht nur geträumt hatte. Als ich mir über die Stirn wischte, war ich gleich zweimal schockiert: Zum einen waren meine Haare vollständig durchnässt, zumindest den Schweiß hatte ich also wohl nicht geträumt, zum anderen konnte ich meinen Arm bewegen!

Als hätte ich danach gerufen, öffnete sich die Tür, und eine Schwester kam herein. Ich drehte ihr den Kopf zu, und sie begann sofort zu lächeln, was sie aber direkt wieder einstellte, vielleicht weil sie sich daran erinnerte, was auf mich wartete: ein Leben ohne eine Familie, geprägt vom Verlust, der mich mit einem Schlag getroffen hatte. Ich wandte den Blick ab, aus lauter Angst, sie könne mir ansehen, was ich getan hatte, sie wüsste, dass ich erst dazu beigetragen hatte, dass meine Familie so vollständig ausgelöscht wurde.

Aber sie sagte nichts, wechselte ein paar Flaschen aus und verschwand dann wieder. Ich versuchte, mich aufzusetzen und bereute die Bewegung in der nächsten Sekunde. Mein linker Arm und meine Beine waren komplett in Gips eingefasst, ließen sich nicht bewegen und schmerzten, sobald ich nur einen Muskel rührte. War der Schmerz abgeklungen, setzte ein Jucken ein, das mich fast verrückt machte, überall auf meinen Körper und besonders unter dem Gips krabbelte es, als hätte ich mich in einen Ameisenhaufen gesetzt, und ich hatte keine Möglichkeit, etwas dagegen zu tun.

Ich verbrachte wahrscheinlich Wochen damit, das Zimmer zu studieren, in dem ich lag. Irgendwann konnte ich mit geschlossenen Augen sagen, welches Bild wo hing, was darauf zu sehen war, welche Farben verwendet wurden und in welchem Abstand der Rahmen zum nächsten Bild, zur Zimmerecke, zur Decke oder zu meinem Bett hing. Ich schätzte die Abmessungen des Zimmers täglich neu ein und berechnete Wandflächen und Rauminhalt, um mich nicht mit meinem Körper beschäftigen zu müssen, der im Moment nichts anderes konnte, als Nahrung aufzunehmen und zu verdauen.

Eines der unangenehmsten Erfahrungen war, dass ich selbst nicht in der Lage war, meine Ausscheidungen zu entsorgen und sich ständig eine gleichgültig dreinblickende Schwester oder ein Pfleger darum kümmern musste. Meine Dämmerzustände wurden seltener und kürzer, dafür hatte ich umso mehr Zeit, mich mit mir selbst zu beschäftigen, und zwar nur geistig, denn habt Ihr schon einmal probiert, Euch selbst zu befriedigen, wenn Euer Becken in einem Gipskorsett steckt und Ihr an keine wichtige Stelle herankommt? Ich wette nicht.

Wie war ich froh, als ich endlich verlegt wurde und ein wenig Ablenkung in meinen tristen Alltag einzuziehen versprach. Aber weit gefehlt. Die Ablenkung hieß Thorsten, der es geschafft hatte, mit seinem Motorrad, das er mit über 100 Sachen durch ein Dorf steuerte, bei einem Ausweichmanöver über eine Verkehrsinsel zu springen und sich mitsamt seiner Maschine an einer Hauswand zusammenzufalten. Selbst schuld, war mein erster Gedanke, der sofort wieder zurückzuckte und Platz machte für bittere Reue. Wer war ich schon, über Schuld zu urteilen?

Thorsten, der Idiot, hatte die Angewohnheit, von morgens bis abends zu reden. Die wenigen kurzen Pausen, die mir gegönnt wurden, waren die Mahlzeiten und die Nächte. Letztere allerdings auch nur bedingt, denn der Rennfahrer schnarchte ohrenbetäubend laut, und selbst die Ohrstöpsel, die die Schwester mir nach einiger Zeit auf mein Flehen hin brachte, halfen nicht viel. Beim Fernsehen hielt er ab und zu die Klappe, konnte aber selbst bei den dümmsten Sendungen (und 90% des von ihm bevorzugten Programms zählten dazu) nicht mit Kommentaren an sich halten, so dass ich irgendwann dazu überging, mir wahllos Bücher aus der Krankenhausbibliothek bringen zu lassen. Welche Lektüre ich erhielt, war mir gleichgültig, Liebesschnulzen, längst veraltete Lexika, Kinderbücher, völlig egal, solange ich dem Schwätzer nur demonstrativ den Rücken zudrehen konnte, um ihm zu signalisieren, dass ich nicht die Absicht hatte, mir sein Gelaber anzuhören.

Und doch hatte er etwas, was mir immer mehr fehlte, je länger meine Zeit in diesem trostlosen Zimmer verstrich: Er bekam jeden Tag Besuch. Ständig saß jemand bei ihm, seine Eltern und Geschwister, seine Freundin, die mich ansah, als sei ich nichts als ein Störenfried, der nur hier war, um ihr ein Schäferstündchen mit ihrem Held unmöglich zu machen. Dann waren da Verwandte und schließlich die Mitglieder seines Motorradclubs, die ihm freundschaftlich auf die Schulter klopften (was er mit einem schmerzverzerrten Gesicht quittierte, offensichtlich war sein Rücken dieser Belastung noch nicht wieder gewachsen) und ihm lang und breit erklärten, was sie den ganzen Tag machten, wohin sie gefahren waren und wie viele Liter Bier sie für ihr Herbstfest bereits organisiert hatten.

Mich kam niemand besuchen, zumindest niemand, den ich kannte. Wer hätte auch kommen sollen? Der Stecher meiner Mutter? Vater im Knast, Onkel und Tanten nicht existent oder zerstritten ins Ausland geflüchtet, der Rest: tot. Und die Nachbarn hätten mal wagen sollen, mich jetzt heimzusuchen, nachdem sie sich jahrelang zurückgehalten hatten, denen hätte ich was erzählt!

Eines Tages stand ein Typ an meinem Bett, den Namen habe ich vergessen. Ich hatte gelesen, als die Tür aufging und zunächst vermutet, dass wieder ein Besuch für den Motorradkünstler im Bett nebenan einlief, aber dieses Mal sollte ich beehrt werden. Ich hörte jemanden meinen Namen sagen, er siezte mich, als sei ich schon volljährig, dabei hatte ich doch erst vor Kurzem meinen 16. Geburtstag verschlafen, mein Fahrrad verstaubte in der Zwischenzeit in unserem Keller und setzte Rost an, vielleicht würde ich es nie benutzen können.

Auf jeden Fall war der Kerl ein Ermittler oder so etwas in der Art, er nannte seinen Namen und hielt mir irgendeinen Ausweis hin, den ich ignorierte, so überrascht war ich von dem Umstand, dass sich tatsächlich jemand für mich interessierte. Die Überraschung wich allerdings ganz schnell nackter Angst, mir brach der kalte Schweiß aus, und ich wusste: Das war's, sie holen dich. Für einen kurzen Moment sah ich Adams Gesicht vor meinem geistigen Auge, mein rechter Arm fühlte die Berührung an seinem Kopf und dann das plötzliche Nachgeben, ich zuckte regelrecht zusammen, winkte dann aber ab, als ich gefragt wurde, ob mir nicht wohl sei. Ich überlegte schon, wo meine Sachen sein konnten, meine Hose, meine Jacke und all das, bis mir aufging, dass sie mich wahrscheinlich aus meinen blutigen, zerrissenen Klamotten geschnitten haben mussten, um mich wieder zusammenzuflicken. Aber er konnte mich ja schlecht in dem Nachthemd abführen, das ich trug.

Ich erschrak und ließ einen spitzen Schrei hören, als er mir die Hand auf die Schulter legte. Er zuckte zurück, blickte auf meinen Gips und dachte wohl, ich habe Schmerzen. Er entschuldigte sich und sprach mir dann sein Beileid aus, aber es klang wie eine Floskel, die er schon viel zu oft von sich gegeben hatte. Vielleicht war er so etwas wie ein professioneller Überbringer von Wünschen und Beileidsbekundungen und würde gleich wieder verschwinden, um seine Kollegen mit den Handschellen hereinzuschicken, fuhr es mir durch den Kopf, und ich musste angesichts dieser dämlichen Idee fast ein wenig grinsen.

„Fühlen Sie sich in der Lage, mir etwas über den Unfallhergang zu erzählen?"

Ich war überrascht, das hörte sich nicht nach einer Verhaftung an und auch nicht nach der Schuldzuweisung, die ich erwartet hatte, denn ich wusste ja selbst nur zu gut, was vorgefallen war. Vorsichtshalber sagte ich erst einmal nichts und nickte nur. Er holte sich daraufhin einen Stuhl an mein Bett und fragte mich nach allen Details, an die ich mich möglicherweise noch erinnern konnte. Wie war der Unfall passiert? Konnte ich mich an den genauen Ablauf erinnern? Mir ging auf, dass es sich vielleicht um jemanden handelte, der von einer Versicherung kam und den Fall jetzt abklopfen wollte, um feststellen zu können, wie viel seine Gesellschaft bezahlen musste, oder ob überhaupt etwas.

Ich fing an zu erzählen, zunächst stotternd und unsicher, dann kam langsam Fahrt in meine Geschichte. Ich berichtete von dem Tag, an dem wir gestartet waren, nannte ihm die ungefähre Uhrzeit, ich erzählte von unseren Plänen, wo wir hinwollten, wie das Wetter gewesen war und viele weitere Nebensächlichkeiten, die mir gerade einfielen und in den Ablauf zu passen schienen. Denn mir war eines klar: Er interessierte sich nicht für mich oder meine Geschichte, er war lediglich hier um festzustellen, ob er irgendetwas aus mir herausbekommen könnte, was das Ansehen meiner Mutter beschmutzen würde.

Und so hatte ich die Wahl zwischen einer Handvoll Notlügen, die ohnehin niemand mehr nachprüfen konnte, die aber meinen Kopf aus der Schlinge zogen und die Schuld meiner Mutter leugneten, oder aber ich erzählte die Wahrheit, die volle Wahrheit, so wie ich sie Euch in den letzten Kapiteln geschildert habe. Ich hätte ihm all das erzählen können, mein Leben, unser Leben, ich hätte auf die Gefahr hin, dass er mich verdächtigte, nur Mitleid erregen zu wollen (auch das noch!), von den Widrigkeiten und Hindernissen berichten können, die uns im Weg gestanden hatten und Ähnliches mehr.

Aber so dumm konnte er nicht sein, er war bestimmt speziell geschult, diese Art von Gesprächen zu führen, er wusste mit Sicherheit genau, was er wann auf welche Art zu fragen hatte, um der Wahrheit möglichst nahe zu kommen.

Aber ich wollte nicht daran glauben, dass meine Mutter den Unfall absichtlich herbeigeführt hatte. Natürlich war nicht alles eitel Sonnenschein, bestimmt lief Timo Gefahr, für lange Zeit hinter Schloss und Riegel zu verschwinden, sicherlich hatte sie es nicht leicht mit drei Söhnen, die sie zu versorgen und zu ernähren hatte, aber so verzweifelt konnte sie doch nicht gewesen sein. Oder?

Jeder geringste Zweifel an ihrer Schuld war für mich Anlass genug, in diesem Gespräch nicht ehrlich zu sein, und so erwähnte ich zunächst beiläufig ein Geräusch, das ich bereits kurz vor dem Unfall gehört haben wollte. Ich weiß nicht einmal ansatzweise, ob es glaubhaft war, dass ich mich plötzlich an solche Details erinnerte, die sich unmittelbar vor dem Aufprall ereignet haben sollten. Vielmehr habe ich später gelesen, dass man zum Beispiel bei einer Gehirnerschütterung überhaupt nicht weiß, was sich zugetragen hat, dass eine solche aber auch mit Schwindel und Erbrechen einhergeht, und ich konnte mich nicht erinnern, mich übergeben zu haben.

Wie auch immer, meine Räuberpistole muss einigermaßen glaubhaft geklungen haben, ich zeichnete das Bild einer relativ normalen Familie, der es zwar nicht über alle Maßen gut ging, die aber doch so weit auf der Sonnenseite des Lebens stand, dass es absolut undenkbar war, dass die Mutter ihre Kinder auf diese Art und Weise richtete. Auch erzählte ich, dass meine Mutter das Auto täglich nutzte, damit bei dem Schnüffler gar nicht erst der Gedanke aufkommen konnte, sie habe vielleicht einfach keine Ahnung vom Autofahren und sei aus purer Blödheit vor den Brückenpfeiler gerast.

So wie sich meine Version darstellte, hatte ich kurz gehört, wie meine Mutter etwas wie „Spinnt der?" von sich gab, dann folgte ein kurzes Hupen, was sofort abriss, bevor der Wagen auch schon ausbrach und der Schlag erfolgte. Zuerst wollte ich noch hinzufügen, dass der unbekannte Spinner uns vielleicht sogar gerammt hatte, aber dann ruderte ich schnell noch zurück, als mir einfiel, dass in diesem Fall ja fremde (und frische) Lackspuren an unserem Auto hätten feststellbar sein müssen.

Nach einer schier endlosen Fragerunde und vielfachen Wiederholungen, durch die er mich anscheinend dazu bringen wollte, mir selbst zu widersprechen, verschwand der Quizmaster wieder und ließ mich in Ruhe. Ich blieb zurück mit meinem Gewissen, den Kopf voller Lügen, aber ich fühlte mich noch nicht einmal schlecht dabei.

Allein gelassen mit dem Gedanken an meine Mutter überkam mich plötzlich eine tiefe Trauer, und es war, als habe ich erst in diesem Moment wirklich den Verlust gespürt, der mir widerfahren war. Ich lag hier im Bett in einem zerfetzten Körper, aber ich lebte! Meine Familie wurde vollständig ausgelöscht, und ich lag hier herum und dachte mir wilde Geschichten über mögliche Unfallhergänge und Lackspuren aus! Die Erkenntnis, dass ich noch zu keinem Zeitpunkt getrauert hatte und die Einsicht, dass ich nie mehr die

Gelegenheit haben würde, einen von ihnen wiederzusehen, traf mich wie ein Schlag.

Mit Sicherheit hatten die Beerdigungen schon vor Wochen stattgefunden, sie waren alle längst unter der Erde, und ich verging hier in Selbstmitleid, weil mich ein paar gebrochene Knochen schmerzten. Auch die Ausrede, dass ich noch immer unter massivem Einfluss von Schmerz- und Beruhigungsmitteln stand, konnte mich nicht darüber hinwegtrösten, dass ich ein herzloses Arschloch war, das die ganze Zeit nur daran dachte, wie schlecht es ihm selbst ging.

Allen Medikamenten zum Trotz wünschte ich in diesem Augenblick nur, dass ich das Schicksal meiner Lieben teilen könnte, damit wir wieder vereint seien und fing bitterlich an zu weinen wie ein kleines Kind, das ich ja in Wirklichkeit auch immer noch war. Und mein Bettnachbar schien doch ein wenig Taktgefühl zu besitzen, denn während bei mir alle Dämme brachen und ich mich müde heulte, hielt er einfach die Fresse.

Ich muss mich in dieser Nacht vollständig ausgeweint haben, denn ich habe danach nie mehr eine Träne vergossen. Ich kann nicht sagen, dass meine Trauer völlig verschwunden war, aber es gab einfach keine Tränen mehr, und ich habe einige Wochen gebraucht, um den Eindruck, den jetzt mit einem Mal von mir hatte, wenigstens hinzunehmen. Ihr könnt mir glauben, dass es nicht gerade ein Zuckerschlecken ist zu erkennen, dass man eine herzlose Drecksau ist.

Mal ehrlich, hätte ich nicht vor Trauer vergehen müssen, den ganzen Tag und die halbe Nacht weinend und schreiend in meinem Bett liegen? Hätte ich nicht nach der erstbesten Gelegenheit greifen müssen, diesem kaltblütigen Mörder, der in mir steckte, ein Ende zu bereiten? Aber versucht mal, Euch mit dem abgenutzten Besteck im Krankenhaus die Arme aufzuschneiden. Wie auch? Der linke steckte in einem Gips, meinen Hals zierte eine Krause aus Plastik, und mit der rechten Hand kommt man nicht gerade gut an das rechte Handgelenk. Und mit einem stumpfen Messer einfach wild auf die nicht zugegipsten Teile meines Körpers einzustechen, dazu war ich dann doch nicht Manns genug.

Meine Gedanken waren beinahe ausschließlich auf mich gerichtet, und ich spürte dabei ständig einen quälenden Griff um mein Herz.

Mutter und Timo waren zwar nicht vergessen, aber immer drängte sich dieses Ich in den Mittelpunkt meiner Aufmerksamkeit, ständig musste ich daran denken, was jetzt mit *mir* passiere, welchen Weg *ich* nehmen sollte. Wenn ich es christlich betrachten wollte, war meine Familie jetzt im Himmel, aber mir blieb nichts anderes übrig, als mich noch den Rest meines Lebens mit meiner Last zu beschäftigen, mit Adam, der mir auf den Schultern saß und mich erdrückte. Auf mich wartet nicht die ewige Seligkeit, soviel ist mal klar.

Und jedes Mal, wenn die Zimmertür aufging, wollte ich meine Tat herausschreien, wollte gestehen, damit ich endlich erlöst würde, damit alle Welt Bescheid wüsste und mich befreien könnte von dem Dämon, der mich von innen her auffraß. Aber ich brachte es nicht zustande.

Es dauerte etwas länger, bis die Behörden (nach den Versicherungen) den Weg an mein Bett fanden. Und zwar besuchte mich das Jugendamt, vertreten durch eine Mitarbeiterin mit blonden, sperrigen Haaren, die sie zu zwei Zöpfen geflochten hatte, was ihr eher das Aussehen eines Blumenmädchens gab als einer Beamtin, die hier war, um - tja, um was? Zunächst verstand ich gar nicht, was es da eigentlich zu klären gäbe, aber schnell wurde ersichtlich, dass da noch einiges im Argen lag, was der Bearbeitung bedurfte.

Ich kann nicht erwarten, dass jemand, der vermutlich tagtäglich mit solchen Geschichten wie der meinigen zu tun hat, besonderes Interesse für jeden einzelnen seiner „Fälle" aufbringt. Es ist wahrscheinlich auch zu viel verlangt, irgendeine Form von Anteilnahme zu erwarten, aber bei Frau Gersting oder Gärling, die hier vor mir saß, kann man definitiv behaupten, dass sie ihren Beruf verfehlt hatte. Sie zerfloss förmlich vor Trauer um meine Familie, als hätte sie selbst ihre Liebsten verloren. Meine Empfindungen schwankten die ganze Zeit zwischen dem Bedürfnis, ihr links und rechts ein paar schallende Ohrfeigen zu verpassen, und dem, sie anzuschreien, sie solle sich gefälligst zusammenreißen. Aber vielleicht war das ganz gut so, denn dadurch, dass sie mir dermaßen auf die Nerven fiel, lief ich nicht Gefahr, mich ihr zu weit zu öffnen und vielleicht Sachen zu erzählen, die sie besser nicht hören sollte (der Besuch des Versicherungsmenschen hatte mich misstrauisch gemacht).

Aber meine Sorge war völlig unbegründet, denn so mitfühlend Frau G. auch war, so exakt übte sie ihre Pflicht aus, packte einen Stapel Zettel auf meine Bettdecke, von denen sie von Zeit zu Zeit immer wieder irgendwelche Daten ablas, stupste alle paar Sekunden ihre schmale Brille wieder auf ihre Nase zurück und klärte mich über die Tatsachen auf. Und dass es sich hier um Tatsachen handelte, daran ließ sie keinen Zweifel (bei aller emotionaler Regung, die sie offensichtlich empfand, denn nach jedem zweiten Satz seufzte sie laut auf).

Was mir erspart blieb, war das filmreife Identifizieren der Leichen, denn das hatte ich ja heldenhaft verschlafen. Aber beim bloßen Gedanken daran, die toten Gesichter von Mutter und Timo noch einmal wiedersehen zu müssen, ganz egal, wie professionell sie sie wieder restauriert hatten, wurde mir schon schlecht, und ich wäre wahrscheinlich sabbernd zusammengebrochen, wenn ich mich noch einmal in die Nähe des kleinen Bastards Adam hätte begeben müssen.

Womit ich mich dagegen auseinandersetzen sollte, war meine Zukunft, da hier vordringlich ein paar wichtige Probleme zu klären waren. Wo würde ich wohnen? Wer könnte mich unter Umständen aufnehmen und versorgen? Aber eigentlich waren das nur rhetorische Fragen, denn die eifrige Frau vom Amt hatte auch sofort die Antworten.

Zunächst einmal müsse ich vollständig genesen, dann war ein Reha-Programm für mich vorgesehen, danach würde ich in die Obhut des Staates übergehen, bis ich volljährig sei, und dann könne ich machen was ich wolle. Das sagte sie natürlich nicht so, aber in meinem Kopf spielte sich ein bunter Reigen abwegiger Möglichkeiten darüber ab, wie sich mein Leben gestalten würde, so dass ich mich arg beherrschen musste, um angesichts ihrer Trauermiene und dessen, was ich mir vorstellte, nicht laut loszulachen.

All das, was mir hier erzählt wurde, interessierte mich nicht sonderlich. Meine Gedanken schweiften immer wieder ab, und es ist eine Ausrede, diesen Umstand auf die Medikamente zu schieben, die ich verabreicht bekam. Mir ging immer wieder die Szene im Auto durch den Kopf, doch mit einem Mal war ich hellwach und starrte die korrekte Frau neben mir fast erschrocken an.

Ich hatte das Wort „Lebensversicherung" gehört und erfuhr nun, dass unsere Mutter eine eben solche zu unseren Gunsten abgeschlossen hatte. „Uns", das waren ihre drei Söhne, aber da ich nun der einzige Überlebende war, würde der komplette Betrag mir zufallen. Mir brach der kalte Schweiß aus, ich fühlte, wie der Gips an meinem Arm und meinen Beinen klebte und sofort anfing, aufs Übelste zu jucken. In meiner Phantasie schnippte Frau G. mit dem Finger, daraufhin ging die Tür hinter ihr auf und ein paar Beamte kamen herein. Sie zückten ohne weitere Erklärungen Handschellen, die sie mir nicht anlegen konnten, was sie aber nicht daran hinderte, mich aus dem Bett zu zerren und aus dem Raum zu schleppen.

Die Lebensversicherung! Ich musste davon gewusst haben und hatte ein erstklassiges Mordmotiv. Natürlich, an meiner Hand war Adams Blut gefunden worden, man wusste nicht, wie es dorthin kam, dachte vielleicht, ich habe meinem kleinen Bruder zum Abschied noch einmal zärtlich über den verletzten Kopf gestreichelt, aber jetzt war alles klar.

Ich wollte den Kleinen nicht an der Kohle teilhaben lassen, wollte alles allein einstreichen, und da hatten wir es ja: Tötung aus niederen Motiven war selbst bei Berücksichtigung meines Alters und der Umstände, die das Verbrechen begleiteten, momentane geistige Verwirrung zum Tatzeitpunkt, der Schockzustand und all das, war also selbst bei der Aufrechnung all dieser Gegebenheiten so schändlich wie kaum eine andere Tat. Schlimm genug, seinen eigenen Bruder, einen wehrlosen Säugling umzubringen, aber aus Habgier? Das reichte, um den Ruf nach Todesstrafe wieder laut werden zu lassen!

So ungefähr rasten die Gedanken wie ein eiskalter Sturm durch mich hindurch, und die Verkünderin der Nachricht, dass ich einen nicht gerade kleinen Geldbetrag mein Eigen nennen könne, bekam es beim Anblick meiner von Sekunde zu Sekunde immer mehr erbleichenden Haut mit der Angst zu tun und klingelte nach der Schwester. Als diese kam, hatte ich mich innerlich wieder etwas beruhigt, denn die das Zimmer stürmenden Beamten, die ich erwartete, hatten sich in der Zwischenzeit auch nicht blicken lassen, also war mir wohl noch eine kurze Galgenfrist gegeben. Ich bat nur um etwas Wasser und wunderte mich dann über meine eigene Dummheit: Wie konnte ich die Todesstrafe fürchten, ich, der ich Tage und sogar Stunden zuvor noch gehofft hatte, genau dieses Schicksal möge mich durch eigene Hand ereilen?

Mir blieb kein Augenblick, um weiter über dieses Paradoxon nachzugrübeln, denn die gute Frau mit dem engen Zeitplan machte auch schon weiter und nannte mir die Summe, die mich fast erneut hätte zusammenbrechen lassen. Außerdem bekäme ich ja noch eine Waisenrente, bei vorsichtiger Schätzung konnte ich mir ein relativ sorgenfreies Leben vorstellen, das ich nur mit der völligen Ausrottung meiner gesamten Familie bezahlt hatte, was für ein primitives, mieses, dreckiges kleines Arschloch ich doch war!

Mit einem letzten traurigen Blick verabschiedete sich Frau G., die ihre Arbeit getan hatte, und ließ mich zurück. Neben mir hatte sich Thorsten die ganze Zeit schlafend gestellt, jetzt aber wandte er sich mir zu, zwinkerte vielsagend und meinte verschwörerisch: „Volltreffer, was?" Es gibt keine Beschreibung für die Todesarten, die ich mir in den nächsten Stunden für ihn ausdachte, hätte ich mich nur von meinem Bett erheben können, aber irgendwann siegte die Resignation. Er konnte wahrscheinlich nicht anders, war wohl einfach zu beschränkt zu verstehen, was mir widerfahren war.

Aber in Wirklichkeit wusste ich genau, warum ich es aufgab, ihn zu hassen: Für einen kurzen Moment, einen winzigen Augenblick, der mir für immer ein Stachel in meiner Seele bleiben würde, dachte ich, dass es stimmte, was er so flapsig und unbedacht von sich gegeben hatte.

Den Rest des Tages verbrachte ich damit, mich als ein Stück Dreck zu sehen, und ich machte gute Fortschritte, auch wirklich davon überzeugt zu sein und mich so zu fühlen. In Gedanken entschuldigte ich mich tausende Male bei meinen Verstorbenen, flehte sie um Vergebung an, aber ich konnte mir nicht vorstellen, wie mir diese jemals zuteilwerden sollte, wenn es noch eine Gerechtigkeit gab, zwischen Himmel und Erde oder jenseits davon.

Wo ich gerade vom Himmel sprach: Fast hätte ich vergessen, dass mir der Vertreter der ansässigen Gemeinde auch noch eine Aufwartung machte und mich in seiner Funktion als Seelsorger besuchte. Ich möchte Euch nicht mit Einzelheiten des Besuchs langweilen, es gab viel Gerede und treue Blicke aus Dackelaugen, darüber hinaus Versprechen, ich könne mich jederzeit an ihn wenden, wenn mich etwas bedrücke oder ich Hilfe bräuchte. Ja, Hilfe hätten wir gebraucht in den vergangenen Jahren, wo war deine Scheiß-Gemeinde denn da? So dachte ich, während er mich vollquatschte, aber ich versuchte nur, dankbar zu lächeln und zu nicken, auf dass er möglichst schnell wieder verschwinden möge.

Aber den Gefallen tat er mir nicht, er erzählte weiter davon, dass Gott meine Familie aufgenommen habe und nun auch über mich wache, er behauptete, dass meiner Seele Trost gespendet werden würde und noch einiges desgleichen mehr. Ich wusste es besser. Für einen kurzen Moment sah ich ihn an und öffnete schon den Mund, damit alles aus mir heraussprudeln konnte, aber ich brachte es nicht fertig. Er hatte meine Regung offenbar bemerkt und wartete höflich, ob ich nicht vielleicht doch etwas entgegen wolle, aber ich schlug die Augen nieder. Was brächte es schon, wenn ich beichtete? Er durfte in dem Fall nichts von dem Gesagten weitererzählen, alles blieb also beim Alten - vielleicht mit dem Unterschied, dass ich einen bemühten Geistlichen schockiert hatte, aber was sollte das bringen? Nein, aus dieser Nummer konnte ich mich nicht so einfach heraus stehlen und durch den Pfaffen Gottes Segen und Vergebung erhalten, so ein Blödsinn. Ich wusste genau, dass mich meine schwarze Seele so lange begleiten wird, wie ich noch die Luft dieser Erde zu atmen verdammt war, also jetzt keine billigen Ausflüchte und feigen Hintertreppen!

Daher schüttelte ich den Kopf, ließ ihn weiter erzählen und tröstende Worte aus der Bibel zitieren. Die war mir allerdings aus der Krankenhausbibliothek auch schon gebracht worden, und ich hatte ein wenig darin herumgeblättert. „Lernt Gutes tun, trachtet nach

Recht, helft den Unterdrückten, schafft den Waisen Recht, führt der Witwen Sache" (Jesaja 1,17), dachte ich und ließ ihn seine Arbeit machen.

Den Waisen Recht schaffen, ein frommer Wunsch! Was war denn, wenn die Waisen gar kein Recht verdient hatten?

Mein weiterer Aufenthalt im Krankenhaus zog sich über mehrere Monate hin. Mein linker Arm verheilte noch relativ schnell, aber meine Beine wieder herzustellen, war ein echtes Problem. Im rechten Unterschenkel waren die Knochen regelrecht zersplittert, aus meinem Fuß, der nicht eingegipst war, ragten metallene Stangen, um die Grundlage dafür zu schaffen, dass ich jemals wieder auf eigenen Beinen stehen könnte - im wahrsten Sinne des Wortes.

Später verlegte man mich auf eine andere Station, und ich verbrachte die Tage damit, Laufübungen zu machen. Meinen Arm konnte ich noch nicht wieder vollends belasten, deswegen gab es zunächst nur kleine Trainingseinheiten für die Beine, Massagen und Therapien. Erst als ich mich mit beiden Armen halten konnte, was nicht so schwer war, wie ich zunächst gedacht hatte (ich hatte über zehn Kilo an Gewicht verloren), konnte ich mich an einem Reck aufstützen und begleitet von zwei Pflegern, die mich auffangen würden, erste eigene Schritte wagen.

Nicht eher merkte ich, wie schwach ich wirklich war, denn das Aufstützen mit den Armen mochte noch leicht sein, aber die Arme zu bewegen, während ich das Gewicht zwischenzeitlich auf die Beine verlagern musste, trieb mir schon nach zwei Schritten den Schweiß auf die Stirn.

Es war ein harter Kampf, meinem Körper wieder Manieren beizubringen, aber schließlich, fast ein Jahr nach dem Unfall, stand ich auf eigenen Beinen wieder vor unserem Haus. Einen Marathon würde ich in meinem Leben wohl nie mehr laufen, aber wenigstens konnte ich mich ohne Hilfsmittel fortbewegen. Auch mein Schulabschluss war nach ermüdenden Abendkursen mit Ach und Krach geschafft, noch ein Jahr bis zur Volljährigkeit, und dann konnte mir keiner mehr was.

Vor dem Heim meiner Kindheit, das meine Eltern irgendwann, als es ihnen noch gut ging, gekauft hatten und das jetzt mir gehören sollte, vergaß ich meine gerade wieder neu erlernten Fähigkeiten und stürzte auf den Rasen des Vorgartens. Natürlich hatte sich nichts Wesentliches geändert, es fehlte das Auto vor der Garage, der Garten sah verwildert aus, und alles war dreckig. Was hättet Ihr erwartet? Es war nur ein Haus. Eines, in dem seit einem Jahr niemand mehr gewohnt hatte.

Ein Herr vom Jugendamt (Körber oder so ähnlich) half mir wieder auf die Beine, ein grobschlächtiger Kerl, der mich um mehr als einen Kopf überragte und jeden Job als Türsteher sofort bekommen hätte. Ich hatte auf der Fahrt schon mit ihm diskutiert und ihn zu überreden versucht, mich allein zu lassen, aber seine Anweisung lautete anders, und er dachte nicht im Traum daran, diese zu brechen. „Lassen Sie mich wenigstens allein ins Haus", hatte ich ihn beinahe angefleht, aber er meinte nur, er wolle seine Aufsichtspflicht nicht verletzen und nachher schuld sein, wenn ich irgendwo stürze und meine ganze Genesung zum Teufel sei.

Das klägliche Versagen meiner blöden Beine vor dem Haus machte seine Entscheidung endgültig, und so betraten wir zusammen die Stätte der ersten 16 Jahre meines Lebens.

Hinter der Tür stapelte sich ein Haufen Post. Darunter fand ich später die Tageszeitung vom Tag des Unfalls und noch eine aktuellere, in der das zerstörte Wrack unseres Wagens zu sehen war, aus dem sie uns herausgeschnitten hatten. „Familientragödie auf Autobahn" titelte das Blatt. Ich überflog den Artikel kurz und fand keinen Hinweis darauf, dass es sich um einen Unfall gehandelt hatte, niemand wusste, was passiert war, vermutete aber auch keine Verzweiflungstat einer vom Leben getretenen Mutter. Gut so. Irgendwann gab es keine weiteren Zeitungen, da die Rechnung nicht mehr bezahlt wurde, auch gab es im Haus keinen Strom, die Stadtwerke hatten im Laufe der Monate die Geduld verloren.

Es war bereits am späten Nachmittag, im Hausflur wurde es dämmrig, durch die staubigen Scheiben schien nur noch ein trüber Rest des Tageslichts, was den Räumen ein gespenstisches Aussehen verlieh. Plötzlich war ich froh, Herrn K. bei mir zu haben, sonst hätte ich wahrscheinlich vor Angst oder vor Rührung eingenässt. In der Küche herrschte ein bestialischer Gestank, in der Spüle lagerten noch ein paar Teller von unserem letzten gemeinsamen Frühstück, mit einem schillernden Pelz überzogen. Ich musste würgen und riss ein Fenster auf, um den Geruch nach draußen ziehen zu lassen.

Mit einem Mal überfiel mich Panik. Ich spürte die Anwesenheit meiner Familie, sie waren plötzlich alle da und beobachteten mich. Mein Brustkorb zog sich zusammen, und ich musste mich setzen, um nicht erneut der Länge nach hinzuschlagen. Mein Leibwächter fasste mich unter und fragte, ob alles in Ordnung sei. Natürlich war alles in Ordnung, ich war bloß gerade an den Ort zurückgekehrt, an dem ich mein bisheriges Leben verbracht hatte (ließe man das unselige letzte Jahr einmal außer Acht) und sah die Geister meiner Angehörigen förmlich vor mir stehen.

Sie blickten mich unverwandt an, taten und sagten aber nichts, und das war das Schlimmste daran. Hätten sie doch gebrüllt, mich angeklagt, mit den Fingern auf mich gezeigt und mich für alle Zeiten verfolgt und in den Wahnsinn getrieben, ich hätte wenigstens etwas gespürt, ich hätte gewusst: Ja, das habe ich verdient, so geschieht mir recht. Aber sie blieben stumm, blickten mich traurig an, als wollten sie mich bemitleiden, mich bedauern, dass ich noch hier sein musste, in dieser Welt, entfernt von ihnen. Sie taten, als sei alles vergeben, aber nichts war vergeben und nichts wäre jemals vergessen!

Die frische Luft, die durchs Fenster hereinströmte, tat mir gut, ich konnte wieder durchatmen, schüttelte mich und starrte dann einige Minuten angestrengt auf den verdreckten Boden. Als ich wieder aufblickte, war meine Familie verschwunden, aber ihre Blicke trafen mich noch immer, wie könnte ich diese Augen je aus dem Gedächtnis verlieren?

„War nur die Luft, danke", sagte ich zum Herrn vom Jugendamt und machte mich daran, meine Habseligkeiten zusammenzusuchen, um diese Stätte der Erinnerungen dann für immer zu verlassen. In meinem Zimmer fand ich meine alte Sporttasche, aber viel mitzunehmen gab es nicht. Als ich den Kleiderschrank öffnete, konnte ich die Sachen nur ratlos ansehen, es war, als gehörten sie zu einem anderen Leben. Ich betrachtete die Hosen und Hemden, die ich in der Schule getragen hatte, es schien mir, als sei das eine Ewigkeit her. Derjenige, der das hier getragen hatte, existierte nicht mehr. Ich war in der Zwischenzeit vollständig zerstört und wieder hergestellt worden - allerdings nur körperlich, denn mein vernarbter Geist konnte nicht geheilt werden.

Ich zog einen Pullover aus dem Schrank und zuckte zurück, als mir eine Handvoll Motten entgegen flatterte. Der Lappen, der sich vor mir entfaltete, sah aus wie ein Schweizer Käse, und damit hatte sich die Frage nach den Anziehsachen auch direkt erledigt. Ich murmelte, dass ich hiervon wohl nichts mehr brauchen würde, stopfte das zerfressene Stück Stoff zurück und schloss die Schranktür.

Gesetzt den Fall, man würde Euch vor die Wahl stellen, eine Tasche mit Erinnerungen füllen und niemals wieder zurückkehren zu können, was würdet Ihr einpacken? Würdet Ihr die alten Poster von der Wand kratzen, was würdet Ihr mit Schulheften machen, die Ihr vollgeschmiert hattet mit kleinen Zeichnungen in allzu langen Schulstunden? Würde eine Lieblingsjacke den Weg in Euer Gepäck finden, Bücher, Musik?

Beim Anblick der traurigen Reste meines bisherigen Daseins überkam mich eine zunächst erschreckende Gleichgültigkeit. Ich haderte mit mir selbst: Würde ich es nicht bereuen, all das zurückzulassen? Müsste ich nicht noch auf dem Rückweg weinend an die Scheibe des Autos trommeln, das mich hinwegriss von diesem heiligen Ort, um doch noch etwas einzupacken, etwas zu retten, das mich daran erinnerte, wer ich einmal gewesen war? Aber schnell kam mir die Erkenntnis, dass nichts dergleichen, kein weltlicher Besitz mir jemals wieder die Unschuld zurückgeben konnte, in der ich damals gelebt hatte, ahnungslos, unwissend, leichtfertig, versorgt von einer Familie, die mir jetzt genommen war.

Ich nahm eine Handvoll Bücher aus meinem Regal, griff wahllos nach ein paar CDs und verließ mein Nest. Ich hatte nicht die Kraft, alle Räume des Hauses nach etwas zu durchsuchen, was die Mühe wert gewesen wäre. Vor allem wollte ich nicht in den Keller, wo mein Fahrrad immer noch auf mich wartete. Sollte sich irgendjemand darum kümmern, sollten ein paar Leichenfledderer unser Hab und Gut zerpflücken, sortieren nach wertlosem Müll und dem, was man vielleicht noch verkaufen konnte. Ich machte mir keine Illusionen: Hier gab es nichts zu holen, was man irgendwie gewinnbringend veräußern konnte, außer das Haus selbst, und der Verkauf war schon eingefädelt, ich machte hier quasi die letzte Runde, bevor das Licht für diese Episode ausging.

Im Zimmer meiner Mutter überkam mich noch einmal ein Schwindelgefühl, das ich aber beängstigend schnell unter Kontrolle bekam, bevor mein schwergewichtiger Begleiter etwas merken und mich zum Schutz vor Überanstrengung von hier fortbringen konnte. Ich setzte mich aufs Bett, dicke Staubflocken wirbelten zu mir herauf, und ich musste husten. Wir öffneten ein Fenster und ließen uns ein wenig Zeit.

Ich sah mich um. Jetzt fiel mir auf, dass ich zu selten hier gewesen war und gar nicht genau wusste, was sich in den Schränken verbarg. Nachdem ich mit dem Foto erwischt worden war, hatte ich ihr Zimmer immer gemieden und es nicht noch einmal gewagt, in ihren Sachen zu stöbern. Aber jetzt war alles anders, es war eine neue Zeit, ich war zurückgekehrt, ein letztes Mal, und dieses Mal war alles erlaubt. Zunächst sah ich mir die Kommode an, in der ich damals das Bild gefunden hatte, aber sie war abgeschlossen. Ich kam mir vor wie ein Dieb, als ich solange an der Schublade riss, bis das Holz um das Schloss herum nachgab und mit einem kurzen Knacken aufsplitterte. In der Schublade lagen ein paar Dinge, die ich niemals eingeschlossen hätte, eine Haarbürste zum Beispiel, ein alter Handspiegel, Kinderschuhe, die ich als die erkannte, die ich früher als Kind getragen hatte, sie passten beide in meine Handfläche. Aber daneben lag noch etwas, das ich noch nie gesehen hatte: ein Fotoalbum mit einem groben, grünen Stoffeinband. Ich blätterte die Seiten auf, es waren glatte Pappdeckel, auf denen alte Bilder mit Fotoecken befestigt waren, schwarz-weiße Aufnahmen, dann bunte mit verblassten Farben und einem weißen Rand. Auf jeder der Seiten, die durch ein Transparentpapier mit einem Spinnennetzmuster getrennt waren, fehlten viele Bilder. Meine Mutter hatte offensichtlich nach meinem Fund mit ihrer Vergangenheit gründlich aufgeräumt und alle Fotos entfernt, auf denen unser Vater zu sehen war.

So fand ich Landschaftsansichten von ihrer Hochzeitsreise, Bilder, auf denen nur meine Mutter zu sehen war, in Bademoden, die lächerlich bunt gewesen sein mussten, ich sah Abbildungen ihres Autos, des Hauses, dann Babyfotos von Timo und schließlich von mir. Wir, auf dem Arm unserer Mutter, im Garten, sitzend in einer kleinen Plastikwanne, wir, auf dem ersten Fahrrad, im Kindersitz auf der Rückbank des Autos und mehr dieser Art. Auf den alten Bildern gab es die heile Welt und keine Sorgen, es war nur die Sonnenseite in diesem Album vorhanden, keine Trauer, keine Tränen, kein Vater.

Irgendwann blieb mein Blick an einem Bild hängen, das mir einen Stich versetzte. Ich konnte mich noch daran erinnern, wie es entstanden war: Eine Nachbarin hatte uns gesehen, als wir gerade das Haus verließen. Es war im tiefsten Winter, wir waren alle unglaublich dick eingepackt, Timo trug stolz seine leuchtend gelbe Skijacke, dazu Jeans und dicke Winterstiefel. Mich hatte meine Mutter in mehrere Lagen Klamotten eingewickelt, so dass ich kaum laufen konnte, ich trug eine selbstgehäkelte rote Mütze mit Ohrenklappen und Fäustlinge, die mit einer Schnur an meiner Jacke befestigt waren.

Die Nachbarin fand uns so unglaublich goldig, dass sie meine Mutter nötigte, ins Haus zurückzulaufen und die Kamera zu holen. Und jetzt zeigte das Foto uns drei in voller Winterkluft, mit erhitzten Gesichtern vor der weißen Pracht des Winters posierend. Das Bild war etwas überbelichtet und schon verblichen, aber es war das einzige, das ich aus dem Album nahm und in meine Tasche steckte. Der Rest konnte meinetwegen auf dem Müll landen.

Ich blickte nur kurz in Timos Zimmer, aber auch hier gab es nichts für mich.

Meine letzte Amtshandlung in meinem Haus war, dass ich den Stapel Post, der sich im Flur aufgetürmt hatte, in meine Sporttasche räumte. Ich weiß nicht, warum ich ausgerechnet das Altpapier mitschleppte. Ob ich nicht wollte, dass irgendjemand darin stöberte? Aber wie lächerlich war dieser Gedanke? Es würden demnächst ganze Horden von Trödlern hier einfallen und ihre Nasen in unsere Unterwäsche stecken, wie viel persönlicher konnte es denn werden? Oder wollte ich das letzte Jahr, das praktisch an mir vorübergezogen war, nacharbeiten, mich auf den neuesten Stand bringen, indem ich unsere unbezahlten Stromrechnungen einpackte, um sie später dann doch ungelesen wegzuschmeißen?

Ich kann nicht sagen, was der Grund dafür war, den Papiermüll einzusammeln und von Herrn K., der mich spätestens jetzt für total übergeschnappt halten musste, zum Auto schleppen zu lassen. Ich weiß nur, dass sich mein Leben ansonsten wahrscheinlich deutlich anders entwickelt hätte.

Teil Vier

Eins

In der Folgezeit passierte wenig Erquickliches, und ich möchte auch nur der Vollständigkeit halber ein wenig davon berichten, jetzt, wo sich der Sturm in meinem Kopf ein wenig gelegt hat.

Das Haus wurde verkauft, was mit den ganzen Sachen passiert ist, mit den Erinnerungen, die sich noch darin befanden, vermag ich nicht zu sagen, wahrscheinlich wurde einfach alles weggeworfen. Mir sollte es recht sein. Erst später erhielt ich einen Scheck über meinen Anteil am Verkauf, der übrig blieb, nachdem die Makler sich ihre Provision abgezweigt hatten. Ein Drittel des Blutgeldes spendete ich sofort diversen Organisationen, die sich damit um verwaiste Kinder kümmern sollten, denn ich hätte es nicht ertragen, Adams Anteil an unserem Haus einfach einzustreichen.

Gut, er hatte nicht so lange im Haus gelebt wie ich und war ein Bastard obendrein, aber er war meiner Mutter Sohn und hätte ein Drittel des Geldes bekommen. Jetzt fragst Du natürlich, ob ich auch einen Teil der Versicherungssumme ihm zu Ehren gespendet habe? Natürlich nicht, die Versicherung wurde lange vor seiner Geburt abgeschlossen, und von irgendetwas musste ich ja auch schließlich leben. Glaube nicht, dass ich mich mit dem Geld aus dem Hausverkauf von meiner Schuld freikaufen wollte, es erschien mir zu dem Zeitpunkt einfach richtig, so zu handeln.

Zunächst folgte aber eine Odyssee durch verschiedene Einrichtungen, Wohnheime und Familien. Ich hielt es nie lange irgendwo aus, warum sollte ich mir auch Mühe geben, mich mit irgendjemandem anzufreunden, den ich sowieso ein Jahr später nicht mehr wiedersähe? Ich musste nur dieses eine Jahr durchhalten, dann konnten mich alle mal kreuzweise. Als erstes wurde mir eine Familie zugeteilt, die schon fünf Kinder hatte. Es waren gerade Schulferien und alle verbrachten die ganze Zeit zu Hause, rannten schreiend durch die Gegend und hatten sich furchtbar lieb. Ich ließ sofort durchblicken, dass ich nicht gedachte, am Familienleben teilzuhaben, man solle mir ein Zimmer zuweisen und mich ansonsten in Ruhe lassen.

Leider gab es kein Zimmer, zumindest keines, das ich für mich allein beanspruchen konnte. Nicht sofort. Nachdem ich die älteste Tochter aus ihrem Zimmer gescheucht hatte, meinten die Eltern, ein ernstes Wort mit mir sprechen zu müssen. Kurze Zeit später war ihnen jedoch bewusst, dass ich nicht gewillt war, mich herumkommandieren zu lassen, was kurzerhand dazu führte, dass ich in die nächste Familie wechselte.

Ich schreibe diese Zeilen fast zehn Jahre später und möchte betonen, dass ich den harten Kerl, den ich allen vorspielte, mir selbst nicht abnahm. Ich probierte vor dem Spiegel im Bad ernste Gesichter aus, um möglichst böse dreinblicken zu können, aber eigentlich hatte ich nur Angst davor, jemand könne mir zu nahe kommen. Ich wollte eigentlich niemanden um mich herum haben, ich brauchte Zeit für mich allein. Ich war gerade auf dem Weg, wieder in ein normales Leben zurückzukehren, sofern man in meiner Situation überhaupt von „normal" sprechen konnte, und dabei brauchte ich keine Leihfamilie.

Sämtliche Versuche, mit Liebe und Zuneigung, mit Verständnis und Wärme an mich heranzutreten, machten alles nur noch schlimmer. Ich wollte keinen Ersatz, ich wollte nicht, dass mir vergeben wurde. Niemand, der nicht wusste, was passiert war, konnte mir wirklich vergeben, ich selbst aber am allerwenigsten. Für das, was ich getan hatte, gab es kein Verzeihen und kein Verständnis, sondern nur Strafe und Abbitte, die ich für den Rest meiner Zeit zu leisten hatte.

Ich kam mir schlecht vor und schämte mich meines Verhaltens, das ich an den Tag legte, mit dem ich Leute vor den Kopf stieß, sie beleidigte und traurig machte, aber überleg mal, was war denn meine Alternative? Ich konnte so tun, als sei alles gut, als fühle ich mich geborgen in meinem neuen Heim, meinem Umfeld, als könne ich die Menschen, die sich um mich bemühten, gut leiden. All das wäre eine Zeitlang gut gegangen, bis eines Tages die Dämme, die meine Gefühle zurückhielten, gebrochen wären. Zuerst hätten sich meine Empfindungen als kleines, unschuldiges Rinnsal gezeigt, um sich dann mit brutaler Gewalt ihren Weg freizukämpfen an die Oberfläche. Und dann hätte ich alle mitgerissen, die mich umgaben.

Ich konnte einfach nicht zulassen, dass mir irgendjemand näher kam als ein Fremder auf der Straße, ich konnte nicht verantworten, noch mehr Leben zu zerstören, denn das wäre doch zwangsläufig passiert. Oder? Wie würdest Du reagieren, wenn Du jemanden kennenlernst, mit ihm vertraut wirst, Ihr freundet Euch an, verbringt Zeit miteinander … Und eines Tages erzählt er Dir, dass er einen Menschen getötet hat, aber nicht in einem fairen Kampf mit einem ebenbürtigen Gegner, in dem es um ehrenvolle Gründe ging, die natürlich niemand gutheißen, aber doch jeder nachvollziehen könnte.

Nein, Dein neuer Freund würde Dir irgendwann mit ruhiger Stimme eröffnen, ohne Tränen, denn die hatte er bereits alle vergossen, dass er einen hilflosen Säugling ermordet hatte, kaltblütig, einfach so, mit einer Handbewegung. Wie würdest Du reagieren? Und was würdest Du tun, wenn er Dir dann noch sagt, dass dieser Säugling sein Fleisch und Blut war, sein Bruder? Richtig, Du würdest Dich nass machen vor Entsetzen, der Ekel würde Dir die Haut in Falten werfen. Du würdest die Beine in die Hand nehmen und diesen Menschen in Deinem ganzen Leben nie mehr wiedersehen wollen, denn für so etwas gibt es weder Erklärung noch Entschuldigung, so etwas sieht man nur im Film, aber das passiert nicht im eigenen Leben, im eigenen Haus!

Diese Gedanken kommen mir erst jetzt, da ich rückblickend über meine Zeit unter Fremden nachdenke. Selbst ich, der all das erlebt hat, würde mir die plötzliche Wandlung zum Menschenfreund nicht abnehmen, und natürlich habe ich früher nicht so gedacht. Ich habe nicht das Wohl der anderen im Sinn gehabt, sondern fast ausschließlich mein Unwohl, was zwar dasselbe Ergebnis hervorbrachte, für mich aber ein riesiger Unterschied war und heute noch ist.

Ich war kein Philanthrop und bin es heute noch nicht. Wenn Du es genau wissen willst, halte ich die Menschen für die Pest, für die Seuche unseres Planeten. Keine andere Spezies verhält sich so wie wir. Es gibt kein Tier, das so dumm ist, eine andere Rasse vollständig auszurotten, denn selbst das dämlichste, triebgesteuerte, nahrungsfixierte Vieh weiß instinktiv, dass es selbst eingehen wird, wenn es die vernichtet, von denen es abhängt. Nicht so der Mensch, der tritt noch nach, wenn der Gegner schon am Boden liegt, ein Gegner, der gar keiner sein müsste, dächte er einmal gründlich nach.

Genug von diesem Weltverbesserer-Gequatsche, zurück zu meiner Geschichte. Das Einzige, was ich wirklich wollte, war, Du wirst lachen, ein gutes Leben zu führen. Ich trug die Hölle in mir, und ich hatte sie verdient. Und jedes einzelne Mal, wenn ich in den Jahren daran dachte, mir das Leben zu nehmen, war die letzte, endgültige Antwort, die mich gegen den Tod entscheiden ließ, der Umstand, dass ich mein Leben verdient hatte. Falls es so etwas wie eine richtende Macht gäbe, die mich im selben Moment durch einen Blitz niedergestreckt hätte, als ich das Wrack nach dem Unfall verließ, es wäre eine unglaublich dämliche Macht, denn gezwungen zu werden, mit der Schuld zu leben, war so viel schlimmer, als endlich befreit zu sein.

Deshalb gönnte ich mir trotz aller Schwächen niemals, diese Erlösung aus eigener Hand zu erhalten, ich blieb dem Schmerz treu und versuchte, ein gutes Leben zu führen. Aber hieße das nicht, dass ich nett und freundlich zu meinen Mitmenschen hätte sein müssen und die Familien, in die ich geschickt wurde, nicht zu terrorisieren und ihnen ihre Zeit mit mir so angenehm wie möglich zu gestalten hatte? Nein, das hieß es nicht.

Hätte ich die Nähe der anderen zugelassen, hätte ich ihnen erlaubt, sich mir zu nähern, sie wären umso mehr verletzt worden, wenn sie irgendwann tiefer in den schwarzen Sumpf meiner Seele geblickt hätten. Viel wichtiger aber war, dass ich mir keine Hilfe erlauben wollte. Jede Annäherung, jede Freundschaft hätte mich von meinem Weg abgebracht, hätte mein Ziel aufgeweicht, es mir am Ende unmöglich gemacht, es überhaupt zu erreichen. Ich konnte keine Hilfe annehmen, die vielleicht auch nur darin bestand, dass mich jemand einfach akzeptierte. Da gab es nichts zu akzeptieren, und ich musste den Ekel vor mir selbst aus eigener Kraft herauswürgen und ableisten, ich musste meine Schuld abarbeiten, indem ich recht tat.

Ich weiß, das alles hört sich sehr theatralisch an, aber spar Dir Deine Kommentare und erst recht Dein Mitleid! Stell Dir lieber meine Situation vor: Ich war dem Tod entronnen, obwohl ich getötet hatte, war wieder zusammengeflickt worden, niemand verdächtigte mich, alle sahen mich als Opfer, als armes Kind, dem geholfen werden musste. Geholfen wurde mir, nicht zuletzt finanziell, auch wenn ich im Jahr meiner Reisen durch die Familien und Heime noch nichts von dem Ausmaß der Beträge ahnte, die mir später zur Verfügung standen. Doch in Wirklichkeit war ich eine Bestie in der Gestalt eines schmächtigen, unselbständigen Jungen, eines Kindes. Und diese Bestie hatte ihre Strafe verdient und musste Buße tun, allein, ohne Hilfe, die in Form von Freundschaft und Zuneigung auf sie einzuströmen drohte und die es deshalb unbedingt abzuwehren galt. Meine Unfreundlichkeit, meine bösen Worte waren da nur das Mittel zum heiligen Zweck, das kleinere Übel im Dienst eines großen Ziels.

Meine Strafe war Leben und meine Buße sollte ein gutes Leben sein.

Zwei

Ich zog in eine kleine Wohnung in der Innenstadt und tauchte ein in das Stadtleben, wo genau das passierte, was passieren musste. Ich hatte keinerlei Halt, war finanziell abgesichert und musste für Nichts und Niemanden (außer mir) Verantwortung tragen. In den ersten Wochen beschäftigte ich mich damit, meine Wohnung einzurichten, mich neu einzukleiden und Dinge anzuschaffen, an die ich bisher nie einen Gedanken verschwendet hatte. Ich brauchte eine vollständig neue Garderobe, ein Kühlschrank musste her, ein Fernseher, Lampen, ein Bett nebst Wäsche und ein Tisch mit Stühlen, die unbenutzt bleiben würden, da ich sowieso keinen Besuch bekam.

Als die ersten Anschaffungen getätigt waren, saß ich die meiste Zeit herum und versuchte, Pläne zu schmieden. Aber da gab es nichts zu planen, ich hatte die Schule abgeschlossen und keine Lust, eine Ausbildung zu beginnen oder irgendwo zu arbeiten. Eine Zeitlang spielte ich mit dem Gedanken, einen handwerklichen Beruf zu erlernen, um wenigstens irgendetwas machen zu können, aber die Faulheit siegte. So schlief ich dann jeden Tag bis in die Mittagszeit, holte mir irgendeinen Dreck aus einer Imbissbude um die Ecke und saß dann herum in meinen nackten Wänden, die mich geduldig anstarrten. Für die rein literarische Wirkung hätte ich gerne gesagt, dass die Wände mich *vorwurfsvoll* anstarrten, aber das taten sie natürlich nicht, sie starrten nicht einmal wirklich, aber oft kam es mir vor, als reflektierten sie meine Blicke, warfen sie zurück auf mich wie ein Spiegel, doch selbst das war pure Einbildung.

Wenn Du jetzt meinst, dass sich all das wie die perfekte Existenz eines jungen Mannes anhört, dass man hier außer ein paar Bildern an der Wand nichts mehr nachzubessern habe, dass alles in bester Ordnung sei, dann irrst Du Dich gewaltig. Zunächst gefiel ich mir in der Rolle des Faulenzers, der seiner Untätigkeit wegen kein schlechtes Gewissen zu haben brauchte, der sich nicht um Arbeit kümmern musste und auch niemandem auf der Tasche lag, denn gerade das hätte ich am wenigsten ertragen. Uns wurde weiß Gott nichts geschenkt in unserem Leben, und gerade ich besaß nicht das Recht, mich auf Kosten anderer wie die Made im Speck auf die faule Haut zu legen. Aber es war anders gekommen, die Versicherung hatte mich für meinen Verlust reich beschenkt, und wenn ich das Geld nicht gerade mit vollen Händen aus dem Fenster warf, sollte es für die nächsten ein bis zwei Jahre reichen, ohne dass ich nur einen Finger rühren musste. Was danach kommen mochte, konnte ich mir zu diesem Zeitpunkt noch nicht ausdenken.

Doch genau wie zu viel Stress den Menschen krank macht, so zeigen zu lose Zügel denselben Effekt. Ich hatte nichts zu tun, ich wusste manchmal nicht einmal mehr, welchen Wochentag wir gerade hatten, es passierte mir mehrmals, dass ich sonntags vor einem Supermarkt stand und mich wunderte, warum ich nicht einkaufen konnte.

Und so wurde mein Vorhaben vom guten Leben, das ich angesichts der Trümmer gefasst hatte, die ich hinterlassen musste, schnell zur Farce. Es wurde zu einer hohlen Floskel, die ich mir in wachen Momenten gerne vor Augen führte, um zu glauben, dass ich noch auf dem richtigen Weg sei. Aber solche Momente gab es kaum noch, denn schon bald nach meinem Einzug machte sich eine Taubheit in meinem Geist breit, die mich vollständig erfasste und lahmlegte. Ich war nicht mehr in der Lage, einen klaren Gedanken zu fassen, ich schlief nur noch stundenweise, dafür aber zu jeder Tages- und Nachtzeit. Ich verwahrloste zusehends, und das Schlimmste daran: Es war mir völlig egal.

Du magst fragen, was man denn den ganzen Tag macht, wenn man nichts zu tun hat und sich gehen lassen kann, wie es einem beliebt. Ganz einfach: Man lässt sich gehen. Meine Einkäufe wurden seltener und spärlicher und bestanden mehr und mehr nur noch aus Flüssigkeiten. Mein Kühlschrank war immer mit Bier angefüllt, zusätzlich lagerte ein ganzes Arsenal von Spirituosen in meiner Küche, auf die ich im Laufe der Zeit ganz umstieg. Ich war ständig besoffen, lag auf dem Sofa vor dem Fernseher herum und ließ mir Pizza liefern. Ich fing an zu rauchen, innerhalb weniger Monate hatte ich mich auf ein Pensum von zwei Schachteln am Tag hochgearbeitet. Meine Nachbarn sah ich selten, und bei diesen Gelegenheiten erntete ich nur missbilligende Blicke, wenn ich mit vollen Taschen zum

Glascontainer ging und kurze Zeit später mit Nachschub zurückkam. Aber an die Blicke war ich gewöhnt, ich brauchte sowieso niemand anderen, um mich zugrunde zu richten, das bekam ich gut ganz allein hin.

Ich kam kaum an die frische Luft, nur manchmal lief ich ein bisschen herum und suchte irgendwelche Kneipen auf. Bei all der Einsamkeit, die ich mir selbst auferlegt hatte, schien ich von Zeit zu Zeit doch die Gesellschaft anderer zu brauchen, und sei es nur, damit sie ein wenig um mich herumsaßen, (wie ich) die Klappe hielten und sich einen antranken. Traurig genug, wenn man gescheitert ist, aber wenn man dann noch in einer miesen Spelunke herumsitzt und den anderen, die auch nicht besser dran sind, die Ohren davon vollheult, wie schlecht es einem geht, warum man gescheitert ist und was man alles für Tiefschläge hinnehmen musste, wird es erbärmlich. Ich ekelte mich geradezu vor dem Leid der anderen, da ich lange genug an meinem eigenen zu ersticken gedroht hatte. Und was für ein Recht hatte ich, meine Probleme den anderen aufzubürden? Dadurch wurde nichts einfacher, nichts gelöst, es blieb nur die Betäubung, das Ersäufen der Gedanken und des Gefühls im Alkohol.

Ich muss eine Aura der Verzweiflung ausgestrahlt haben, dazu kam noch der Umstand, dass ich mit Abstand der Jüngste in den Bars war, die ich ab und zu aufsuchte. Auf jeden Fall wurde ich so Zielscheibe für ein Angebot, das ich nicht abschlagen konnte.

Es war an einem Abend wie jeder andere, denn es gab für mich nur immer gleiche Tage, die ich totzuschlagen hatte, irgendwie herumbringen, um am nächsten Morgen wieder mit demselben Kampf anzufangen. Ich bildete mir nicht ein, dass sich irgendetwas ändern würde. Für Illusionen und Vorstellungen steckte mein Kopf in viel zu dichtem Nebel, den ich täglich neu heraufkochte, damit ich nicht beginnen musste, mich mit Dingen auseinander zu setzen, und sei es nur mit dem Versprechen, das ich mir und den Geistern meiner Familie gegeben hatte.

Bestimmt stank ich wie ein ganzer Viehtransport, ich musste eine Woche nicht geduscht haben, meine Haare waren fettig. Die Fransen meines kaum so zu nennenden Bartes sahen fast künstlich aus, wie dreckige Spinnweben und gaben mir ein lächerliches aber doch irgendwie verwegenes Aussehen. Dieser Eindruck wurde noch verstärkt durch die Narbe an meinem Kinn und meinen leicht humpelnden, zögerlichen Gang, so als hätte ich in einer üblen Messerstecherei obsiegt, darüber aber meine Kraft verloren. Was ein Blödsinn, ich war einfach am Ende und selbst schuld daran.

Trotz allem bekam ich irgendwann Gesellschaft an der Bar. Ich ignorierte den Typen an meiner Seite einfach, übersah seine Blicke, die mich zu auffällig immer wieder zu streifen suchten und starrte angestrengt vor mich hin, um ihm zu signalisieren, dass ich kein Interesse an seiner Bekanntschaft hatte. Er ließ sich aber nicht abschrecken, trank ein Bier nach dem nächsten und blickte immer wieder herüber, bis ich die Nase voll hatte. Ich trank mein Glas in einem Zug leer, knallte es auf die Theke und drehte mich abrupt zu ihm um.

Er zuckte noch nicht einmal zusammen, was mich ehrlich gesagt ein bisschen beeindruckte, denn bei meinem Anblick hätte ich selbst wahrscheinlich sofort die Flucht ergriffen. „Was?", presste ich so unfreundlich wie möglich hervor, aber er grinste nur, wandte sich wieder seinem Glas zu und stierte ausdauernd hinein, so als habe ich mich neben ihn gesetzt und versucht, *ihm* eine Unterhaltung aufzuzwingen.

Es dauerte noch eine ganze Weile und ein paar Bierlängen, bis er „Scheiße, hä?" von sich gab, wie zu sich selbst, so als sei ich gar nicht da. Ich schnaubte kaum hörbar, aber für ihn war das wohl genau die Zustimmung auf die er gewartet hatte, und kurze Zeit später war ein Gespräch im Gange. Naja, Gespräch ist vielleicht zu viel gesagt, er war eigentlich der Einzige, der sprach, dafür hatte er aber genug Worte für zwei.

Wie ein Wasserfall sprudelte es aus ihm hervor, völlig belangloses Zeug, aber zumindest war es keine Lebensbeichte oder eine mitleidsheischende Nummer, was ihm alles Schlechtes wiederfahren war und wie unschuldig er an seiner Situation sei. Das war wahrscheinlich auch der Grund, warum ich sitzen blieb und nicht sofort das Weite suchte. Ich sagte zwar nichts, hörte aber trotzdem zu, zunächst wiederwillig, später dann aber durchaus nicht uninteressiert, denn der Typ war auf seine Weise auch irgendwie witzig, hatte einen trockenen Humor und verging nicht vor Gram, ausgezehrt durch die Trauer um seine kleine, beschissene Existenz.

Ich kann nicht mehr genau rekonstruieren, wie es passierte, aber am Ende des Abends, als die Kneipe schloss, landeten wir zusammen auf der Straße und später in einer dunklen Ecke, wo ich Bekanntschaft mit dem Gift machte, das Timo das Genick gebrochen hatte. Und ich wähle bewusst diese Worte, seinen unnatürlich verdrehten Hals vor Augen, genauso wie am unglückseligen Tag, an dem sein Leben endete.

Was in den nächsten Monaten passierte, kam mir gerade recht, aber es sollte auch den Prozess beschleunigen, der mich irgendwann aus meiner geistigen Taubheit herauslösen musste, denn eine Drogensucht zu finanzieren, ist um einiges kostspieliger als ein paar Flaschen Schnaps und eine Portion Mist in einem Pizzakarton.

Ich behaupte heute, nie körperlich abhängig gewesen zu sein, aber auch die psychische Abhängigkeit kann einen Menschen zugrunde richten. Mein neuer Bekannter Nils, der gesprächige Thekennachbar, wandelte sich in atemberaubender Geschwindigkeit von einem quasselnden Kneipengänger zu einem eiskalten Händler. Ich konnte nicht ohne Anerkennung feststellen, dass er genau meinen Nerv getroffen hatte, genau wusste, wie er mich als neuen Kunden ködern und an Land ziehen musste. Ich bin mir sicher, auch bei einem Geschäftsmann oder einem unbedarften Familienvater hätte er gewusst, wie er sich zu verhalten hatte, um einen Treffer zu landen.

Einmal am Haken war es nur ein kurzer Schritt zur Demütigung, war es nur ein kleiner Sprung, bis ich zu Kreuze kroch, ihn fast anbettelte, mich erniedrigte, jeden Preis zahlte, den er verlangte. Ich wartete geduldig im Regen, bis er mit einer kleinen Portion Dreck minderwertiger Qualität herausrückte, und dankte ihm auch noch dafür.

Aber das Zeug konnte mehr als der Alkohol. Es machte nicht nur dumpf und gleichgültig, es enthielt auch Wärme und Geborgenheit. In einen Rausch konnte ich mich zurückziehen mit einer beinahe ungekannten inneren Behaglichkeit, mich einigeln wie ein kleines

Kind im Schoß der Mutter, deren Hitze ich spürte, die mich zufrieden machte und die ganze Welt mit Liebe umarmte. „Die ganze Welt" war in diesem Fall natürlich nur der beschränkte Horizont, den ich hatte, denn mein Blick reichte gerade mal ein paar Sekunden weit, dahinter versanken Vergangenheit und Zukunft in einem blendenden Licht, in das ich nicht zu sehen vermochte.

Ich verbrachte in dieser Zeit einige der glücklichsten Tage seit meiner frühen Kindheit, halb eingeschläfert im Rausch, vermeintlich geborgen in der unendlichen Güte einer göttlichen Liebe, jeder Sorge und aller Plagen enthoben, von jeglicher Schuld befreit.

Doch natürlich konnte dieser Tagtraum nicht ewig dauern, und die Rückkehr in die wirkliche Welt sollte mich mit unerwarteter Härte ereilen.

Drei

Das Ende meiner Sucht ereignete sich zeitgleich mit dem Ende meines Geldes. Auch eine noch so großzügige Lebensversicherung hält nicht ewig, insbesondere dann, wenn man einen Großteil davon für Rauschmittel ausgibt, die aufgrund ihrer Illegalität nicht gerade kostengünstig zu beziehen sind. Auch musste ich überrascht feststellen, dass eine Waisenrente nicht solange gezahlt wird, wie man Waise, sondern nur solange, wie man nicht volljährig ist.

Mit dem Einzug in meine Wohnung wurden, da ich keine Berufsausbildung oder ähnliche, aufschiebende Kriterien vorweisen konnte, also auch die Rentenzahlungen eingestellt, was ich mangels Interesse an meinem Kontostand aber erst bemerkte, als der Geldautomat meine Karte einbehielt.

Zu diesem Zeitpunkt stand ich bei Nils schon mit ein paar Hundertern in der Kreide, und plötzlich stellte sich heraus, was für ein „Freund" er war. Er drohte mir nämlich an, dass ich Besuch von ein paar weiteren „Freunden" erhalten werde, wenn ich meine Schulden bei ihm nicht innerhalb einer Woche zahle. Dass damit auch seine Lieferungen an mich ausfielen, verstand sich von selbst, Nils war schließlich Geschäftsmann.

Ich sprach also bei meiner Bank vor (nicht ohne mich vorher rasiert und geduscht zu haben) und bat um eine Aufstockung meines Kreditrahmens, was mir mit einer hochgezogenen Augenbraue gewährt wurde, obwohl ich keinen Arbeitsplatz oder sonstige Sicherheiten vorzuweisen hatte. Wenigstens hatte ich einen festen Wohnsitz, aber vielleicht gefiel der Sachbearbeiterin in der Bank auch einfach nur mein geschmeidiges Auftreten.

So wurde ich also von meiner Abhängigkeit dadurch kuriert, dass mir die Realität einen ordentlichen Tritt in den Hintern verpasste und mich vor die Wahl stellte: endgültiger sozialer Abstieg und Wechsel meines Wohnsitzes in die Bahnhofsmission oder eine Kehrtwende, die mich zurückführte ins Leben, in das Leben, das ich mir eigentlich vorgestellt hatte.

Beim Blick in den Spiegel erschrak ich: Auf diese Weise hatte ich mich schon lange nicht mehr betrachtet. Ich sah mir geradewegs in die Augen, mein Gesicht sah Scheiße aus, aufgeschwemmt und widerlich. Es war ein heilsamer Schock, mich so zu sehen, nicht mehr durch den Drogennebel geschönt und verzerrt, und trotzdem setzte ich sofort alles daran, noch letzte Vorräte auszugraben, um meine Änderung zum Guten (endlich!) gebührend zu feiern, ein letztes Mal.

In der Tasche einer verdreckten Hose fand ich noch eine Portion Glücklichmacher, die ich mir sofort genehmigte. Ich sackte auf meinem mit Brandlöchern übersäten Sofa zusammen - es grenzte an ein Wunder, dass mir die Wohnung nicht schon lange in Flammen aufgegangen war. Vor meinen Augen verschwamm zunächst alles, die Wärme ergriff Besitz von mir und überstrahlte meine Sorgen, aber auch meine Vorhaben. Ich dachte noch nicht einmal, es werde sich alles regeln, die Macht des Giftes brachte es zuwege, dass ich überhaupt nicht dachte, ich versank in einer wohligen Geborgenheit, die mich in eine andere Welt entrückte, eine Welt, in der es keine überzogenen Konten, keine Schulden und keine Morde gab, für die man zu bezahlen hatte.

Stunden später, als die Wirkung nachließ, stand ich wieder vor dem Spiegel und wusste, dass sich ab sofort alles ändern würde. Zum Glück war ich noch nicht wieder vollkommen nüchtern, sonst hätte ich viel zu schmerzhaft gespürt, wie ich mir mit einer Zigarette ein Kainsmal auf die Stirn drückte.

Ich holte mir das letzte Geld von der Bank, das ich nach der Erhöhung des Kreditrahmens noch bekommen konnte, zahlte Nils aus und machte mich daran, einen Plan zu entwerfen, um die nächsten Wochen, oder sogar nur Tage, über die Runden zu kommen. Einmal nüchtern, war ich erstaunt, wie schnell man eine völlig intakte Wohnung in ein solches Schlachtfeld von Dreck und Müll verwandeln konnte. Ich verbrachte einen ganzen Tag damit, leere Pizzaschachteln einzusammeln, die verkrustete Küche zu reinigen und dem widerlichen Gestank im Badezimmer beizukommen. Danach sammelte ich alles ein, was sich auf irgendeine Art und Weise versilbern ließ, aber die Erkenntnis, dass mir selbst meine umfangreiche Kollektion an Pfandflaschen gerade einmal ein warmes Abendessen kaufen konnte, traf mich ziemlich unvorbereitet. Meine Wohnungseinrichtung war ein kläglicher Haufen Schrott, nur ein Idiot würde dafür noch Geld bezahlen, davon abgesehen besaß ich keine Wertsachen.

Auf der Suche nach irgendetwas von Bedeutung (geschweige denn Wert), hustete ich meinen Weg durch eine Armee von Wollmäusen unter meinem Bett und stieß auf die Sporttasche, die all das enthielt, was ich noch aus unserem Haus gerettet hatte. Aber in der Zeit, die seitdem vergangen war, hatte ich keines der Bücher gelesen und keine CD mehr gehört, alles war noch genauso, wie ich es damals eingepackt hatte. So stieß ich auf den ganzen Papiermüll, den ich in geistiger Umnachtung damals noch in die Tasche gestopft hatte. Sämtliche Zeitungen überflog ich nur kurz, knüllte sie dann zusammen und warf sie weg, später wollte ich mir bestimmt nicht noch einmal das Foto ansehen und die Artikel lesen, die Mutmaßungen darüber anstellten, wie der Unfall passiert war.

Es ist unglaublich, was sich im Laufe eines Jahres so alles an Post ansammelt. Ich sortierte die Schreiben zunächst nach Werbung und echten Briefen. Alle Aufrufe, Lotterielose zu kaufen, Kaffeefahrten zu buchen oder an Preisausschreiben teilzunehmen, bei denen man erst diesen Aufkleber hierhin kleben und diesen Autoschlüssel aus Pappe dorthin stecken sollte, wanderten ungeöffnet in den Abfall. Blieben die restlichen Briefe, die ich auf kleine Haufen schichtete, sortiert nach Absendern. Da gab es offizielle Schreiben der Stadt, zwei Wahlbenachrichtigungen und Informationen darüber, wie sich die Termine der Müllabfuhr im nächsten Jahr ändern würden. Da waren Briefe der Bank mit Kontoauszügen, die man am Automaten hätte abholen sollen, um die Kosten zu vermeiden, die sie einem jetzt leider berechnen mussten. Und es gab Informationen zu geänderten Geschäftsbedingungen und Angebote, wie man unter Ausnutzung neuer gesetzlicher Regelungen noch ein wenig mehr Geld machen konnte (wenn man erst welches hätte). Dann kamen die Stadtwerke mit noch freundlichen Anschreiben, dass man wohl vergessen habe, die fälligen Rechnungen zu bezahlen, dann Mahnungen und nochmals Mahnungen - wozu das führte, hatte ich im vollständig verdunkelten Haus ja gesehen. Letztendlich waren da noch ein paar undefinierbare Umschläge, die sich nacheinander als private Post herausstellten, Weihnachtsgrüße aus der Kirchengemeinde, Einladungen zum Schulfest und ähnlich verjährtes Zeug.

Was überhaupt nicht verjährt war, war ein einziger Brief, den ich beinahe niemals zu Gesicht bekommen hätte. Jetzt, wo ich das Schreiben in Händen hielt, wünschte ich mir, ich hätte die Post sofort durchgesehen. Als ich den Text gelesen hatte, verschwamm mir alles vor den Augen. Ich kroch in die Küche und holte mir die letzte Flasche Wodka, um den Schock besser verdauen zu können.

Der Brief stammte von einem gewissen Eddie, der mit meinem Vater im Gefängnis gesessen hatte. Er erzählte von der Zeit, die sie zusammen in einer Zelle verbracht hatten, berichtete davon, was für ein feiner Mann mein Vater doch gewesen sei und wie sehr er seine Kinder vermisst habe, seine beiden Söhne, auf die er so stolz war. Nach diesem Teil der Geschichte war ich schon jenseits von Gut und Böse, die Flasche war fast zur Hälfte geleert, aber der eigentliche Höhepunkt kam erst noch. Ich nehme an, dass die Briefe, die aus Gefängnissen abgeschickt werden, aufs Genaueste untersucht werden, bevor sie die staatlichen Anstalten verlassen, damit ein erfolgreicher Bankräuber seine Familie nicht ungeniert über das Versteck seiner erbeuteten Millionen informieren und diese sich daraufhin mit dem Geld ein feines Leben machen kann. Die letzten Sätze aus Eddies Brief kamen mir geradezu surreal vor, er redete unsinniges Zeug über mein Erbe, das mir mein Vater hinterlassen habe und ähnlichen Mist.

Ich legte den Brief vorerst zur Seite und war unfähig, einen klaren Gedanken zu fassen. Ich hatte meinen Vater mein ganzes Leben lang nicht kennengelernt oder ihn überhaupt jemals zu Gesicht bekommen, sieht man davon ab, dass ich einmal ein Foto in Händen gehalten hatte, das ihn zeigte. Aber wusste ich das wirklich? Konnte ich sicher sein, dass nicht irgendjemand auf diesem Foto abgebildet war? Wahrscheinlich handelte es sich bei der Frau auf dem Bild um meine Mutter, wieso sollte sie das Foto sonst aufbewahrt haben, aber war der Mann wirklich mein Vater oder zumindest die Person, die rein biologisch die Rolle meines Erzeugers inne hatte? War der Grund für den Zorn meiner Mutter, als sie das Foto in meiner Hand entdeckte, nicht etwa Entrüstung darüber gewesen, dass ich ihre unliebsame Vergangenheit und Erinnerung an ihren kriminellen Ehemann wachgerufen hatte, sondern - viel schlimmer - hatte ich vielleicht ein Beweisstück ihrer Untreue ihrem Mann gegenüber gefunden, und war sie deswegen so außer sich?

Ich saß bei Kerzenlicht auf dem Boden meines Zimmers und hatte bereits den ganzen Haufen Papier entsorgt, aber diese zwei übrig gebliebenen, handgeschriebenen Blätter ließen eine ganze Welt in mir zusammenstürzen. Meine Mutter hätte all die Jahre eine Lüge aufrechterhalten können. Sie hatte die Macht, ihren Söhnen eine Realität vorzuspielen, die nichts mit der Wirklichkeit zu tun hatte. Natürlich war ihr Mann im Gefängnis gelandet, weil er einen blöden Fahrerjob bei einem Raubüberfall übernommen hatte. Oder nicht? Ich hielt hier ein Zeugnis in Händen, das ein völlig neues Licht auf all das warf, was meine Mutter mir mein ganzes Leben lang erzählt hatte und was für immer Nährboden meiner (vielleicht nur erfundenen) Vergangenheit geblieben wäre, wenn sie überlebt hätte. Zumindest wusste ich vom Gefängnisaufenthalt meines Vaters, und ich hatte in der Zeitung etwas von einem Raubüberfall gelesen, an dem er wohl beteiligt war. Aber alles andere? Hatte er sich tatsächlich nie gemeldet, hatte er wirklich auf seine Kinder geschissen, interessierten wir ihn einen Dreck?

Ich war zu diesem Zeitpunkt jedoch weit davon entfernt, einem völlig Fremden mehr zu glauben als meiner eigenen Mutter. Was wusste ich von seinen Absichten, von ihm selbst? Konnte ich überhaupt sicher sein, dass er nicht log und dass er tatsächlich mit meinem Vater gesessen hatte? Und selbst wenn dem so war, entsprach es der Realität, dass dieser uns tatsächlich vermisst hatte, dass wir sein ganzer Stolz waren, alles, wofür es sich für ihn noch zu leben lohnte, so wie der Schreiber des Briefes behauptete? Wenn in diesen Zeilen Wahrheit stecken sollte, war ich im Begriff, einen jahrelangen Glauben, eine Religion, an deren Spitze meine Mutter als unfehlbarer, allmächtiger Gott saß, zum Teufel zu jagen und zum Ungläubigen in eigener Sache zu werden.

Warum hatte mein Vater mir nicht selbst geschrieben, sondern diesen Umweg gewählt, hatte er vielleicht keine Gelegenheit mehr gehabt, war er in der Zwischenzeit gestorben, und sein Kollege überbrachte mir gleichsam sein Vermächtnis, sein Erbe, das er zurückgelassen haben mochte, ein Ruf aus dem Grab?

Ich las den Brief später wieder und wieder, bis mir die Zeilen vor Müdigkeit vor den Augen verschwammen. Ich versuchte zu glauben, was mir da erzählt wurde:

„Wir kennen uns nicht und werden uns wahrscheinlich auch nie kennenlernen, aber ich habe die Aufgabe, Dir eine Nachricht von Deinem Vater zu überbringen. Die Tatsache, dass ich Dir diesen Brief schreibe, hat keinen fröhlichen Hintergrund, mir wäre es ehrlich gesagt lieber, wenn ich mein Versprechen nicht hätte einlösen müssen.

Ich habe mir mit Deinem Vater mehrere Jahre lang eine Zelle geteilt. Mit Einzelheiten unseres Zusammenlebens und der Gründe, warum wir einsaßen, möchte ich Dich nicht langweilen, aber nur so viel: Dein Vater war einer meiner besten Freunde und definitiv einer der besten Männer, die ich in meinem langen Leben (ich könnte wahrscheinlich dein Opa sein) gekannt habe. Es verging kaum ein Tag, an dem er nicht von seiner Familie erzählt hat, von dem Haus, in dem Ihr wohnt, von seiner Frau und von seinen beiden Söhnen, Timo und Dir. Wenn die Rede davon war, sprach er mehr als zärtlich von Euch, er wäre bestimmt ein sehr liebevoller Vater gewesen, wenn er die Chance dazu bekommen hätte.

Ich weiß nicht, ob Du jemals mit einem Häftling oder einem Ex-Häftling gesprochen hast, aber sicherlich weißt Du, dass viele, die einsitzen, steif und fest behaupten, sie seien unschuldig oder zumindest böse gelinkt worden. Natürlich gab es ein paar, die zu Unrecht eingesperrt waren, und die meisten von ihnen hat die Zeit im Knast gebrochen und innerlich zerstört. Nicht so Dein Vater. Er hat nie davon geredet, dass er unschuldig bestraft werde, er wusste genau, was er getan hatte und versuchte nie, irgendetwas zu beschönigen. Du hast vielleicht die Artikel in der Zeitung gelesen, in denen von skrupellosen Verbrechern die Rede war, die sich mit Waffengewalt genommen hatten, was ihnen nicht gehörte und die das Pech hatten, einen so schlechten Fahrer zu haben, dass ihr Coup vor einer Hauswand enden musste.

Du musst mir glauben, wenn ich Dir sage, dass dein Vater kein Verbrecher war. Es ist immer einfach zu behaupten, man sei durch die Umstände gezwungen worden, diese Taten zu begehen, aber Dein Vater war keiner dieser Heuchler. Er hat zu jeder Zeit gewusst und zugegeben, dass er Unrecht getan hatte und dass er seine Strafe zu Recht absaß. Was die Zeitungen nicht geschrieben haben, weil es wahrscheinlich nicht bekannt war oder das Interesse an dem Fall schon wieder nachgelassen hatte, ist, dass einer der Männer, mit denen Dein Vater am besagten Abend den Bruch machte, bei dem Unfall so stark verletzt wurde, dass er eine Woche später im Krankenhaus starb.

Dein Vater hat sich den Tod dieses Mannes, den er kaum kannte, nie verziehen, er gab sich Zeit seines Lebens die Schuld dafür. Ich habe über die Jahre hinweg oft versucht, sein Gewissen zu beruhigen, sehr oft, aber er winkte immer nur ab."

Ich kehrte im Geist zurück zu meinem Unfall und zu meiner Schuld. Was ging hier vor sich? Konnte es sei, dass mein Vater und ich ein Schicksal teilten, oder war das alles nur Unsinn, bloß ein blöder Zufall? Oder vielleicht sogar eine Lüge? Ich las hier den Brief eines Kriminellen, der sich angeblich mit meinem Vater eine Zelle geteilt hatte. Konnte ich sicher sein, dass er ihn wirklich kannte? Konnte ich wissen, dass er mir die Wahrheit sagte oder war einfach alles erstunken und erlogen, um den Namen meines Vaters nachträglich reinzuwaschen, stammte der Brief letztlich vielleicht von ihm selbst, und der geheimnisvolle „Eddie" war nur eine blöde Erfindung, um mich zu täuschen? Aber was konnte der Grund sein, warum sollte ich überhaupt getäuscht werden?

Ich bekam es mit der Angst zu tun, als ich mir vorstellte, was alles passiert sein konnte. War der Autor des Briefes jemand, den ich kannte, ein Nachbar vielleicht oder einer von Vaters alten Freunden, die ihn entlasten wollten, war er es selbst, der sich mir jetzt, nach all den Jahren, wieder näherte? Oder war es ein völlig Fremder, vielleicht einer der Rettungskräfte am Unfallort, der wusste, was ich getan hatte? War es jemand, der mich mit den offensichtlichen Parallelen zum angeblichen Leben meines Vaters erpressen wollte? Denn ich hatte tatsächlich bisher nichts davon gehört, dass jemand bei dem Unfall, den mein Vater verursacht hatte, gestorben sei.

Als dieser Gedanke durch meinen Kopf spukte, sprang ich auf, blickte aus dem Fenster und riss die Vorhänge zu. Gleich darauf beruhigte ich mich ein wenig, und mir wurde bewusst, wie lächerlich die Vorstellung war, dass jemand von meiner Schuld wusste und mich jetzt damit zu erpressen suchte. Hätte derjenige sich nicht lange gemeldet? Hätte er mich nicht angerufen oder persönlich bei mir vorgesprochen, statt einen Brief zu schreiben? Ich beruhigte mich langsam und redete mir ein, dass ich überreagierte, denn der Verfasser des Briefes konnte doch von meinem Unfall und dem Tod meiner Familie nichts wissen, sonst hätte er auch gewusst, dass ich nicht mehr in unserem Haus wohnte, dass niemand mehr dort lebte, der durch die gemeinsame Vergangenheit mit meinem Vater daran gebunden war.

Auf der anderen Seite: Vielleicht war genau das der Grund, warum der Brief überhaupt geschrieben wurde. Konnte es nicht sein, dass der Absender von unserem Unfall in der Zeitung gelesen hatte und jetzt wusste, dass es bei uns niemanden mehr gab, der die Post zensieren würde? So eifrig wie unsere Mutter gewesen war, uns vom Einfluss unseres Vaters fernzuhalten, hätte sie doch gewiss alle Briefe einer Kontrolle unterzogen, bevor sie sie an uns weitergab.

Wie auch immer es sich abgespielt hatte, ich stand auf schwankendem Boden, ich hatte nichts als meine Erinnerung, diesen Brief und den gähnenden Abgrund der Unsicherheit, der sich hinter allem auftun konnte, wenn ich nur genau hinsah. Denn wirklich nachgefragt hatte ich nie, und jetzt konnte ich nur noch die Augen verschließen und den Brief verbrennen oder weitergehen, den ganzen Weg zurück, um einen Teil dessen zu finden, was im allgemeinen Wahrheit genannt wird.

Vorerst las ich weiter, langsam, um mich an das fremde Licht zu gewöhnen, das so unerwartet auf mein Leben schien und Helligkeit brachte, wo nur Dunkelheit gewesen war.

„Aber ich möchte nun zum Grund kommen, warum ich Dir überhaupt schreibe und Dein Vater nicht persönlich Kontakt zu Dir aufgenommen hat. Ich weiß, dass er es die ersten Jahre versucht hat, aber es gab nie eine Antwort. Es steht mir nicht zu, über die Frau zu urteilen, die Dir eine Mutter war, und ich werde keine Anschuldigung erheben und kein böses Wort wiederholen, das im Zusammenhang mit ihrem Namen fiel. Dein Vater vermutete, dass es an ihr lag, dass Ihr ihn nicht sehen konntet. Ich kann nicht erahnen, was sich Deine Eltern gegenseitig angetan hatten, um zu rechtfertigen, dass den Kindern ihr Vater weggenommen wurde, und ich möchte auch nicht spekulieren.

Ich kann aber sagen, dass Dein Vater Euch jede Sekunde seines Lebens vermisste, sich mit aller Macht wünschte, Euch heranwachsen zu sehen und es ihn zerbrochen hat, dass ihm dieser Wunsch verwehrt wurde und er so lange entfernt war von Eurem Leben.

Die Sehnsucht trieb ihn schließlich dazu, aus dem Gefängnis zu fliehen."

An dieser Stelle stockte mir der Atem. Wie würdest Du reagieren, wenn Dein Vater, den Du noch nie gesehen hast, plötzlich in Dein Leben träte? Mir kam das Bild wieder in Erinnerung, das ich so kurz einmal in Händen gehalten hatte, aber was wollte „Eddie" mit seinen Andeutungen sagen, meine Eltern hätten sich gegenseitig etwas angetan? Das Gesicht auf dem alten Foto, das ich entdeckt und das meine Mutter mir weggenommen hatte, verschwand, wurde zu einem unscharfen Fleck. Der Mann auf diesem Bild, an den sich meine Mutter schmiegte, hatte jedes persönliche Merkmal verloren, war nicht mehr mein Vater, denn es konnte eigentlich jeder sein.

Ich versuchte, diesen Gedanken abzuschütteln, mich fröstelte bei der Vorstellung, meine Mutter sei nicht die sorgende Frau, die immer für uns da war, die liebende Mutter, die sich eher eine Hand hätte abhacken lassen, als dass es uns an etwas gemangelt hätte. Die Frau, die sich wahrscheinlich prostituiert hatte, damit es uns wirklich gut ginge. Sollte diese Frau vielleicht auch nur ein Mensch sein?

Ich holte das Winterfoto, das ich aus unserem Haus gerettet hatte, aus einer Schublade und betrachtete es lange. Gab es hinter dieser

Fassade eine Wirklichkeit, die ich nie gekannt hatte, die vor mir versteckt wurde, um eine Lüge aufrecht zu erhalten? Mir wurde schlecht, alles schien mir zu entgleiten, aber ich musste weiterlesen, jetzt wollte ich alles erfahren.

„Der Grund also, warum ich Dir schreibe, ist folgender: Dein Vater hatte sich durch jahrelange gute Führung ein paar Annehmlichkeiten im Gefängnis erarbeitet, er war stets freundlich zu jedem und schlug niemandem eine Bitte ab. Auch wenn ihm ein paar missgünstige Häftlinge seine Privilegien neideten, entschied er sich nie für eine der zahlreichen Gruppen, die sich bildeten und denen man besser angehörte, wenn man Problemen aus dem Weg gehen wollte. Es kam mehr als einmal vor, dass er mit einer Verletzung in die Zelle zurückkam, über die er nicht sprechen wollte. Er redete sich heraus, erzählte davon, er sei vor eine Tür gelaufen, aber ich wusste, was vorgefallen war. Doch er blieb immer freundlich, nichts konnte ihn zerbrechen, bis auf den unerfüllten Wunsch, endlich zu seiner Familie zurückzukehren.

Und deshalb nutzte er die erstbeste Gelegenheit, um bei einem Freigang die Flucht zu ergreifen. Ihm folgten tausend Verwünschungen, denn der Freigang wurde nach diesem Vorfall für alle anderen eingeschränkt, in einigen Fällen sogar vollständig untersagt. Von meiner Seite begleiteten ihn aber nur die besten Wünsche, da ich seine Gründe kannte. Er hatte mir seine Flucht lange vorher angekündigt, ich verbrachte Nächte damit, auf ihn einzureden, damit er es sich noch einmal überlege, aber er war nicht davon abzubringen.

Er versprach mir, sich zu melden, sobald er in Sicherheit sei, damit ich mir keine Sorgen machen müsse, und ich erhielt einen kurzen Brief von ihm, in dem er mir mitteilte, dass er versuchen werde, an Deinem 16. Geburtstag bei Dir zu sein, er wisse, was Du Dir wünschtest, und er wolle Deinen Feiertag zu dem glücklichsten Tag Deines Lebens machen.

Danach hörte ich nie wieder etwas von ihm, darum ist es jetzt an mir, mein Versprechen einzulösen und Dir an seiner Stelle zu schreiben. Er bat mich nämlich, Dich darüber zu informieren, dass er auf dem Weg zu Dir sei, und sollte ihn irgendjemand hindern (ich vermute, er meinte staatliche Stellen, denn schließlich war er auf der Flucht), sollte ich Dir mitteilen, dass Du und Dein Bruder sein ein und alles waren und ihm die Kraft gaben, die schrecklichen Jahre im Gefängnis zu überstehen.

Ich kann Dir leider nicht sagen, wo Dein Vater lebt oder ob er gefasst wurde. Er wollte sich wieder bei mir melden, wenn er es geschafft hatte, sich ein neues Leben aufzubauen, aber ich erhielt nie wieder Nachricht. Der Brief mit seiner Ankündigung, sich an Dich wenden zu wollen, ist jetzt schon ein paar Jahre alt, deswegen schreibe ich heute an Dich.

Bitte mach Dir nicht die Mühe, mich zu suchen. Ich könnte Dir nicht mehr erzählen, als ich Dir bereits geschrieben habe und hoffe inständig, dass Dein Vater Dich gefunden hat und Dir etwas über sein Leben erzählen konnte, damit Du nicht glaubst, er sei der eiskalte Verbrecher, als der er Dir wahrscheinlich geschildert wurde. Im Gegenteil: Er ist einer der wenigen guten Menschen, die ich kannte und wäre Dir bestimmt ein sehr guter Vater gewesen, wenn man ihn gelassen hätte.

Ich wünsche Dir und Deiner Familie alles Gute, glaube nicht alles, was sie Dir erzählen.

Eddie."

Toll, Eddie, was soll ich mit deinem letzten Satz denn anfangen? Ich soll nicht alles glauben, was „sie" mir erzählen? Wer sind „sie" denn, und gehörst du nicht auch dazu? Ich fühlte mich mit einem Mal völlig verlassen, alles, woran ich bisher noch hatte festhalten können, verschwand aus meinem Blickfeld, ich konnte keinen klaren Gedanken mehr fassen. Dieses neue Bild des unbekannten Mannes, meines Erzeugers, der sich um seine Familie sorgte, passte überhaupt nicht mehr in die Vorstellung, die ich von ihm hatte. Die „sie" mir von ihm gegeben hatten, die Nachbarn, die Zeitungen und nicht zuletzt meine Mutter.

Ich ließ den Brief los, er rutschte auf den Boden und entzündete sich an einem Teelicht, das neben mir stand. Ich erstickte die Flamme mit meiner Hand und sah auf sie herab, als ich den Schmerz spürte. Mein Blick wanderte noch einmal über das Papier, das jetzt ein schwarzer Rand zierte, und ich las erneut die letzten Sätze und das Urteil eines völlig Fremden über meinen Vater, den ich nie gekannt hatte: „Einer der wenigen guten Menschen".

War das nicht auch mein Ziel gewesen? Hatte ich nicht vor ewigen Zeiten ebenfalls geschworen, ein guter Mensch zu sein und recht zu tun? Und hatte ich mich nicht fallen gelassen in die Betäubung, die meinen Schmerz nur zu einer dumpfen Ahnung verkommen ließ, ausgesperrt vom Leben hinter einer weichen Mauer aus abgestorbenem Gefühl?

Bevor ich vor Erschöpfung auf dem Fußboden einschlief, wurden mir zwei Dinge klar: Ich musste herausfinden, was es mit dem Plan meines Vaters auf sich hatte, meinen 16. Geburtstag zum „glücklichsten Tag meines Lebens" machen zu wollen. Und ich musste mich erheben aus dieser Scheiße, die ich mein Leben nannte, musste aufhören mit dem Gift, mit dem ich mich auf Raten umbrachte.

In einem kitschigen Film gäbe es jetzt eine Traumsequenz, in der ich meinem Vater über weite, grüne Wiesen in die Arme lief, während sich meine Mutter hinter meinem Rücken in ein hässliches Ungeheuer verwandelte, das mich mit seinem Giftstachel zu erreichen suchte. Aber ich wäre bereits außer Reichweite und liefe in die Sonne, um mit meinem Vater ein neues Leben zu beginnen. Und meine Brüder wären auch da und lachten, und wir hätten eine schöne Zeit.

Schwachsinn. Ich konnte mich schon lange an keine Träume mehr erinnern, ich hatte meinen Schlaf zu einer Grabkammer gemacht, in die nichts hinein- und aus der nichts herauskam. Selbst wenn ich etwas träumen sollte, in meiner wachen Welt waren diese Bilder nicht erreichbar.

Vier

Was konnte mein Vater damit gemeint haben, mir meinen 16. Geburtstag verschönern zu wollen? Viel wichtiger für mich war allerdings die Frage: Hatte ich überhaupt vor, das auch herauszufinden? Wäre es nicht besser, wenn ich die Vergangenheit ruhen ließe und mich nicht darin verrannte, dem Geist eines Vaters nachzujagen, der sich Zeit meines Lebens einen Scheißdreck um mich gekümmert hatte? Andererseits: Wusste ich denn mit Sicherheit, dass er sich nicht gekümmert hatte und wovor hatte ich überhaupt Angst, was konnte mir schon passieren?

Der einzige Anhaltspunkt, den ich hatte, war mein Geburtstag, doch was sollte ich damit anfangen? Er hatte bisher an keinem meiner Geburtstage etwas von sich hören lassen, davon musste ich zumindest ausgehen, wenn ich meiner Mutter glaubte. Doch wie vertrauenswürdig waren die Angaben einer übervorsichtigen Mutter, die ihre Söhne vor allen bösen Einflüssen zu schützen versuchte? Ich verfluchte meinen Vater, denn er hatte es geschafft und mir den Splitter des Zweifels in meinen Geist getrieben. Er hatte dem Bild meiner Mutter Risse hinzugefügt, die ich nur wieder heilen konnte, wenn ich mich dem stellte, was wirklich passiert war. Leider hatte ich wenig Chancen, die „Wahrheit" herauszufinden, denn meine Mutter war tot und mein Vater unerreichbar, doch konnte ich mir jetzt, da das Misstrauen gesät war, wenigstens die andere Seite der Geschichte anhören und versuchen, mir eine eigene Vorstellung davon zu machen, was für eine Person mein Vater gewesen war. Ich hatte keinesfalls vor, dem Brief des ominösen „Eddie" zu glauben und mir meinen Vater als einen treusorgenden Mann vorzustellen, der durch seine böse Ehefrau, die ihn seine Kinder nicht sehen ließ, gebrochen worden war. Wusste ich überhaupt, ob mein Vater den Brief nicht selbst geschrieben hatte? Aber ich drehte mich im Kreis.

Ich richtete mein Äußeres ein wenig ein, um einen nicht allzu verwahrlosten Eindruck zu machen und lief quer durch die Stadt zu dem Haus, das nicht mehr das unsere war. Ich war ewig nicht mehr in diesem Teil der Stadt gewesen, mein Dämmerschlaf der vergangenen Monate hatte mich in meiner Wohnung und in einem Radius von ein paar Blocks gefangen gehalten. Zum ersten Mal seit langer Zeit betrachtete ich die Umgebung, war nicht getrieben von einem Rausch und dem Bestreben, diesen möglichst aufrecht zu erhalten. Es war Herbst, die Blätter verfärbten sich bereits, und mir war verdammt kalt. Die ausdauernden Misshandlungen meines Körpers hatten Spuren hinterlassen, ich war abgemagert, und die Gewöhnung an Alkohol und anderes hatte mich ausgezehrt und forderte Tribut. So erntete ich bereits einige verwunderte Blicke, als ich eingehüllt in einen dicken Mantel durch die Straßen lief, während die Sonne schien und die Wiesen im Stadtpark sogar noch von ein paar Familien bevölkert waren, die die letzte Wärme des Jahres einfangen wollten. Hier hatte ich Timo gesehen, ich blieb kurz stehen und starrte auf die Bank, an der er sich mit seinen Kollegen getroffen hatte. Was wäre wohl passiert, wenn ich damals eingegriffen hätte, wenn ich ihn angesprochen und weggeholt hätte, herausgerissen aus seinen Geschäften und seiner schlechten Gesellschaft? Nun, ich hatte es nicht getan und jetzt half es auch nicht mehr, sich darüber Gedanken zu machen, was hätte sein können.

Ich zitterte und raffte meinen Mantel fester zusammen, verschränkte die Arme vor der Brust, zog meinen Hals ein und eilte weiter. Ich spürte jetzt eine nagende Kälte, die mich von innen auffraß. Was hatte ich überhaupt getan in meinem Leben? Ich war immer den einfachsten Weg gegangen, hatte nie Einspruch eingelegt, die Hand erhoben und laut „Halt!" gerufen, um selbst etwas zu bewegen. Ich war ein faules, verwöhntes Muttersöhnchen, fixiert auf ein Leben, in dem mir alles vorgekaut wurde, in dem ich nichts selbst entscheiden konnte. Aber wollte ich das überhaupt? Es war so bequem, immer alles hinzunehmen und so einfach, sich nicht einzumischen, nichts zu riskieren, statt anderen die Stirn zu bieten, sie mit meiner Sicht der Dinge zu konfrontieren. Aber besaß ich denn das Recht, jemandem zu sagen, was er zu tun oder zu lassen hatte? Wer war ich denn überhaupt, anderen Vorschriften zu machen? Es war der Chor der Mitläufer, der so in meinem Inneren gesungen hatte. Bloß nichts riskieren, auf keinen Fall den Mund aufmachen, es könnte auf mich zurückfallen, ich könnte Aufmerksamkeit erregen, dabei wollte ich doch nur die kleine graue Maus sein, die niemand beachtet, die nichts zu sagen hat, die dafür aber auch niemandem Rechenschaft ablegen muss, sich ducken kann, ungesehen und unberührt.

Die allererste Gelegenheit, zu der ich einmal selbst entscheiden und einen Unterschied machen konnte zwischen einer Welt, in der ich lebte und handelte und einer, in der ich bloß existierte, in der es mich aber genauso gut gar nicht hätte geben können, diesen ersten Moment hatte ich ergriffen, aber um welchen Preis! Mir oblag die Entscheidung, ich hatte die Macht, über Leben und Tod zu bestimmen, und ich hatte mich für den falschen Weg entschieden. Ich nahm den Pfad, der alles für immer noch viel schlimmer machte, in die Dunkelheit führte und mich wieder zurückließ als jemand, der unfähig war zu handeln, dieses Mal gelähmt von Schuld und Reue.

Aber jetzt war nicht der richtige Zeitpunkt für Selbstmitleid, ich musste herausfinden, was passiert war, wer mein Vater war und was er mir vielleicht noch hatte sagen wollen, bevor er für immer verschwand, ohne mich einmal in den Armen gehalten zu haben. Ich wollte ein gutes Leben leben und dafür musste ich mich entscheiden, einen Unterschied zu machen, Einspruch zu erheben und andere vielleicht vor den Kopf zu stoßen. Was hatte ich in den letzten Jahren denn schon gemacht? Ich kannte kaum jemanden, ich redete mit niemandem, wechselte vielleicht am Kiosk mit den Trinkern an den Stehtischen ein oder zwei belanglose Worte über das Wetter, wenn ich meine Zigaretten holte, darüber hinaus hatte ich keine Kontakte, keine Freunde. Schlimmer noch: In den Pflegefamilien oder Heimen hatte ich durch meine Art fast jeden verletzt, der sich mir näherte, aus Angst, die Nähe könne mir die Luft zum Atmen nehmen. Und selbst, wenn ich die Ausreden, die ich mir später für mein Verhalten zurechtlegte, damals noch nicht in der Form gedacht hatte, so wie ich sie nachher formulierte, das Ergebnis war dasselbe. Ich hatte mich wieder zurückgezogen, wollte keine Verantwortung übernehmen, keine Verpflichtung, keine Bindung, die mir durch den Spiegel der anderen gezeigt hätte, was ich wirklich war: ein erbärmlicher Feigling.

Doch es ist ein langer Weg vom Ergreifen des Plans, sich zu ändern, bis zu einem Ergebnis, einem neuen Menschen. Ich nahm mir vor, meine Meinung zu sagen, mich einzumischen und mich nicht mehr zu verstecken hinter einer Maske aus Gleichgültigkeit und rüden Manieren. So weit so gut, das war zwar ein begrüßenswertes Vorhaben, aber die Umsetzung von jetzt auf gleich gehörte in das Reich der Träume, in dem man fliegen kann und alles schon durch den bloßen Wunsch passiert.

Als ich nämlich vor unserem Haus ankam, waren all die netten Gedanken verflogen. Ich sah die Wiese vor mir, die jetzt ein Holzzaun umgab, was mir irgendwie abweisend vorkam, wie eine zusätzliche Grenze, die ich zu überschreiten hatte. Das Haus war renoviert und neu gestrichen worden, die schmutzige Farbe, die einmal weiß gewesen war, hatten sie mit einem ekelhaften Mintgrün übermalt, die Tür strahlte in leuchtendem Rot. Vor der Garage stand ein übergroßer Geländewagen, Kinderspielzeug lag herum, hinter den Fenstern konnte ich Vorhänge erkennen, die den Blick ins Innere verwehrten. Ich stellte mir vor, was für Menschen jetzt in unseren Räumen lebten, mein Herz schlug mir bis zum Hals, ich verlor meinen Mut und hätte mich um ein Haar wieder umgedreht, wenn nicht plötzlich die Tür aufgegangen wäre.

Eine Frau trat aus dem Haus, sie hatte auffallend rote Haare, die irgendwie fleckig aussahen, als habe sie sie in aller Eile schlecht gefärbt, das Gesicht war jung und freundlich. Was hatte ich zu verlieren? Aber ich bekam kein Wort heraus, ich war eben immer noch der Alte, allen Plänen zum Trotz. Doch sie schien mich bemerkt zu haben, wie ich da mit meinem lächerlichen Mantel vor dem Garten stand und sie wahrscheinlich mit offenem Mund beobachtete. Sie hielt inne, sah mich an und lächelte kurz, so als müsse sie mich kennen, wisse aber im Moment nicht, woher.

„Kann ich Ihnen helfen?", fragte sie kurzerhand, und mir wurde plötzlich heiß, ich musste knallrot angelaufen sein und brachte zunächst keinen Ton heraus. Ich nahm die Hände aus den Taschen und wedelte verlegen damit.

„Entschuldigen Sie ...", presste ich heraus. Sie kam auf mich zu, aus er Nähe war ihr Gesicht nicht minder freundlich, wenn auch etwas weniger jugendlich, ein paar Falten zierten schon ihre Augen und ihren dezent rot geschminkten Mund. Sie lächelte, hielt den Kopf ein wenig schief, so als überlege sie immer noch, woher sie mich kenne. „Ja?", fragte sie und stand jetzt direkt vor mir, auf der anderen Seite des Zauns.

„Ich …", stammelte ich, meine Beine wollten weglaufen, waren aber wie versteinert. „Ich habe hier mal gewohnt", brachte ich gerade noch hervor, meine Zunge klebte an meinem Gaumen und gehorchte mir kaum mehr.

Was mir die Sache schlagartig leichter machte, war die Miene, die sie plötzlich aufsetzte. Ihr fragender Blick ging über in eine dämliche Fratze mit traurigen Augen, aus der mir das Mitleid nur so entgegen strahlte. Innerlich nahm ich sofort Abstand von ihr, wäre am liebsten unverzüglich wieder gegangen, hätte sie vielleicht sogar beschimpft, konnte mich jedoch beherrschen. Aber das Eis war gebrochen.

„Sie sind …?", stotterte sie jetzt, und ich verabscheute sie. Ja, ich bin derjenige, der hier einmal gewohnt hat, der einzige Überlebende, der es leider geschafft hat, aus dem Wrack zu entkommen. Ja, ich bin's, der, der seine ganze Familie verloren hat, dessen Vater im Knast saß und jetzt verschwunden ist. Und ich bin auch derjenige, der seinen hilflosen Bruder getötet hat, gnädige Frau, kommen Sie mir bitte nicht mit Ihrem beschissenen Mitleid, davon habe ich wirklich genug. Aber trotzdem „Danke", denn Sie haben mir damit für diesen Moment wirklich weitergeholfen, denn jetzt habe ich meinen Respekt vor Ihnen verloren. Ich habe keine Angst mehr zu fragen, was ich eigentlich fragen wollte, mich aber nicht getraut hatte, weil ich dachte, ich hätte kein Recht, einfach so in Ihr Leben einzudringen. Da Sie aber schon alles über mich wissen, wir quasi alte Bekannte sind, warum sollte ich nicht fragen dürfen? (All das dachte ich natürlich nicht so, diese Worte kommen erst jetzt, in der Betrachtung der Szene. Damals stand ich wie angewurzelt vor ihr, und als ich gemerkt hatte, dass sie mich erkannte und von meiner Geschichte wusste, fiel die Spannung mit einem Mal von mir ab, die Angst verschwand, ich blickte kurz zu Boden, und als ich sie wieder ansah, hatte ich eine völlig andere Person vor mir. Ich kann dieses Erlebnis nicht anders beschreiben, aber es war tatsächlich so, als habe meine Angst nichts mehr mit ihr zu tun, als sei die Frau mit einem Mal niemand mehr, der mir etwas anhaben könnte. Ich bin mir sicher, hätte sie sich in den folgenden Minuten anders verhalten, abweisend oder unfreundlich, ich hätte sie mit Gewalt gezwungen, mir zu sagen, was ich wissen wollte, so sehr hatte sich mein Empfinden von ihr entfernt, ich hätte kein Mitleid gehabt.)

Mit weitaus sicherer Stimme als zuvor bejahte ich ihre Frage und erzählte ihr, dass ich in diesem Haus gewohnt hatte und jetzt in der Stadt lebe. Ich vermied, ihr noch mehr zu sagen, sie kannte sicherlich bereits die ganzen Details, die sich im Laufe der Jahre von Gerüchten zu handfesten Skandalgeschichten aufgeschaukelt hatten. Mochte sie glauben, was sie wollte, ich war aus einem anderen Grund hier und hatte nur ein Problem: Was war denn überhaupt dieser Grund?

Sie machte Anstalten, mich hereinzubitten, aber ich winkte sofort ab. Ich wollte dieses Gebäude nicht noch einmal betreten, es war jetzt ein völlig anderes Haus, anders eingerichtet, andere Menschen wohnten hier, andere Leben wurden geführt, da hatte ich nichts zu suchen.

Ich starrte an ihr vorbei und sah das Haus an, das so verwandelt schien. Als mein Blick die rote Tür streifte, kam mir plötzlich ein Gedanke, der die Lösung sein musste! Ich konnte mir zwar nicht erklären, wie es sich abgespielt haben könnte, aber das musste es sein. Wie hätte mein Vater das rote Fahrrad in unseren Keller fabrizieren sollen? Das war unmöglich, er hatte keinen Schlüssel und wir wachsame Nachbarn. Andererseits hatte er im Gefängnis gesessen, und wenn man den Filmen Glauben schenken konnte, lernte man dort an jeder Ecke Fähigkeiten für das kriminelle Leben nach der Haft, also wieso sollte er nicht auch in der Lage sein, Schlösser zu knacken?

Wie auch immer, über das „Wie" konnte ich mir später immer noch den Kopf zerbrechen, für den Moment war dieser Einfall der einzige, den ich hatte, der Strohhalm, nach dem ich greifen musste, bevor die Frau in ihr Auto stieg und mich zurückließ, da sie mir ja doch nicht helfen konnte.

Ich versuchte, möglichst traurig auszusehen, was wahrscheinlich völlig überflüssig war, und fragte nach dem roten Fahrrad, das sich noch im Keller befunden haben musste, als sie das Haus kauften, es sei mein Geburtstagsgeschenk gewesen und ich hätte es gerne zurück. Kaum hatte ich mein Anliegen vorgebracht, wurde mir auch schon bewusst, wie unbesonnen ich vorgegangen war. Das Haus war doch vorher ausgeräumt worden, das Fahrrad war bestimmt bereits auf irgendeinem Trödelmarkt gelandet oder einfach verschrottet worden. Wer kaufte denn ein Haus samt Kellerinhalt, wer wollte schon die verdreckten Hinterlassenschaften einer toten Familie in seinem Haus haben? Und wer war ich überhaupt, dass ich etwas verlangte, was mir schon lange nicht mehr gehörte? Ich war ein letztes Mal im Haus gewesen und hätte mir alles nehmen können, was ich wollte, es gehörte alles mir. Doch mit dem Verlassen des Hauses, dem letzten Schlagen der Tür hinter mir, hatte ich sämtliche Ansprüche aufgegeben, so als hätte ich selbst alles auf den Müll geworfen. Und womit wollte ich das Rad überhaupt bezahlen? Ich war pleite, hatte noch ein bisschen Kleingeld in der Tasche, das war es aber auch.

Ich wollte mich bereits abwenden und wieder gehen, in meinem Kopf spukten wilde Geschichten von Einbrüchen umher, ich sah mich in Schwarz gekleidet in das Haus einsteigen und mein Fahrrad holen, aber nein, es war ja lange nicht mehr da, der letzte Hinweis auf meinen Vater war verschwunden, verkauft und für immer verloren.

„Das Fahrrad? Ja, das ist noch da", hörte ich die Frau sagen, aber ich verstand sie nicht. In meiner Vorstellung war hier das Ende der Geschichte erreicht, und ich brauchte eine viel zu lange Zeit, um überhaupt auf das zu reagieren, was mir gerade eröffnet wurde.

Ich starrte sie ungläubig an, und sie erzählte mir, dass sie das Haus besichtigt hätten, als es noch vollständig eingerichtet war. Sie erging sich in weiteren Details, dass sie und ihre Familie sich sofort in das Haus verliebten, dass es genau das war, was sie gesucht hatten und dann noch der Preis … so ging das noch ein paar Minuten weiter, schließlich gab es die Option für sie, die Einrichtung zu übernehmen, was ihnen sehr entgegen kam, da sie aus einer kleinen Wohnung umzogen, also noch gar keine Möbel besaßen, um das Haus zu bestücken. Zusätzlich konnten sie noch einmal etwas sparen, da die Entsorgungskosten entfielen, sie hätten sich nach und nach neue Möbel gekauft und die alten verschenkt, aber das Fahrrad sei noch da, sie hatten es für ihren Sohn aufgehoben, der jetzt allerdings noch etwas zu klein dafür sei. Sie berichtete noch weiter über die nette Gegend und die freundlichen Nachbarn, wie glücklich sie seien und dergleichen unwichtiger Dinge mehr, aber ich hörte schon fast nicht mehr zu, mir war ein neues Tor aufgestoßen worden, und ich konnte kaum erwarten, bis sie geendet hatte, um es endlich zu durchschreiten.

Ich wurde noch einmal kurz unsicher, als es darum ging, wie ich das Fahrrad bezahlen sollte, denn der Betrag, der mir zur Verfügung stand, war lächerlich gering, es wäre schon sehr unverschämt gewesen, wenn ich ihr so wenig angeboten hätte. Ich würde mir eine Arbeit suchen müssen, um mir das Geld zu verdienen und mein Geschenk über drei Jahre nach meinem Geburtstag endlich an mich nehmen zu können.

Aber meine Sorge war unberechtigt, denn sie tat so, als sei es völlig selbstverständlich, dass ich etwas von ihr verlangte, das sie über die Zeit nur für mich aufbewahrt hatte, so als habe ich ein Recht, es von ihr zurückzufordern. Sie hatten das Fahrrad in die Garage gestellt, es war ziemlich verstaubt, die Reifen waren platt, aber da war mein Geburtstagsgeschenk. Fast hätte sie sich noch für den Zustand des Rades entschuldigt, da sie es ja nie benutzt hatten und es verwahrloste, aber was sie auch noch sagte, ich hörte ihr nicht mehr zu.

Sie entließ mich mit einem freundlichen Lachen, das ich mit einem ehrlichen Lächeln beantwortete. Mein Groll war verzogen, mochte sie mich auch weiterhin bemitleiden, sie hatte mir ein großartiges Geschenk gemacht, wie ich bald merken sollte: die Möglichkeit, einen Teil meiner selbst zu entdecken.

Ich schob das Geschenk zurück in die Innenstadt. Auf dem Weg dahin fing es an zu regnen, aber ich spürte die Nässe und später die Kälte nicht, die sich langsam durch meinen Mantel arbeitete.

Zu Hause angekommen schleppte ich das Fahrrad in meine Wohnung und stellte es mitten ins Zimmer, um es zu betrachten. Das Wasser lief auf den Boden, einzelne Tropfen jagten einander am Rahmen hinab, es war das schönste Fahrrad der Welt. Aber was wollte ich eigentlich damit? Das Rad hatte mir meine Mutter gekauft, nicht mein Vater, was hatte er mir andeuten wollen mit seiner Ankündigung, die er mir über den ominösen „Eddie" zukommen ließ? (Ob er die Nachricht persönlich abgeschickt hatte, machte kaum einen Unterschied, bis auf die Tatsache, dass er ein noch erbärmlicherer Feigling wäre, als ich bisher angenommen hatte.)

Nachdem ich genug davon hatte, mein verspätetes Geburtstagsgeschenk anzustarren, drehte ich damit eine Runde in der Wohnung, gab dann aber auf, um die Felgen nicht völlig zu ruinieren. Ich bekam Lust, mich zu betrinken, quasi als Geburtstagsfeier, versagte es mir aber. Einerseits hätte ich mir einen Vollrausch nie leisten könnten, andererseits wollte ich endlich los von dem Zeug, mein Entschluss stand fest.

Ich ließ das Fahrrad stehen und legte mich schlafen. Vielleicht war es der fehlende Pegel, vielleicht die Zufriedenheit über meinen Fang, aber in dieser Nacht träumte ich seit langem wieder etwas (oder zumindest war es das erste Mal seit langem, dass ich mich an meinen Traum erinnerte). Als ich aufwachte, durchströmten mich noch die Bilder der Nacht, ich war auf der Suche nach etwas gewesen und fragte sämtliche Leute, die mir entgegenkamen, nach einer Adresse, die es in der Stadt, in der ich mich befand, aber nicht gab. Ich lief durch eine Fußgängerzone und betrat schließlich einen Buchladen, in dem ich mir Kartenmaterial und einen Stadtatlas geben ließ, aber die Adresse war nicht aufzufinden, existierte nirgendwo. Ein stechendes Hungergefühl rief mich in den Alltag zurück.

Auf dem Weg in die Küche rannte ich fast das Fahrrad um, blickte es noch leicht schläfrig an und fuhr mit der Hand über den Sattel, von vorne bis hinten, wobei ich die kleine Satteltasche ins Schaukeln brachte. Ich starrte sie an, als hätte ich so ein Ding noch nie gesehen. War die Tasche gestern auch schon da gewesen? Natürlich, wo sollte sie sonst herkommen, es hatte sie bestimmt kein Fahrradgeist in der Nacht an meinen Sattel gehängt.

Ich öffnete die Tasche und entnahm ihr neben einer gelben Plastikdose mit Flickzeug einen zusammengerollten Brief. Der Hunger war sofort vergessen, ich hatte keinen Durst mehr, musste nicht mehr auf die Toilette. Ich stand nur da und sah ungläubig das Stück Papier an, was ich in Händen hielt. Plötzlich brauchte ich dringend einen Schnaps, aber ich hatte nichts mehr im Haus.

Es dauerte eine Weile, bis ich mich beruhigt hatte, dann setzte ich mich, am ganzen Körper zitternd, auf den Boden und rollte den Brief auseinander, der an einer Stelle vom Regen etwas aufgeweicht worden war, aber er war glücklicherweise mit einer Tinte geschrieben, die im Wasser nicht verlief.

„Geliebter Sohn,
Du wirst mir hoffentlich verzeihen, dass ich diesen ungewöhnlichen Weg wähle, um mit Dir Kontakt aufzunehmen und Dir alles Gute zu Deinem 16. Geburtstag zu wünschen. Ich hoffe, Du lebst ein glückliches Leben, und es vergeht kein Tag, an dem ich nicht ersehne, es mit Dir teilen zu können. Du und Timo, Ihr seid mein ganzer Stolz, das Einzige, was ich in meinem Leben richtig gemacht habe, und es reibt mich auf, von Euch getrennt zu sein, aber ich denke, ich muss für das bezahlen, was ich getan habe. Die Wahl der Waffen war nicht mir überlassen, aber welche Chance hat ein Knacki, sich gegen die sorgende Mutter zu wehren, wenn es um das Recht geht, die Kinder zu sehen oder zu erziehen? Zu gesetzestreuen Bürgern zu erziehen, heißt das natürlich, und da habe ich nach Meinung der Behörden nicht viel mitzureden."

Ich merkte, wohin die Reise ging, wusste schon vorher, dass jetzt eine lange Reihe von Anschuldigungen folgen musste, die gegen meine Mutter gerichtet waren, aber ich war wie gefangen von seinen Worten und konnte nicht aufhören zu lesen.

„Ich nehme an, dass Du die Briefe nicht bekommen hast, die ich Dir geschickt habe. Ich will mir einfach nicht vorstellen, dass Du nicht wenigstens neugierig bist, wer Dein Vater ist, also muss ich davon ausgehen, dass es nicht daran lag, dass Du nicht antworten wolltest, sondern noch nicht einmal wusstest, dass du hättest antworten können. Ich kann nur spekulieren, aber wahrscheinlich hat Eure Mutter alle Briefe, die an Euch gerichtet waren, vorher geöffnet und alles aussortiert, was sie als Gefährdung für ihre Kinder ansah.

Aber es sind nicht nur ihre Kinder, niemand hat das Recht, einem Vater seine Söhne vorzuenthalten und zu verhindern, dass sie sich ihr eigenes Bild machen. Das ist zumindest meine Meinung, aber leider ist es jetzt zu spät, daran noch etwas zu ändern, denn dieser Brief (solltest Du ihn jemals erhalten) wird für eine lange Zeit auch mein Abschiedsgruß an Dich sein. Ich möchte Dich nicht mit Einzelheiten belasten, aber wenn man einmal gesessen hat, bekommt man kaum noch einmal eine Chance, ein geregeltes Leben zu führen und auf ehrliche Weise Geld zu verdienen. Ich habe mich immer bemüht, ein guter Mensch zu sein, andere zu respektieren und zu achten, freundlich zu sein und niemandem zu schaden, aber leider konnte ich diese Grundsätze nicht immer aufrechterhalten. Ich habe falsch gehandelt und bin zu Recht bestraft worden, durch meine Schuld ist ein Mensch zu Tode gekommen, und keine Strafe der Welt, kein Gefängnis kann diese Last von meinen Schultern nehmen.

Wie Du vielleicht weißt, bin ich krank, meine Lunge macht es nicht mehr lange, daher bin ich aus dem Gefängnis geflohen, um Dir diesen Gruß zu überbringen. Wie gerne hätte ich Dir alle diese Dinge persönlich gesagt, Dir dabei in Deine Augen geblickt, um zu sehen, ob ich mich darin erkenne. Denn das ist das, was mich am meisten ängstigt: dass Du meinen Weg gehen könntest, dass Du so enden könntest wie ich, ein Wrack, das gehetzt wird wie ein Tier.

Aber ich kann nicht ungeschehen machen, was ich getan habe, und es gibt keine Entschuldigung für das Leid, das ich verursacht habe. Ich hatte immer eine andere Möglichkeit, hätte immer wählen können, anders zu handeln, und vielleicht würden wir uns heute in den Armen liegen, wenn ich nur nicht so dumm gewesen wäre, das schnelle Geld zu suchen. Der Preis, den ich dafür gezahlt habe und bis zum Ende meines Lebens zahlen werde, ist viel zu hoch.

Vielleicht wäre es mir möglich gewesen, meine Strafe vollständig abzusitzen, den Becher bis zur Neige zu trinken, aber ich sehe so oder so keine Chance, dass aus uns jemals wieder eine normale Familie wird. Während ich unehrlich anderen gegenüber war, habe ich doch immer zu Euch gehalten, die Familie war für mich immer das höchste Gut, und jede Lüge hätte mich selbst mehr verletzt als ich Euch mit einer Unehrlichkeit jemals hätte verletzen können. Ich habe einmal ein kluges Buch gelesen, in dem hieß es, dass man an anderen nur das hassen kann, was man an sich selbst hasst, und es war zu spät, als ich einsehen musste, dass Eure Mutter Euch mir deswegen wegnahm. Ich bin lange Zeit nicht bei Euch gewesen, um Geld zu verdienen, es ließ sich leider nicht anders einrichten, aber Eure Mutter vermutete mehr dahinter, sie sagte mir irgendwann auf den Kopf zu, dass ich Beziehungen zu anderen Frauen habe, dass ich fremdginge, sie betrüge. Erst später fand ich heraus, dass sie sich hinter diesen Anschuldigungen nur selber versteckte, denn sie war es, die ein falsches Spiel spielte und „Verhältnisse" hatte.

Du musst mir diese Behauptungen nicht glauben, und nichts läge mir ferner, als Euer Glück zu zerstören, nur weil ich daran nicht mehr teilhaben kann, aber sie war die einzige große Liebe meines Lebens. Es hat nie eine andere Frau für mich gegeben, und es brach mir das Herz, als ich herausfand, dass sie mich hinterging. Bitte, denk nicht schlecht von ihr, sie ist bestimmt eine perfekte Mutter, die es Euch an nichts mangeln lässt, die Euch schützt und sich für Euch aufopfert, wo es nur geht, aber bitte versteh auch mich. Ich hab die letzten Jahre damit verbracht, diese Wahrheiten in mich hinein zu fressen, und ich kann nicht mehr länger schweigen, ich möchte nicht, dass Du mich in Erinnerung behältst als einen treulosen Kriminellen, der sich nicht um das gekümmert hat, was jedem Menschen das Heiligste sein sollte."

Ich ließ das Blatt sinken, mein Atem ging so schnell, als sei ich gerade mehrmals um den Block gerannt. Mir schwirrte der Kopf vor Gedanken und Gefühlen, ich wusste nicht, was ich glauben sollte.

Warum schrieb er mir das alles? Wenn er unser Glück nicht zerstören wollte, warum blieb er dann nicht weg aus unserem Leben, so wie er es die ganze Zeit schon getan hatte? Warum beschuldigte er Mutter? Er konnte sich doch nicht damit reinwaschen, dass er andere in den Dreck zog!

Aber was war denn, wenn das alles stimmte? Wenn unsere Mutter uns die ganze Zeit nur etwas vorgespielt hatte, wenn sie diejenige sein sollte, die untreu war … wobei mir wieder das Foto einfiel, das ich in Händen gehalten hatte, und ich wusste jetzt gar nicht mehr, was ich denken sollte. Vielleicht war derjenige auf dem Bild nicht mein Vater, sondern nur irgendein beliebiger Typ, mit dem sie sich vergnügt hatte, während mein Vater lediglich dafür sorgen wollte, dass wir genug zu essen hatten und ein normales Leben führen konnten.

Aber es war zu spät, darüber nachzudenken, mir war nicht nur meine Familie, mein „Heiligstes" genommen, auch meine Erinnerungen waren für immer getrübt, nicht mehr dieselben, irgendwie schmutzig, unrein, hatten ihre Unschuld verloren. Es würde nie mehr die Möglichkeit bestehen, die Geschichten nachzuprüfen, meine Mutter zur Rede zu stellen, meinen Vater anzuschreien, warum er uns nicht wenigstens besucht habe, wo er sich doch schon in unser Haus schleichen konnte, um mir diesen beschissenen Brief zu schreiben.

An dieser Stelle hatte ich nicht übel Lust, seinen Gruß einfach zum Teufel zu jagen und den Brief wegzuschmeißen. Aber was sollte es, jetzt konnte ich mir auch den Rest dieser Schmierenkomödie durchlesen, und ein paar Minuten später war ich heilfroh, dass ich meinem ersten Impuls nicht nachgegeben hatte.

„Ich habe Dich in den letzten Tagen beobachtet, bin Dir zur Schule gefolgt, habe Dich zu Hause abends aus dem Fenster blicken sehen. Ich kann mich täuschen, aber Du scheinst nicht viele Freunde zu haben, Du bist die meiste Zeit allein, siehst in Dich gekehrt aus, nachdenklich, aber nicht unglücklich, und das hat mich sehr froh gemacht. Lebe Dein Leben, so wie Du es leben willst, ob mit oder ohne Freunde, allein oder mit anderen, Du wirst den Weg gehen, der nur für Dich bestimmt ist. Doch achte darauf, dass Du niemandem Leid zufügst, so weit darf Deine Freiheit niemals gehen!"

Zu spät, Vater, zu spät.

„Es mag Dir wie eine Lüge vorkommen, dass gerade ich Dich zu Ehrlichkeit aufrufe, und Du wirst mich vielleicht für verrückt erklären, wenn ich Dir jetzt sage, dass ich Dir etwas hinterlassen möchte und dass mein Erbe an Dich etwas ist, was ich nicht durch ehrliche Arbeit erworben habe. Aber ich möchte, dass es Dir gut geht, deswegen lege ich in Deine Hand, wofür ich keine Verwendung habe, benutze es, wie Du willst.
Ich sagte Dir bereits, dass ich krank bin, und es gibt nicht mehr viele Orte, an die ich gehen kann, meine Flucht vor dem Gesetz wird wahrscheinlich meine letzte Reise sein. Ich schließe voll Trauer und mit dem Gedanken, dass ich Dich nun niemals von Angesicht zu Angesicht sehen, mit Dir sprechen werde. Uns wird versagt bleiben, Vater und Sohn zu sein, aber wenigstens weiß ich Dich in den Armen und der Wärme Deiner Dich liebenden Familie, und es wird mir Trost spenden, daran zu denken.
Ich wünsche Dir von Herzen nur das Beste, Gesundheit und Zufriedenheit.
Dein Vater."

Ich fühlte mich, als sei ich mehrfach mit Anlauf vor eine massive Wand gerannt. Was sollte das hier sein? Eine Lehrstunde in Moral, Gesetz und Anstand? Er erzählt mir etwas von Ehrlichkeit und bietet mir dann sein gestohlenes Geld an, damit ich mir ein schönes Leben machen kann, während er sich in Selbstmitleid über sein verpfuschtes Leben suhlt. Ich wusste nicht mehr, was ich glauben sollte. War er nur ein Krimineller oder der verhinderte, liebende Familienvater, war meine Mutter die treulose Hure oder die fürsorgende Frau, die ihre Kinder vor dem bösen Einfluss des Vaters zu schützen suchte? Vielleicht stimmte alles ein bisschen, die Erzählungen meiner Mutter und die Beteuerungen meines Vaters, doch ich war hilflos, jeder Gedanke führte in eine Sackgasse, es gab keine Sicherheit, alle Chancen zur Klärung dieses Chaos' waren für immer verspielt.

Fünf

Im Umschlag, den ich in der Satteltasche meines Fahrrads gefunden hatte, lag noch ein kleiner Zettel mit einer Adresse, die wahrscheinlich zu demjenigen gehörte, dem mein Erbe anvertraut worden war. Warum hatte er die Adresse nicht direkt auf den Brief geschrieben? Eine leichte Paranoia bemächtigte sich meiner, konnte es nicht sein, dass jemand den Zettel ausgetauscht hatte? Würde mich die Adresse wirklich zu jemandem führen, dem mein Vater vertraute und dem auch ich trauen konnte?

Es gab nur eine Möglichkeit herauszufinden, ob mein Erbe tatsächlich existierte oder ob es *noch* existierte, denn wer konnte sagen, ob sich die Vertrauensperson nicht schon längst aus dem Staub gemacht hatte oder ebenfalls einsaß?

Es regnete immer noch in Strömen, als ich auf die Straße trat, wieder eingehüllt in meinen Mantel, den Brief meines Vaters und den Zettel mit der Adresse in der Tasche. Ich brauchte fast eine Stunde, um die Straße und das Haus zu finden. Ich stellte mich im Torbogen des Gebäudes unter, die Einfahrt führte in einen Innenhof, im Erdgeschoß des Backsteinbaus schienen sich ein paar Firmen niedergelassen zu haben. Die oberen Stockwerke sahen wie Wohnungen aus, in einem halb geöffneten Fenster hing eine durchnässte Gardine, die Scheibe eines anderen Fensters war gesprungen. Nicht gerade die beste Gegend.

Ich ging durch das Tor und fand die Eingangstür neben einer Treppe, die in den Keller führte. Auf dem Hof standen Metallcontainer und unter einem halb eingefallenen Dach ein kleiner Gabelstapler, neben der Tür hingen ein paar Firmenschilder. Zusätzlich zu einer kleinen Druckerei und einem Musikverlag (was auch immer das sein mochte), schien hier ein Detektiv sein Geschäft zu führen, ansonsten gab es noch eine Reihe Klingelschilder mit den unterschiedlichsten Namen.

Ich holte den Zettel heraus und musste verwundert feststellen, dass sich hinter dem Namen, den ich suchte, der Detektiv versteckte. Sein Schild zierte neben dem Namen in schwarzen Großbuchstaben noch ein stilisiertes Auge und die Firmenbezeichnung „Detektei".

Ich wollte gerade klingeln, da bemerkte ich, dass die Tür nur angelehnt war. Trotzdem drückte ich den Klingelknopf und wartete, bis eine heisere Stimme aus der Gegensprechanlage etwas hustete, das wie „Ja?" klang. Ich nannte meinen Namen, und kurze Zeit später erklang der Summer, ich drückte die ohnehin schon offene Tür auf und stand in einem muffigen Hausflur mit verbeulten Blechbriefkästen, einer Treppe nach oben und der Tür zur Detektei.

„Hast dir ja ganz schön Zeit gelassen", wurde ich wenig freundlich begrüßt, als ich die Bürotür geöffnet hatte. Ich sah mich einem monströsen Schreibtisch gegenüber, auf dem ein fetter kleiner Kerl lag, der den Kopf gedreht hatte, um mich anzusehen, und eine stinkende Zigarre paffte. Das ganze Interieur des Raums sah aus wie vom Sperrmüll zusammengesucht, auf einer Seite standen drei völlig unterschiedliche Sessel, die gegenüberliegende Wand wurde von einem massiven Schrank eingenommen, der zur Hälfte gefüllt war mit Akten und Papierstapeln. Die andere Hälfte nahm eine Sammlung von Videokassetten ein, die im Gegensatz zum Rest des Zimmers erstaunlich sauber waren und ordentlich beschriftet und sortiert schienen.

„Mir ist was dazwischen gekommen", gab ich zurück und betrachtete den Kerl, der sich jetzt langsam aufrichtete und von seinem Schreibtisch herunterkletterte. Irgendwie kam er mir seltsam vertraut vor, so als sei er gerade erst aus einem Filmplakat eines bekannten Kinokrimis der siebziger Jahre entstiegen. Seinen Kopf zierten mit Grau durchsetzte, dunkle Locken, seine Koteletten waren ein bisschen zu buschig, um modern zu sein, und sein Oberkörper steckte in einer glänzenden Lederjacke, die ihm vor Jahren einmal gepasst haben mochte.

„Komiker, was?", bekam ich unwirsch zu hören. Er stieß sich von seinem Tisch ab, kam auf mich zu, blieb dicht vor mir stehen und blickte mir unverwandt in die Augen, in die mir sein Zigarrenqualm kurze Zeit später die ersten Tränen trieb. Als sei das das Kommando gewesen, auf das er gewartet hatte, grinste er plötzlich über das ganze Gesicht und streckte mir so ruckartig die Hand hin, dass ich unwillkürlich zusammenzuckte.

Er ließ ein krächzendes Lachen hören und stellte sich dann als Kalle vor. „Du bist hier, um dein Erbe abzuholen", bemerkte er mehr für sich selbst und setzte sich hinter seinen Schreibtisch. Er sah mich mit gesenktem Kopf kurz an, dann tauchte er seitlich ab und hantierte an etwas herum. Ich fing gerade an, eine leichte Panik zu entwickeln, denn was wäre, wenn er eine Waffe zöge und mich erledigte? (Ich hatte zu viele Filme gesehen!) Aber da erschien er auch schon wieder und hielt einen kleinen Karton in Händen, der mit mehreren Lagen aus braunem Packband regelrecht bandagiert war.

„Woher …?", setze ich an, aber er beendete den Satz für mich: „… weiß ich, dass du der Richtige bist? Dass nicht irgendein Dieb den Brief aus der Satteltasche deines roten Fahrrads gestohlen hat?" Ich war so erstaunt ob seiner genauen Kenntnis der Vorkommnisse, die ich selbst noch nicht ganz verarbeitet hatte, dass ich nur dumpf nicken konnte. „Hat mir dich beschrieben, hast seine Augen", war die knappe Antwort auf meinen verständnislosen Blick. Ich wollte gerade noch fragen, wie mein Vater mich denn hatte beschreiben können, wo er mich doch noch nie, oder vielleicht zuletzt als Säugling, gesehen hatte, aber da fiel mir wieder ein, dass ich ja von ihm beobachtet worden war.

Was mich in diesem Moment aber viel mehr faszinierte, war Kalles Gesicht, das mir so bekannt vorkam. Ich wusste, ich hatte ihn schon irgendwo gesehen, konnte mir aber nicht ins Gedächtnis zurückrufen, wann das gewesen sein sollte. Und mit einem Mal traf es mich wie ein Blitzschlag, ich sah ihn förmlich verwandelt vor meinen Augen, alle Farbe wich aus ihm, schließlich sah ich eine Szene in schwarz-weiß vor mir, ein Auto, an das er sich lehnte. Weiter kam ich nicht, da mir der Blick verschwamm und ich rückwärts nach Halt tastete. Kalle schoss aus seinem Stuhl empor, aber ich hatte mich wieder gefangen und nuschelte etwas von „Geht schon".

Tausend Gedanken gingen mir durch den Kopf, aber ich konnte keinen davon festhalten, war nicht in der Lage, klar zu denken. Wer war dieser Kerl? Einer der Liebhaber meiner Mutter oder nur ein alter Freund? Nein, einen Freund sieht man nicht so verliebt an, aber war es denn letztendlich ...

„Sind Sie ... bist du ...", stammelte ich, brachte den Satz jedoch nicht zu Ende, denn schon wieder schien der Boden unter meinen Füßen zu schwanken.

„Nein, bin ich nicht", beantwortete er mir die nicht gestellte Frage, drückte mir das Paket in die Hand und schob mich zur Tür. Nach ein paar Schritten fasste ich den Mut und die Kraft, mich ihm zu widersetzen und blieb stehen. Ich drehte mich um und sah ihn unverwandt an. Ich wollte ein paar Antworten, wollte, dass er mir von meinem Vaters erzählte und die Lücken füllte, die nur er schließen konnte.

In diesem hilflosen Moment wäre es mir fast lieber gewesen, mein Vater hätte das Paket in einem Schließfach deponiert, statt mich mit diesem Klotz von einem Menschen zu quälen. Aber natürlich war das nicht in Frage gekommen, den Schlüssel hätte jemand stehlen können, auch kostete ein Schließfach bestimmt eine monatliche Miete, und wer hätte die überweisen sollen? Als flüchtiger Sträfling konnte er kaum in eine Bank gehen und erst recht kein Konto eröffnen, geschweige denn, dort einem ihm völlig Unbekannten mein Gesicht beschreiben und ihn anweisen, dass nur ich berechtigt sei, darauf zuzugreifen.

Kalle holte mich zurück in die Gegenwart, heraus aus der Welt der Unmöglichkeiten: „Hör mal, ich bin ein alter Freund deines Vaters. Du kannst mich nicht kennen, aber Timo kennt mich, frag ihn doch nach Onkel Kalle, wenn du mir nicht glaubst. Dein Vater hat mir vor einer halben Ewigkeit das Paket für dich gegeben, und ehrlich gesagt bin ich froh, dass ich das Ding endlich los bin. Ich weiß, was du jetzt fragen willst, aber ich weiß nicht, wo er ist und ich kann dir nicht sagen, wie du ihn erreichen kannst. Du brauchst mir nicht zu danken, geh einfach, ich habe zu tun. Alles klar?"

Ich stellte mir gerade vor, was er wohl zu tun habe, außer auf seinem Schreibtisch herumzuliegen und die Luft zu verpesten, aber was wollte ich noch hier? Er schien offensichtlich wirklich keine weiteren Informationen mehr zu haben, er wusste ja wohl nicht einmal, dass es da niemanden mehr gab, den ich fragen konnte.

Beim Gedanken an Timo ergriff mich eine unsägliche Kälte, ich sah sein Gesicht vor mir, dann seinen verdrehten Kopf und das Blut. Wie ein trübes Licht in undurchdringlichem Nebel erstirbt, sah ich alle Fäden entschwinden, die mich an meine Familie banden. Hier verlor sich der letzte Weg, der mir noch Aufklärung hätte bringen können.

Ich wandte mich ab und schlich zur Tür, das Paket fest umklammert. Bevor ich das Zimmer verließ, drehte ich mich noch einmal kurz um, er hatte sich nicht gerührt, seine Stirn lag in Falten, und sein Wunsch, dass ich endlich verschwinden möge, stand ihm überdeutlich ins Gesicht geschrieben. Ich nickte ihm zum Dank zu, blickte zu Boden und presste hervor: „Sie sind alle tot."

Ich kann nicht mehr sagen, wie lange ich für den Rückweg brauchte, ich verlief mich ständig und trottete ziellos vor mich hin. Der Regen hatte aufgehört, aber ein scharfer Wind ließ mich zittern. Jetzt erst wurde mir klar, dass ich insgeheim gehofft hatte, ich würde von „Onkel Kalle" etwas über meinen Vater erfahren können, würde eine Chance erhalten, die Angaben meiner Eltern von einem zusätzlichen Licht erhellt zu sehen. Aber meine Geschichte sollte auch weiterhin von Schatten umhüllt sein, von Schleiern des Zweifels, die ich nie selbst würde lüften können.

Erst in meiner Wohnung merkte ich, dass mein Arm schmerzte, so krampfhaft hatte ich die ganze Zeit das Paket festgehalten. Ich legte es auf den Küchentisch und betrachtete es eine ganze Weile, so als könne es mir seine Geschichte erzählen. Nach einer heißen Dusche nahm ich ein Messer zur Hand und durchtrennte mühsam die dicken Lagen des Klebebandes, das den Inhalt so lange Zeit geschützt hatte.

Jetzt willst Du natürlich wissen, was in dem Paket war? Klar. Es enthielt das Einfallsloseste, was man sich hätte vorstellen können: Geld. Geld in rauen Mengen, das, richtig angelegt, eine sehr lange Zeit für mein Auskommen sorgen würde, selbst wenn ich wieder angefangen hätte, Kontakt zu Nils aufzunehmen.

Da saß ich, und die Welle des Lebens ergriff mich mit voller Macht, riss mich hin und her und ließ mich in einer lähmenden Ohnmacht zurück. Ich hatte seit einigen Tagen vor meinem finanziellen Ruin gestanden und nicht gewusst, wie ich die nächste Woche überleben sollte, und jetzt starrte ich auf einen Haufen Geldscheine, von dem niemand („Onkel Kalle" ausgenommen) etwas wusste, der ganz allein mir gehörte und nur darauf wartete, ausgegeben zu werden.

Alles andere wäre mir lieber gewesen. Ein Stapel alter Fotos, ein weiterer Brief, dessen Inhalt ich niemals würde nachprüfen können, irgendetwas Persönliches, aber nicht das. Nicht kaltes, dreckiges, blutiges Geld, das mich ekelte, und das ich doch zum Leben brauchte.

Teil Fünf

Eins

Ich möchte nun eine Zeit überspringen, in der nichts vorfiel, was zu erzählen sich lohnt. Ich muss mir selbst jetzt darüber klar werden, was passiert ist und versuche, mit diesen Notizen Ordnung in das zu bringen, was sonst nur lose Episoden wären. Bei all dem, was ich noch zu berichten habe, gibt es einen roten Faden, eine Kraft, die mich trieb, und ich möchte nicht den Eindruck erwecken, dass ich mir dieses Antriebs bewusst war, als ich die geschilderten Situationen erlebte. Die Deutung meiner Handlungen und Gedanken erfolgt vielmehr erst jetzt, aus der Distanz, als Reflexion, und mit der Ruhe der Betrachtung aus der Ferne, die die Hast der früheren Ereignisse nicht mehr berührt.

Die dringlichste Frage, die Du mir bestimmt stellen möchtest, ist die nach der Erbschaft. Was fing ich damit an? Die Antwort ist nicht ganz einfach, denn zunächst überkam mich ein überwältigender Widerwille gegen dieses Geld, das mein Vater ergaunert hatte. Damit fing es schon an: Konnte ich sicher sein, dass er es unrechtmäßig erlangt hatte? Er hatte gesagt, dass es nicht durch ehrliche Arbeit erworben wurde, aber vielleicht hatte er es von einem mir unbekannten Verwandten geerbt oder im Lotto gewonnen. Aber diese Deutung gehört in das Reich der Spekulationen, deswegen ging ich vom Naheliegenden aus und nahm an, dass er sich diese ungeheure Summe durch die Raubzüge der Monate (und vielleicht Jahre) vor seiner Verhaftung zusammengespart hatte.

Ich saß stundenlang vor den Bündeln auf meinem Tisch, unfähig, einen Gedanken zu fassen. Wenn er so viel Geld besaß, warum hatte er es dann nicht einfach Mutter gegeben? Sie war doch diejenige, die es am nötigsten hatte, und eigentlich war ich davon ausgegangen, dass er nur deswegen Unrecht tat, um sie und seine Familie (das „Heiligste", Du erinnerst Dich) zu unterstützen. Aber dann fiel mir wieder der unerschütterliche Wille meiner Mutter ein. Sie war nicht so dumm zu glauben, dass er das Gehalt durch ehrliche Arbeit verdiente und hatte sicherlich abgelehnt, die schmutzigen Scheine anzunehmen. Vielleicht war das Geld aber auch das, was man aus dem Kino unter dem Begriff „heiß" kennt. Vielleicht waren die Scheine registriert und konnten nicht einfach ausgegeben werden. Aber hätte mir mein Vater ein Erbe hinterlassen, das mich in Gefahr brachte, verhaftet zu werden? Er hatte es doch bestimmt vorher „gewaschen", wie auch immer man so etwas anstellen wollte, aber so war doch die normale Vorgehensweise in Verbrecherkreisen, oder?

Ich beschloss irgendwann, nicht mehr über die Herkunft des Geldes nachzudenken, da ich auf diesem Weg nur Gefahr lief, mich in Vermutungen zu versteigen, die ich niemals überprüfen konnte. Mein einziger Anhaltspunkt war Kalle, aber er hatte mehr als deutlich gemacht, dass er es vorziehe, mich (gerade in dieser Angelegenheit) nie mehr wiederzusehen. Behalten konnte ich diese Unsumme aber auch nicht, es war unehrlich erlangter Reichtum, dessen war ich mir sicher, die kurz aufflammenden Zweifel in diesem Punkt rang ich erfolgreich nieder.

Angesichts der durch das Geld wieder neu geschaffenen Möglichkeit, mein Leben weiter in einem träge dahinfließenden Strom der Stunden zu verbringen, in denen ein Tag jedem anderen zum Verwechseln glich und sich nichts ereignete, fasste ich den Entschluss, etwas zu ändern. Meine bisherigen Vorhaben, ein gutes Leben zu führen, waren in der Sorglosigkeit des Alltags untergegangen, ich hatte vor dem Ruin gestanden und wurde wie durch ein Wunder wieder aus dem Abgrund gezogen, der mich sonst unweigerlich verschluckt hätte.

Es sollte nicht wieder soweit kommen, dass ich die Zeit totschlug, statt sie zu nutzen, deswegen legte ich mir nur einen kleinen Teil des Geldes zurück, um die Miete für meine Wohnung in den nächsten Monaten bezahlen zu können. Den Rest der Beute spendete ich für wohltätige Zwecke. Glaube nicht, dass ich so blöd war, mit einem Sack voller Scheine bei einer Bank vorzusprechen und das Geld auf fremde Konten einzuzahlen, ich verbrachte mehrere Tage damit, sämtliche Banken der Stadt und des Umlandes aufzusuchen, um immer nur kleine Summen in bar abzugeben, nicht aufzufallen und unangenehme Fragen nach der Herkunft der Beträge zu riskieren.

Jedes Mal, wenn ich eine Schalterhalle betrat, klopfte mein Herz mir bis zum Hals, ich blickte angestrengt zu Boden, um den an der Decke angebrachten Kameras zu entgehen, ich trug immer andere Kleidung, ständig darauf gefasst, dass sich mir plötzlich eine Hand auf die Schulter legte, mich jemand in einen Nebenraum führte und mir ein paar gesichtslose Beamte mit ihren Untersuchungen zu Leibe rückten. Aber nichts dergleichen passierte, ich wurde freundlich empfangen und bedient, man nahm meine Spenden entgegen und stellte mir sogar noch Quittungen aus, die ich von der Steuer hätte absetzen können.

Ich spürte eine große Erleichterung, als ich mein Erbe auf diese Weise losgeworden war, ein neues, ein reines Leben konnte man schließlich nicht mit dreckigem, möglicherweise blutigem Geld beginnen. Natürlich konnte ich aber niemals ein „reines" Leben führen, das ist völliger Unsinn, aber ich konnte versuchen, durch meine Taten, jetzt und morgen, die Wunden meiner vergangenen Sünden zu salben und mir Vergebung zu erarbeiten vor den Augen dessen, was andere vielleicht als Gott bezeichnen möchten.

Wie heißt es in der Offenbarung (21,4)? „Gott wird abwischen alle Tränen von ihren Augen, und der Tod wird nicht mehr sein, noch Leid noch Geschrei noch Schmerz wird mehr sein." Ein sehr frommer Wunsch, denn auch wenn meine Augen keine Tränen mehr weinten, es war bestimmt nicht Gott, der sie hatte versiegen lassen, ich wurde vielmehr dadurch bestraft, dass ich nicht mehr weinen und mir so Erleichterung verschaffen konnte, noch nicht einmal für eine kurze Zeit. Und was Leid und Schmerz anging: Ich war noch lange nicht davon befreit, und ich würde auch nicht auf eine außerirdische und übermenschliche Macht hoffen, sie von mir zu nehmen. Ich war nach Gesetz und Gefühl der Menschheit schuldig geworden, und für sie musste ich Abbitte leisten.

Ich möchte meine Schilderungen nicht fortführen, ohne eine paar Worte über meinen körperlichen (und untrennbar damit verbunden, meinen geistigen) Zustand während der ersten Monate nach meiner wundersamen Rettung zu verlieren. Ich hatte meinem Körper über eine viel zu lange Zeit hinweg Gewalt angetan, und dieser war nicht gewillt, sich meinem Vorhaben kampflos zu unterwerfen.

Namentlich Krämpfe und eine tiefe Depression begleiteten mich in den Monaten danach, und ich brauchte unendlich viel Kraft, um dem Dämon zu widerstehen, der mir ständig zuflüsterte, ich könne es doch noch einmal versuchen, einmal, gegen die Schmerzen! Aber ich versagte mir alles, gab nicht ein einziges Mal nach und bezahlte den Preis dafür. Den Preis, mitten in der Nacht in kaltem Schweiß gebadet aufzuwachen und Gedanken denken zu müssen, die immer wiederkehrten und nie aufhörten, so wie ich es zuletzt im Krankenhaus erleben musste. Der Preis war auch, Bilder zu sehen von Mord und Verderben, blutige Visionen, die mich bedrängten, mir den Tod meiner Lieben zeigten und wie ich ihnen folgen werde, wenn ich nicht nachgab. Ich war stunden- und tagelang eingesperrt in einem Käfig aus Selbstzweifeln und Schuld, fühlte mich wertlos und niedrig, nicht würdig, noch eine weitere Minute existieren zu dürfen.

Ich besaß selten die Kraft, die Wohnung zu verlassen, der Gedanke, unter Menschen treten zu müssen, war mir vollkommen unerträglich, die Gegenwart anderer erzeugte in mir einen regelrechten Ekel. Ich hätte mich am liebsten den ganzen Tag über im Bett versteckt, um meine finsteren Gedanken auszuschlafen, aber selbst das war mir versagt. War es zunächst nur ein Bedürfnis, mich wieder dem Gift zuzuwenden, wenigstens etwas zu trinken, um mich zu beruhigen, so wuchs dieser Wunsch nach Erleichterung zu einem quälenden Verlangen, das meinen Geist und Körper beherrschte, mich in seine Bahn zwang, aus der ich in jeder zu langen Sekunde ausbrechen musste, widerstehen und kämpfen. Ohne Kraft kämpfen.

An irgendeinem Zeitpunkt gewann eine fast lähmende Resignation die Überhand und lullte mich mit schmeichelnden Sprüchen ein, besänftigte mich und legte meine stets wache Vorsicht schlafen. In diesem Moment war ich gefährdeter als jemals zuvor, die Schmerzen hatten nachgelassen, ich begann wieder, meinen Körper zu fühlen, konnte Gedanken recht willkürlich denken und wieder fallenlassen, ohne ständig daran gemahnt zu sein, wie ich die nächsten Minuten überleben solle.

Und genau jetzt war ich anfällig für die Einflüsterungen des raffinierten Geistes, der sich in mir eingenistet hatte. Ich war doch über den Berg, ich hatte das Gröbste doch überstanden, oder? Mir ging es doch nur noch ein bisschen schlecht, ich musste nicht mehr wach liegen und mich marternden Gedanken stellen, die in meinem Kopf kreisten, ich hatte doch Stärke bewiesen, ich hatte die Sucht und das Laster besiegt, ich konnte wahrlich stolz auf mich sein. Warum nicht diesen Triumph feiern, wie wär's? Ein kleines Gläschen, ein bisschen Gift wäre doch genau das Richtige, um diesen Moment des Sieges zu einem unvergesslichen Ereignis zu machen …

Doch ich überstand auch diese letzte Prüfung und widersetzte mich den schmeichelnden Worten in meinem Inneren, die mir eine blumenumkränzte Zukunft zeichneten, in der alles gut war und ich nichts und niemanden fürchten müsste - wenn ich nur wieder zurückkehrte zum Rausch, zur Betäubung und zum Nebel, der das wirkliche Leben ausschließen und mich gefangen halten würde in der Gefängniszelle, die ich in meinem Inneren trug.

In dieser Zeit (und danach) bemühte ich mich darum, meinen Lebensunterhalt selbst zu verdienen. Ich hatte mir mit dem Geld meines Vaters, das ja wohl eigentlich das Geld anderer Leute war, eine Sicherheit von einem halben Jahr eingeräumt, in der meine Miete davon bezahlt wurde, danach musste ich entweder endlich eigenes Geld verdienen, oder ich würde auf der Straße sitzen.

Die Auswahl an Möglichkeiten, an eigenes Einkommen zu gelangen, war nicht groß, denn was hatte ich schon vorzuweisen? Eine abgeschlossene Schulausbildung ist keine Garantie für eine Arbeitsstelle, vor allem, wenn man weder zusätzliche Qualifikationen wie Praktika oder Erfahrungen im Beruf vorzuweisen hat. Aber mein inneres Drängen nach einer Veränderung und die Not, meine Ausgaben in Kürze selbst abdecken zu müssen, ließen mir selbst die anstrengendsten und am schlechtesten bezahlten Jobs willkommen sein.

Und auch wenn manche Arbeitgeber mich ausnutzten, weil sie spürten, dass ich nicht willens oder nicht in der Lage war, über den Lohn zu verhandeln, weil ich nicht wusste, was eine angemessene

Bezahlung war, oder weil sie die Not in meinen Augen sahen, ich stimmte jedem Angebot zu.

So verbrachte ich meine Zeit damit, Kartons auf Laster zu verladen, Obstkisten zu schleppen oder im strömenden Regen Zeitungen auszutragen. Ich arbeitete in einer Videothek, wo ich scheuen alten Männern die Kassetten mit den Pornofilmen über die Theke schob, ich stand mir in der Fußgängerzone mit einem umgehängten Schild, auf dem Sonderangebote angepriesen wurden, die Beine in den Bauch. Ich heuerte bei einer von Studenten geleiteten Agentur an, die Wohnungsauflösungen durchführte und verbrachte eine Zeit damit, die traurigen Hinterlassenschaften von Verstorbenen zu entsorgen.

Kurzzeitig versuchte ich mein Geld damit zu verdienen, dass ich das Lager eines Supermarktes ein- und ausräumte, und erst nach ein paar Tagen bemerkte ich, dass ich genau in dem Laden stand, der in früheren Zeiten von Timo erleichtert worden war, ich sah die neuerdings verstärkten Gitter und die gesicherten Fenster und kündigte noch am selben Tag. Einige Tage lang führte ich für die Universität Umfragen an Haustüren durch, füllte dann aber die Zettel einfach selbst aus. Ich reparierte mein Rad und spielte Kurier für eilige Sendungen, später für Pizza, aber ich musste mich denen geschlagen geben, die ein Auto ihr eigen nennen konnten, denn ich hatte noch nicht einmal einen Führerschein.

Und irgendwie kam ich über die Runden, ich bezahlte mein Essen und meine Miete, langsam stellte sich so etwas wie Zufriedenheit ein. Ich war weit davon entfernt, glücklich zu sein und bezweifle noch heute, dass ich diesen Zustand jemals werde erreichen können. Aber einem Gefühl enthoben zu sein, das sich wie ein ständiger Todeskampf anfühlt und einem sämtliche Kräfte raubt, entließ mich irgendwann in einen stumpfen Zustand von Ergebenheit an den Rhythmus des Tages und der Nacht, die ich irgendwann, nach Monaten, auch wieder durchschlief, ermüdet und jeder Kraft beraubt, aber auch bar der Sorge, von jemand (oder etwas) anderem abhängig sein zu müssen.

Zwei

Während dieser Zeit, in der ich mich langsam wieder in das gesellschaftliche Leben eingliederte, mit meiner Sucht kämpfte und zurückfand zu einem geregelten Tagesablauf, passierten abgesehen von diesen eher äußerlichen Begebenheiten auch in meinem Inneren gewisse Dinge. Diese Änderungen vollzogen sich langsam und kaum merklich, aber einem Beobachter, der die vergangenen Monate meines Geistes in einem Zeitraffer hätte sehen können, wären diese deutlich ins Auge gefallen.

Das Erste, was ich durch meine Berufstätigkeit zwangsläufig ändern musste, war mein Umgang mit Menschen. Ich wandelte mich nicht zu einem Menschenfreund, auch gewann ich in dieser Zeit kaum Bekannte und weiterhin ebenfalls keine Freunde, aber ich konnte es mir nicht mehr leisten, jeden vor den Kopf zu stoßen und unfreundlich zu sein. Ich übte mich nicht in außerordentlicher Zuvorkommenheit, als ich Kisten herumschleppte und Regale einräumte, aber als ich meinen Dienst in der Videothek antrat, musste ich mir den grimmigen Gesichtsausdruck schnell abgewöhnen und konnte mir nicht heraus nehmen, meinen Willen durchzusetzen. Der Kunde ist König, mögen seine Wünsche auch noch so ausgefallen sein, ich als Angestellter, der von seinen Mitgliedsbeiträgen lebte, hatte diesen nachzukommen. Es war dieser Umstand und das Hervortreten einer weiteren, schleichenden Änderung in meinem Wesen, die mich diese Arbeit nur wenige Tage innehaben ließ, bevor ich gefeuert wurde.

Je konsequenter ich versuchte, ein rechtes Leben zu führen, im Einklang mit den Gesetzen, den geschriebenen wie den unausgesprochenen, desto härter wurde ich gegen mich und desto mehr fielen mir die Kleinigkeiten ins Auge, die im Alltag nicht recht liefen. Es war eine Sache, den Geboten der Freundlichkeit zu folgen, zum Beispiel jemandem die Tür aufzuhalten, im Treppenhaus freundlich zu grüßen, einer alten Dame zu helfen, ihre Einkäufe zu tragen oder ähnliches mehr. Ich selbst hatte mich in dieser Tugend nicht hervorgetan, und es war müßig, darüber nachzudenken, warum andere ebenso handelten. Es mochte dem Charakter eines Einzelnen nicht entsprechen, freundlich zu sein, vielleicht war derjenige einfach nur das, was man landläufig als „schlecht erzogen" bezeichnet. Oder aber man war in Gedanken versunken, abgelenkt von irgendetwas, nicht „in der Stimmung", weil man gerade etwas Schreckliches erlebt hatte.

Man kann jemandem nicht vorwerfen, er verhalte sich falsch, nur weil er nicht freundlich ist, ohne dessen Geschichte, seine Situation, seine augenblicklichen Gedanken zu kennen. Man erahnt die Gründe für sein Verhalten nicht, und deswegen ist es noch kein „unrechtes" Verhalten. Aber unrecht sind die kleinen Vergehen gegen Gesetz und Moral, die mir alltäglich begegneten und mich im Laufe der Zeit vor die Frage stellten, ob nicht jeder, der ein rechtes Leben zu leben vorgab, verpflichtet sei, gegen dieses kleine Unrecht zu protestieren, die Stimme zu erheben, um etwas zum Besseren zu verändern.

An etwas dieser Art dachte ich nicht, als ich eines Tages von der Arbeit in Richtung meiner Wohnung ging, erschöpft und müde von den Anstrengungen, die darin bestanden hatten, schwere Regalteile von einem Ende des Lagers zum anderen zu tragen. Es dunkelte schon, die Straßenlaternen brannten bereits, der Verkehr hatte nach der Hektik des Feierabends wieder etwas nachgelassen, und ich kam an einem Überweg vorbei, an dem eine Handvoll Fußgänger an einer roten Ampel standen.

Ich hielt an und stellte mich in die zweite Reihe hinter die Wartenden, um die Straße ebenfalls zu überqueren, sobald das Licht Grün zeigte. In diesem Moment sah ich eine junge Frau auf der anderen Seite der Straße sich dem Bordstein nähern. Sie hatte ein kleines Kind auf dem Arm, das eine Mütze trug, die ihm über die Augen gerutscht war, was die Mutter in ihrer Hast aber nicht bemerkte. Sie blickte kurz nach rechts und eilig nach links, und ging dann kurzerhand über die Straße.

Ich kann heute nicht erklären (und konnte es auch damals nicht), was in mir vorging, welcher Teufel mich am Kragen packte, aber mein Blick verengte sich auf die Frau, ich starrte sie böse an, und mit einem Mal brach es aus mir hervor. Ich weiß nicht, woher die

Worte kamen, die sich ihren Weg durch meine Kehle bahnten und erschrak selbst, als ich mich laut rufen hörte: „Sie sind ja ein tolles Vorbild für Ihr Kind!"

Sofort nachdem mir der Satz entwichen war, versank ich innerlich im Boden, ich wurde merklich kleiner, mein Gesicht brannte wie Feuer, und ich wünschte, ich hätte nichts gesagt. Schon drehten sich die vor mir Stehenden um und sahen mich an. Ich wäre am liebsten auf der Stelle weggerannt, aber dann gewahrte ich ein leichtes Nicken hier und dort, dann ein zustimmendes Lächeln, und einer pflichtete mir sogar mit Worten bei. In der Zwischenzeit war die Frau mit ihrem Kind verschwunden, ich stand im Zentrum der Aufmerksamkeit am Rand der Straße, und fast hätten wir verpasst, dass die Ampel jetzt tatsächlich grünes Licht zeigte, und wir zerstreuten uns in alle Winde.

Ich duckte mich hinter meinem Kragen wie ein geprügelter Hund und schämte mich zunächst für meinen unwillkürlichen Ausbruch. Nach einiger Zeit aber verließ mich dieses Gefühl, und ich begann nachzudenken, was der eigentliche Grund war, dass ich meinte, einer wildfremden Person Vorschriften machen zu können. Welches Recht hatte ich, mich einzumischen? Aber genau das war der Punkt, ich wollte mich ja einmischen!

Das wusste ich jetzt sicher, ich hatte genug davon, immer nur Ja und Amen zu sagen, das war doch mein Vorhaben. Oder? Ich hatte mir doch vorgenommen, Stellung zu beziehen und stark zu sein, stark und gerecht. Ich brauchte mir keine Vorwürfe zu machen, dass ich etwas gesagt hatte, die Schuld lag doch nicht bei mir! Diese Frau hatte ihr Leben und das ihres Kindes gefährdet, und auch wenn das Kind noch zu jung war, um zu begreifen, was hier vor sich ging, darüber hinaus im Moment der Tat noch nicht einmal etwas sehen konnte, zählte nicht auch das Beispiel, das man anderen gab? Konnten nicht auch andere Kinder sehen und nachahmen, was ihnen vorgemacht wurde? Es war nicht richtig, die Straße bei Rot zu überqueren, und ich musste mich nicht schämen dafür, dass ich andere darauf aufmerksam machte, schließlich ermöglichten diese Regeln das Zusammenleben in einer Gemeinschaft erst, ohne dass es ständig zu Mord und Totschlag kam. Gut, ich gebe zu, dass der Sprung von „bei Rot über die Straße laufen" zu „Mord und Totschlag" ein wenig weit ist, aber ging es nicht um das Prinzip, um den Grundsatz, dass überhaupt eine Regel existierte, an die man sich halten sollte?

Je mehr ich über den Vorfall nachdachte, desto sicherer wurde ich mir, fast hätte ich so etwas wie Stolz darüber entwickelt, dass ich der Einzige war, der sich getraut hatte, die Stimme zu erheben, denn bestimmt hatten die anderen dasselbe gedacht. Hätten sie sich sonst mir zugewandt und mir mindestens mit Blicken, teilweise mit einem Nicken, in einem Fall sogar lauthals zugestimmt? Aber trotz dieser Erfahrung sah ich mich natürlich nicht sofort als Verfechter von Moral und Anstand durch die Gegend ziehen, denn gab es nicht auch Grenzen?

Es war falsch, bei Rot über die Straße zu gehen, keine Frage, aber, und hier kamen mir schon wieder die ersten Zweifel an meiner Tat, was wäre denn, wenn das Kind krank war und dringend zum Arzt musste? Sollte nicht das Wohlergehen eines Menschen über dem Gesetz stehen dürfen? Durfte man zum Beispiel auch dann nicht mit dem Auto bei Rot über eine Ampel fahren, wenn man jemanden ins Krankenhaus bringen müsste, der sonst zu sterben drohte?

Was aber, wenn man dadurch wieder andere gefährdete? Es gab keine absolute Wahrheit hinter diesen Fragen, keinen Königsweg zwischen dem ehernen Gesetz und dem, was der Handelnde im Augenblick einer Tat als treibende Kraft, als Notwendigkeit ansah.

Obwohl ich später noch Zweifel an der Richtigkeit meines Tuns hegte, so veränderte mich die Erfahrung, der Nervenkitzel des Aufbegehrens, der Kampf gegen die Scham, wenn man aufmerksam angeblickt wurde. In den folgenden Wochen und Monaten schärfte sich mein Blick für kleine Verfehlungen, unnötige Übertretungen von Regeln, die wir alle für unser Zusammenleben akzeptiert hatten, und ich muss sagen, dass ich im Laufe der Zeit regelrecht nach den Situationen suchte, in denen ich mich einmischen konnte.

Ich ging dabei nicht todesmutig vor, niemals hätte ich einer Gruppe Betrunkener geboten, doch ein wenig leiser zu singen, meine „Opfer" waren zumeist allein unterwegs, und ich achtete darauf, mich vorher zu versichern, dass keine Notwendigkeit für das Verhalten bestand, was zu tadeln ich im Begriff war.

So rügte ich Menschen, die achtlos Abfall liegen ließen und fragte sie, ob sie dieses Verhalten in ihrer Wohnung auch an den Tag legten. Ich sprach Schulkinder an, die im Supermarkt Süßigkeiten einsteckten und wollte wissen, ob sie es gerne sähen, wenn ich ihnen ihre Spielsachen wegnähme. Ich wies Autofahrer darauf hin, nicht im Halteverbot stehen zu bleiben, um den Verkehr nicht zu gefährden und bat sie, den Motor abzustellen, wenn sie irgendwo in ihrem Wagen warteten.

Kurz gesagt: Ich entwickelte mich zu einem freundlichen Klugscheißer, einem Besserwisser, der andere auf ihre Verfehlungen hinwies. Dabei trug ich aber stets ein wohlwollendes Lächeln zur Schau, und obwohl ich zu Anfang oft noch rot anlief, wenn ich meine Belehrungen ablieferte und danach schnell das Weite suchte, so verging die Scham vor meinem Tun im Laufe der Zeit. Denn ich war doch im Recht, ich musste mich nur noch daran gewöhnen, warum sollte ich mich also schämen?

Die nächste logische Stufe meiner Entwicklung erreichte ich an einem Tag, an dem ich handelte, statt meine Meinung nur auszusprechen. Ich war an einem Morgen unterwegs in die Videothek und ging durch eine kleine Seitenstraße, als vor mir gerade ein Mann seinen Hund mitten auf dem Bürgersteig sein Geschäft verrichten ließ. Ich denke, Du weißt, was es für eine Sauerei ist, wenn man in so einen Haufen tritt, das vielleicht noch nicht einmal sofort merkt und später die Schmiere auf seinem Teppich verteilt, bevor einem der beißende Gestank in die Nase steigt.

Ich ging an dem Mann vorbei und herrschte ihn an, ich würde doch sehr hoffen, dass er selbst in die Schweinerei treten möge, die sein blöder Köter da hinterließ, so etwas könne man auch im Rinnstein erledigen lassen. Dabei blickte ich ihn von der Seite an, und meine Stimme wurde sofort ein bisschen weniger laut und dringlich, als ich sah, dass der von mir Zurechtgewiesene etwa in meinem Alter war, dabei aber deutlich kräftiger gebaut, worauf ich vorher nicht geachtet hatte.

Aber jetzt gab es kein Zurück mehr, deswegen sah ich ihm noch einmal streng in die Augen und wollte meinen Weg eigentlich gerade fortsetzen, als ich ihn etwas sagen hörte, das wie „Halts Maul" klang. Ich blieb abrupt stehen und verlor vollkommen die Beherrschung, wirbelte herum und keifte ihn mit schriller Stimme an, was er sich überhaupt einbilde, ob er schon mal Hundescheiße unter seinen Schuhen gehabt habe, das sei ja das Allerletzte, wo kämen wir denn da hin, und so weiter.

Der Hund hatte in der Zwischenzeit sein Geschäft erledigt, und sein Besitzer tat das Schlimmste, was er hätte tun können: Er ignorierte mich. Kein weiteres Wort, keine Diskussion, nur ein abschätziger Blick, und dann ging er einfach an mir vorbei und ließ mich wie einen Trottel im Regen stehen. In meinem Inneren kochte eine unbändige Wut herauf, die von meiner schieren Hilflosigkeit befeuert wurde.

Zumeist hatte ich irgendeine Reaktion auf meine Belehrungen erhalten, Menschen hatten sich umgedreht, mir etwas entgegnet, manche den Blick zu Boden gewandt und den Schritt beschleunigt wie ein ertappter Dieb, aber dieser Kerl hier spazierte einfach weiter, als sei nichts gewesen.

Ich kann nicht beschreiben, was in diesem Moment mit mir vorging. Ich war vor Wut zum Zerreißen gespannt wie eine Bogensehne und zitterte am ganzen Körper, kaum dass ich den Haufen mit der bloßen Hand vom Boden aufgehoben und dem Ignoranten auf dem Rücken verteilt hatte. Ich lief an ihm vorüber, ehe er merkte, was geschehen war und verschwand um die nächste Ecke, fürchtend, dass er mir nacheilen und mich kurz und klein schlagen werde, aber er war wohl ebenso wie ich überrascht über das Geschehene und setzte mir nicht nach.

Ich wusch meine Hände im Brunnen des Stadtparks und ging zur Arbeit, als sei nichts geschehen. Doch war ich völlig aufgewühlt, schrak jedes Mal zusammen, wenn das Klingeln an der Tür einen Kunden ankündigte, und blickte ängstlich zum Eingang, ob der Hundebesitzer mir nicht nachgekommen war, um Rache zu nehmen. Zusätzlich nahm ich mir vor, in Zukunft einen anderen Weg zur Arbeit zu nehmen, um ihm nicht noch einmal in die Hände zu laufen, aber mit dem Ende dieses Arbeitstages hatte sich meine Karriere in der Videobranche sowieso erledigt, und ich sah den Beschmierten nie wieder.

Kurz vor meinem Feierabend kam ein Stammkunde in den Laden, der mir vom ersten Mal, als ich in sah, unsympathisch gewesen war. Ich kann nicht genau wiedergeben, was es war, das mich sofort so gegen ihn einnahm, etwas in seiner Art war verschlagen, er wich meinem Blick ständig aus, grüßte kaum und nur leise murmelnd. Außerdem schien er *mich* für denjenigen zu halten, der sich alle paar Tage einen Stapel Pornofilme auslieh, die ich mir in meine Aktentasche stopfte, um den Laden dann so schnell wie möglich wieder zu verlassen.

An diesem Abend, meine Sinne aus Angst vor dem Hundebesitzer noch immer in Alarmbereitschaft, blickte ich sofort zur Tür, als er hereinkam und sah, wie er gerade etwas in seiner Jackentasche verschwinden ließ. Ich machte mir zunächst keine weiteren Gedanken darüber, doch als er später mit seiner Auswahl des Tages vor mir stand und mir seine Mitgliedskarte reichte, sah ich den Abdruck an seinem Ringfinger. Ich zog meine Hand zurück, er blieb mit der Karte in seinen Fingern vor mir stehen und sah mich nach ein paar Sekunden erstaunt an, um seinen Blick dann sofort wieder abzuwenden. Ich stützte mich auf die Theke neben meine Kasse, atmete hörbar ein und fragte ihn mit sehr ruhiger Stimme, was seine Frau denn davon halte, dass er sich ständig diesen Müll ansehe.

Das war natürlich ein Schuss ins Blaue, genauso gut hätte es sein können, dass er die Streifen mit seiner Frau zusammen ansah, aber seine Reaktion auf meine unverschämte Frage zeigte mir, dass ich ins Schwarze getroffen hatte: Er kauerte sich förmlich in sich zusammen und wurde in etwa um die Länge kürzer, die ich in derselben Zeit wuchs.

Doch ich hatte nicht mit der Widerstandskraft eines Mannes gerechnet, dessen Stolz so sehr verletzt wurde. Kaum dass er in sich zusammengesackt war, richtete er sich schon wieder auf und brüllte mich an, es sei eine Unverschämtheit, sich so aufzuführen, was mich sein Privatleben anginge, er sei schließlich einer der besten Kunden in diesem dreckigen Laden. (Siehst Du? „Wir" waren dreckig und natürlich schuld, ihm den Schund zu vermieten, er war nur das arme Opfer, das der Versuchung nicht widerstehen konnte, und jetzt wagte ich auch noch, ihn anzuklagen?) Aber natürlich hatte er recht, warum arbeitete ich denn in diesem dreckigen Laden, wenn mir die Produkte nicht gefielen, die dort angeboten wurden? Er zahlte gewissermaßen meine Miete, wie konnte ich ihn also derart angreifen?

Ich merkte, dass ich zu weit gegangen war und erhielt auch sofort die Quittung in Form meiner Kündigung, ausgesprochen von meinem Chef, der, angelockt durch das Geschrei, aus der jugendfreien Abteilung (er arbeitete natürlich nicht in der Schmuddelecke) sofort herbeigeeilt kam und den aufgebrachten Kunden erst beruhigen konnte, nachdem er ihm das kostenfreie Ausleihen von nicht weniger als zehn Fleischfilmen in Aussicht gestellt hatte.

Da stand ich wieder auf der Straße, um eine Arbeitsstelle ärmer, aber um einige wichtige Erfahrungen reicher. Aber leider zahlen Erfahrungen keine Rechnungen.

Drei

Ich verbrachte einige Tage zu Hause, versunken in düstere Gedanken. Ich fühlte mich zurückgeworfen auf meine Vergangenheit, und nach langer Zeit tauchte Adam aus dem Sumpf meiner Schuld wieder auf, trat an die Oberfläche und zeigte anklagend auf mich. Gegen seine Anschuldigungen hatte ich nichts vorzubringen, aber er war auch der Einzige, auf den das zutraf. Was war mit meiner Mutter? War sie so unschuldig, oder hatte sie meinen Vater über Jahre hinweg betrogen, hatte sie sich verkauft, um für uns zu sorgen, hatte sie den Wagen vor den Pfeiler gelenkt?

Und Timo? Hätte meine Mutter derart verzweifeln müssen, wenn er sich nicht krummen Geschäften hingegeben hätte? Von meinem Vater gar nicht zu sprechen, er war nicht dagewesen und hatte sich auch später seiner Verantwortung entzogen. Aber nichts davon kam dem gleich, was ich getan hatte. Gegen das, was Adam mir vorwerfen konnte, verblasste alles, wurde jede unrechte Tat verschwindend klein im riesigen Schatten dessen, was ich zerstört hatte.

Ich sagte schon, dass mir die Tränen versiegt waren, und sie kamen auch in diesen Tagen nicht zurück. Aber zum ersten Mal mischte sich Wut in meine Trauer, Wut über meine Schwäche, meine Hilflosigkeit, die ich ausgerechnet am Schwächsten auslassen musste, der das Pech hatte, meinen Weg zu kreuzen. Mein eigener Bruder! Wie in einem riesigen, erbarmungslosen Strudel zogen meine Gedanken dahin und ich mit ihnen. Ich durchlebte die schrecklichen Sekunden wieder und wieder, dieses Mal allerdings mit wachem Geist, weder geschwächt im Krankenbett noch betäubt durch ein Gift oder abgelenkt von einer Beschäftigung, der ich nachging.

Ich überdachte alles, was ich in den letzten Wochen und Monaten getan und erreicht hatte, betrachtete mich von außen und erkannte die Veränderung, die mit mir vorgegangen war.

Ich sah mich, nicht wie in einem Spiegel, der durch die gleichförmigen Bewegungen und Regungen des Originals das bloße Abbild verrät, sondern wahrhaftig von außen, als gehöre ich nicht zu mir, zu meinem Körper. In diesen seltenen Momenten war mir, als sei ich zwei Personen, die berühmten zwei Seelen. Ich selbst mühte mich mit einem redlichen Leben, fuhr wildfremde Menschen auf offener Straße an und hielt ihnen ihre Verfehlungen vor - aber ganz tief in meiner Seele, in dem Teil, der nicht nach außen drang, lebte eine zweite Person, die ich dort eingeschlossen hatte. Dieser Mensch war erdrückt von Schuld, er verzehrte sich in Selbstmitleid, schämte sich tagein, tagaus für seine Taten und war unfähig, etwas gegen seine Schmerzen zu unternehmen.

Er wünschte sich nichts sehnlicher als den Tod, und ich hatte seine Gedanken an manchem Tag in den letzten Jahren gefährlich nah an mein Leben herangelassen. Doch jetzt, so fühlte ich in diesen Tagen der Einkehr, hatte ich ihn eingekerkert auf dem tiefsten Grund, in ständiger Dunkelheit, ich hatte ihn besiegt - für jetzt - und würde alles tun, damit er nie wieder hervorkommen und mich lenken konnte. Ich gäbe alles, der Handelnde zu bleiben, der ich jetzt war und der den rechten Weg suchte, statt mich wieder zurückzuziehen, einzuschließen in meine Welt der Trauer und der versiegten Tränen, geleitet und herumgeworfen von jedem Windhauch, der mich treffen mochte.

Diese Zeiten waren vorbei, ich wollte aufstehen und dem Sturm trotzen!

Trotzdem würde mich mein vergangenes Leben niemals loslassen, daher wollte ich meine Bemühungen ab sofort darauf konzentrieren, Licht in das Dunkel zu bringen, das die Tage meiner Kindheit und Jugend (bis hin zum Unfall) überschattete. Ich brauchte nicht lange zu überlegen, an wen ich mich wenden musste, wer der Einzige war, dessen Version der Geschichte ich noch nicht gehört hatte: der Kerl aus dem Auto.

Nachdem meine Mutter und meine Brüder aus dieser Existenz gerissen wurden, hatte sich der ominöse „Eddie" meiner Reichweite entzogen. Mein Vater war durch den Brief und sein Geschenk kurz in meiner Nähe gewesen, aber das war jetzt schon wieder mehrere Jahre her, und seine letzten Worte ließen kaum Hoffnung, dass er nach wie vor lebte. Selbst wenn er irgendwo noch ein trauriges Dasein fristete, wie sollte ich ihn erreichen? Er würde bestimmt dafür gesorgt haben, dass ihn niemand fand, und wie viel mehr Möglichkeiten als ich hatten die staatlichen Organe, die die letzten Jahre schon nach ihm gesucht haben mussten?

Es blieb noch „Onkel Kalle", der mir deutlich genug zu verstehen gegeben hatte, dass er nichts wisse, womit er mir helfen könne, und seine unwirsche Anweisung, ich solle doch meine Mutter oder Timo nach ihm fragen, ließ nur zwei Möglichkeiten zu: Entweder er war so eiskalt, dass er vom Tode meiner Familie wusste und mir trotzdem sagte, ich solle sie nach ihm fragen, oder aber er wusste nichts und würde auffliegen, wenn ich seiner Aufforderung tatsächlich nachkommen konnte, mich über ihn erkundigte und erfuhr, dass niemand ihn kannte.

Bei allen Zweifeln, die seine groteske Erscheinung in mir hervorgerufen hatte, traute ich ihm eine derartige Kaltblütigkeit nun doch nicht zu, und wenn mein jetziger Plan scheitern sollte, konnte ich immer noch auf ihn zurückkommen.

Wer blieb also, außer der Kerl, der mit meiner Mutter ausging, der mutmaßliche Vater von Adam, der vielleicht auch gar nicht so unschuldig an dem Unfall war, denn ohne die Verpflichtung, einen dritten, unersättlichen Schlund durchfüttern zu müssen, wäre es wahrscheinlich nie soweit gekommen - mindestens aber wäre ich nicht zum Mörder geworden!

Du magst Dich fragen, was ich überhaupt wollte, was ich vorhatte, und zu diesem Zeitpunkt hätte ich Dir keine Antwort geben können. Was ich nicht wollte, war Rache, denn ich wusste ja nicht einmal, was er getan oder nicht getan hatte. Gedanken wie Vergeltung waren mir fremd, aber ich wollte ihn zur Rede stellen und versuchen, Klarheit zu erlangen über einen Teil unserer Mutter, den sie sorgfältig vor uns verborgen hatte, den wir nie hatten kennenlernen dürfen, der nicht für uns gedacht war. Das war doch mein Recht, oder?

Nur, wie findet man einen Mann, den man nur einmal kurz in seinem Wagen hat sitzen sehen, von dem man nichts wusste, keinen Namen, keine Autonummer, selbst das Auto konnte er in den Jahren mehrfach gewechselt haben, vielleicht war er aus der Stadt weggezogen, wohnte jetzt völlig woanders, unerreichbar für mich und meine Nachforschungen. Unwirkliche Szenen zogen durch mein Hirn, ich sah mich ziellos durch die Stadt laufen und wildfremde Menschen am Kragen packen, in der Hoffnung, dass ich ihn endlich entdecken möge. Ich überlegte, ob ich nicht in unserer ehemaligen Nachbarschaft die Runde machen, an jeder Tür klingeln und jeden fragen sollte, ob er nicht wisse, von welchem Schwein sich meine Mutter Jahre zuvor habe ficken lassen.

Meine Heftigkeit bei diesem Gedanken erschreckte mich selber, sobald er mir kam. Meine Mutter konnte doch ins Bett gehen, mit wem sie wollte! Dass sie sich hatte schwängern lassen, war da schon schwerer zu verdauen, auch dass sich Adams Vater nie wieder hatte blicken lassen - vielleicht hatte sie es jedoch genauso gewollt, wer konnte das schon wissen? Aber gerade deswegen wollte ich ihn ja ausfindig machen.

Als ich erneut versuchte, mir sein Gesicht hinter der spiegelnden Scheibe seines Wagens vorzustellen, um wenigstens ein paar Anhaltspunkte zu erhalten, wie er aussah, fiel mir ein, dass ich ihn nicht nur dieses eine Mal gesehen hatte. Er war mir in einem Supermarkt unweit unseres Hauses aufgefallen und hatte mich wissend angeblickt, so als müsse ich ihn kennen.

Da ich keine andere Wahl hatte und keine andere Möglichkeit sah, ihn jemals wieder zu treffen, machte ich mich sofort zum besagten Markt auf. Meine einzige Hoffnung bestand jetzt darin, dass er immer noch in der Gegend wohnte und dort einkaufen ging.

Was macht man einen ganzen Tag in einem Supermarkt? Dieselbe Frage musste sich auch der Hausdetektiv gestellt haben, als er mich am späten Nachmittag aufgriff und in sein Büro brachte, nachdem ich mich bereits mehrere Stunden ohne offensichtliche Absicht, irgendetwas zu kaufen, in den Gängen herumgetrieben hatte. Der tüchtige Mann drohte mir direkt mit der Polizei, als ich aber bereitwillig meine Taschen ausgeleert hatte, beruhigte er sich ein bisschen und wollte mir jetzt nur noch ein Hausverbot aussprechen.

Das durfte mir natürlich nicht passieren, ich hatte schließlich vor, in den nächsten Tagen, Wochen und - wenn es sein musste - auch Monaten noch viele weitere Stunden in „seinem" Geschäft zu verbringen. Ich würde auch dann wieder nichts käuflich erwerben, sondern vielmehr wie ein Dieb um die Regale schleichen und seine Aufmerksamkeit auf mich lenken, wobei ihm in der Zwischenzeit die echten Langfinger wahrscheinlich scharenweise durch die Lappen gingen.

Ich weiß nicht, wie ich ihn und später den Filialleiter überzeugte, aber am Ende der Unterhaltung mit dem leicht mürrischen Adlerauge sollte ich am nächsten Morgen als Lagerarbeiter in ihrem Unternehmen anfangen. Während ich mit dem Chef redete, um die Formalitäten zu klären, sah mich der Detektiv die ganze Zeit über misstrauisch an, so als könne ich ihm gleichsam aus dem Stand seine Taschen leerräumen und den ganzen Laden dazu. Wahrscheinlich nahm er an, ich werde jetzt nicht nur ein paar Kleinigkeiten, sondern direkt ganze Paletten mit Waren entwenden, aber der Filialleiter hatte das letzte Wort und ich einen Fuß in der Tür.

Und so schuftete ich fast zehn Stunden am Tag im Lager des Marktes und kam nur dann in den Verkaufsbereich, wenn ich die leeren Kartons entsorgte oder Paletten mit frischer Ware zum Einräumen bereitstellte. Zu diesen rar gesäten Gelegenheiten konnte ich „ihn" nie ausmachen, und wenn ich mich auch nur eine Minute länger als nötig mit ein paar Kartons aufhielt und suchend um mich spähte, gewahrte ich bereits den stechenden Blick des Detektivs in meinem Nacken, der mich wahrscheinlich schon eines mittelschweren Verbrechens überführt sah.

Doch der Filialleiter konnte mich gut leiden, und so wurde mit Hinweis auf meine kundenbetreuende Tätigkeit in der Videothek (den Grund für meine Kündigung verschwieg ich geflissentlich) schließlich meinem Wunsch stattgegeben, die Regale im Markt einräumen zu dürfen, was mich meinem Ziel ein gutes Stück näher brachte. Falls ich mein Ziel denn hier finden sollte.

In den folgenden Wochen legte ich mir eine Strategie zurecht und überlegte, was ich wohl machen würde, wenn ich ihn tatsächlich träfe. Aber nichts fiel mir dazu ein, deswegen beschränkte ich mich darauf, ihn zunächst einmal zu finden, was von Tag zu Tag, an dem ich ihn nicht sah, zu einer immer schwereren Prüfung wurde. Vielleicht erkannte ich ihn ja auch überhaupt nicht?

Ich vertrieb mir die Zeit damit, mir auszumalen, wie er wohl reagieren würde, was ich ihn wohl fragen, ihm sagen wollte. Zusätzlich spekulierte ich darüber, was ich überhaupt von ihm wusste, denn es gab nicht viel, dessen ich mir sicher sein konnte. Zu der Zeit, als ich ihn im Auto gesehen hatte, sah er etwas älter aus als meine Mutter, aber das musste nicht viel bedeuten, Menschen gleichen Alters sahen oft völlig unterschiedlich aus, während andere, die Jahre trennten, manchmal wie Gleichaltrige erschienen. Ich musste davon ausgehen, dass er an die fünfzig Jahre alt war, aber das half mir nicht wirklich weiter.

Er schien nicht gerade arm zu sein, sein Wagen war nicht der kleinste und billigste, zudem musste es ihm sein Beruf erlauben, sich seine Arbeitszeit flexibel einzuteilen, denn als ich ihn im Supermarkt gesehen hatte, war es in der Woche und mitten am Tag (ich kam gerade von der Schule). Darüber hinaus könnte es sein, dass er alleinstehend war (oder gewesen war), denn setzte ich bei einem Mann seines Alters und seines korrekten, etwas biederen Aussehens eine klassische Rollenverteilung voraus, würde nicht er, sondern seine Frau einkaufen gehen.

Damit erschöpften sich aber auch schon meine Erkenntnisse, doch wurde ich nicht müde, sie mit immer neuen Details auszuschmücken. Allein, die Gelegenheit, meine Vorstellung mit der Realität zu vergleichen, ergab sich nicht, stattdessen ereigneten sich einige andere Vorfälle, die mir den kalten Schweiß ausbrechen ließen. Es gab viele kleine (und ein paar größere) Gelegenheiten, mich wieder als Wächter über Recht und Moral aufzuspielen: Ich sah einige Kunden Waren unbezahlt in ihren Taschen verschwinden lassen (der Detektiv war in dieser Zeit wohl damit beschäftigt, mich zu beaufsichtigen), ich hörte überforderte Mütter, wie sie ihre Kinder durch unangebrachte Strenge zum Weinen brachten, sah Menschen Obst aus der Auslage nehmen und aufessen, ohne zu bezahlen und mehr desgleichen. Jedoch übte ich mich in Disziplin, nichts zu sagen, um diese eine Chance, mein größeres Ziel zu erreichen, nicht wieder zu verlieren, ich biss die Zähne zusammen, bis es schmerzte, wandte mich ab und ließ diesem kleinen Unrecht unbehelligt seinen Lauf.

Vier

Es dauerte eine lange Zeit, bis mir der Zufall in die Hände spielte. Ich hatte mich an diese eine, kleine Hoffnung geklammert und von Tag zu Tag mehr gehofft, „er" möge mir endlich begegnen, aber es passierte nichts. Ich begann zu phantasieren und vermutete irgendwann, dass jedes Gesicht nur eine Maske sei, die sein wahres Antlitz verbergen wollte. Es passierte nicht nur einmal, dass ich einem Kunden im Markt nachstellte, weil ich dachte, ich habe „ihn" endlich gefunden, manchmal hielt ich sogar jemanden an und brachte dann stammelnd eine Ausrede vor, dass ich ihn verwechselt habe, als ich merkte, dass mir mein Gedächtnis einen Streich gespielt hatte.

Welche Chance hatte ich denn überhaupt? Es lebten viel zu viele Menschen in dieser Stadt, und es gab Tausende von Möglichkeiten, diese eine Person, die ich suchte, nicht wiederzutreffen, aber das hier war mein Strohhalm, an den ich mich klammern musste, um nicht unterzugehen.

Aber wie ich bereits sagte, spielte der Zufall mir (oder ihm?) einen Streich. An einem einsamen Sonntag spazierte ich durch die Stadt und hing meinen Gedanken nach, ich war im Laufe meiner Wanderung in eine Gegend gekommen, die ich nicht kannte und begann, die Häuser zu betrachten. Ich hatte nie ein Auge für die Gestaltung und den Aufbau von Architektur gehabt, aber jetzt maß ich die Behausungen in diesem Viertel aus irgendeinem Grund mit dem Auge eines Interessenten. Ich verbrachte die Zeit damit, mir vorzustellen, wo ich gerne leben würde, wie die Häuser von innen aussahen, wie sie eingerichtet waren und wer darin wohnte.

Es war ein kalter, windiger Tag, ich traf kaum Leute auf der Straße, die meisten hatten es sich wahrscheinlich in ihren warmen Zimmern bequem gemacht, und auch ich hätte dies gerne getan, wenn mich nicht meine Unruhe aus dem Haus getrieben hätte. Diese Empfindung entsprang zum Teil aus der Unzufriedenheit, nichts erreicht zu haben, sie war ein Teil blinder Aktionismus, das Gefühl, irgendetwas tun zu müssen, und ein Teil verleugnete Hoffnungslosigkeit, die mir ständig sagte, dass ich doch sowieso nichts erreichen würde, dass ich aufgeben solle, mich an Schatten zu klammern, die ich niemals greifen könnte.

Derart geplagt und getrieben wandelte ich durch das fremde Viertel und wäre beinahe mit jemandem zusammengestoßen, der mir entgegen kam. Ich wich im letzten Moment aus, versunken in meinen Mantel, den Kragen bis zur Nase hochgeschlagen und mit einer Mütze auf dem Kopf. Als ich mich zur Seite drehte, um nicht in ihn hinein zu rennen, blickte ich kurz auf, und meine Augen trafen seinen Blick. Fast wäre mir das Herz stehengeblieben, denn hier vor mir, vor meinem Angesicht war „er", der Kerl aus dem Auto! Mein auf der Stelle gefrorenes Blut ließ meinen Blick stocken, und um ein Haar wäre ich gestolpert, aber ich setzte meinen Weg fort, nicht ohne mich noch tiefer in meinem schützenden Mantel zu verbergen.

In dem Bruchteil der Sekunde, als ich ihn gesehen und erkannt hatte, trafen sich unsere Blicke, und in seinen Augen war etwas Ungläubiges, eine Mischung aus Erschrecken und Verwirrung. Ich ging weiter, sah zur Seite und erspähte aus dem Augenwinkel, dass er stehenblieb und mir nachsah, dann entschwand er aus meinem Blickfeld. Ich schwitzte aus allen Poren, obwohl eine Eiseskälte herrschte, und war innerhalb weniger Augenblicke völlig durchnässt, zitterte am ganzen Leib, Gedanken bestürmten mich, ich konnte nicht klar denken und verschwand in der nächsten Seitenstraße.

Dort blieb ich stehen und bemühte mich, tief Luft zu holen, ich duckte mich und spähte um die Ecke, „er" war jedoch schon weitergegangen. Aber was hätte er auch machen sollen? Wir hatten in unserem Leben nie ein Wort gesprochen, wir kannten uns nicht, hatten uns nur flüchtig gesehen und wussten gerade einmal, wer der andere war. Aber damit erschöpfte sich unsere Beziehung auch schon.

Mit einem Mal war alles erfüllt, was ich mir gewünscht hatte, ich hatte denjenigen gefunden, den ich suchte, er stand vor mir, lebte immer noch in unserer Stadt, und das Einzige, was ich jetzt noch tun musste, war, ihn nicht mehr aus den Augen zu verlieren. Ich schlich also um die Straßenecke und folgte fest entschlossen seinem Schritt, verbarg mich hinter Ecken, Stromkästen und Mauern, versteckte mich wie ein Dieb und lauschte angestrengt, als er mit einem anderen kältefesten Spaziergänger kurz ein paar Worte austauschte. Aber ich konnte nichts hören, der Wind pfiff mir lautstark um die Ohren, und so musste mir vorerst verwehrt bleiben, seine Stimme zu vernehmen und durch das Gespräch vielleicht mehr über ihn herausfinden zu können. Erst jetzt sah ich, dass er nicht der Kälte trotzte, nur um seiner behaglichen Wohnung zu entkommen, denn er führte einen ungestümen, jungen Hund aus, der ihn bald hierhin, bald dorthin zerrte, alles beschnupperte und markierte.

Mir kam es vor, als dauerte der Spaziergang noch den halben Tag, als ich aber auf die Uhr blickte, merkte ich, dass ich ihm gerade einmal eine knappe Stunde gefolgt war, als er auf ein Haus zusteuerte, in der Tasche nach seinem Schlüssel suchte, die Tür aufschloss und schließlich darin verschwand.

Ich war am Ziel! Die Anspannung zwischen dem Zeitpunkt des Erkennens, dass er der Gesuchte war und dem Moment, als seine Tür vor mir ins Schloss knallte, fiel von mir ab, ich merkte erst jetzt, dass ich nassgeschwitzt war, mir wurde unbeschreiblich kalt, innerlich aber warm zugleich, denn meine Suche hatte hier ein Ende.

Am kommenden Montag bat ich meinen Chef sofort um zwei Wochen Urlaub. Er sah mich zunächst erstaunt an, aber als ich erwähnte, dass ich „wichtige Familienangelegenheiten" zu klären habe, stimmte er übereifrig zu, wahrscheinlich dachte er, dass jemand gestorben sei. Dass er damit gar nicht so falsch lag, konnte er natürlich nicht wissen, aber ich hatte mein Ziel erreicht und musste ihn nicht unbedingt aufklären.

Ich machte mir einen genauen Plan, wie ich vorgehen wollte und organisierte alles, was ich für meine Aufgabe benötigen würde. Zusätzlich zu meinen warmen Klamotten kaufte ich mir einen Stapel Taschenwärmer, dazu ein kleines Fernglas. Außerdem steckte ich einen Notizblock ein, um ständig protokollieren zu können, was wann passierte. Es stellte sich heraus, dass ich kaum etwas davon gebrauchen würde, das Einzige, was mir wirklich fehlte, war eine Toilette für die Hosentasche, denn ich verbrachte die meiste Zeit damit, auf ein lebloses Haus zu starren, in dem rein gar nichts passierte.

Für mein leibliches Wohl hingegen war gesorgt: Unweit meines Beobachtungsplatzes, in einem kleinen Park gegenüber dem Haus, gab es einen Kiosk, hier versorgte ich mich mit Schokoriegeln und anderen „Nahrungsmitteln", die die Trinkhalle im Angebot hatte.

Am Freitag meiner ersten Urlaubswoche hatte ich einen ungefähren Überblick darüber, welchen Tagesrhythmus meine „Zielperson" hatte: gar keinen. Das Ergebnis ernüchterte mich einigermaßen, denn ich hatte tatsächlich keine Gemeinsamkeiten zwischen den Tagen herausfinden können, die ich vor seinem Haus verbrachte. Manchmal kam er erst um zehn Uhr heraus und war schon ein paar Stunden später wieder da, an einem Tag ging er aber schon um sieben Uhr und kam nicht vor dem späten Abend wieder nach Hause. Solange er verschwunden war, lungerte ich im Park herum und vertrieb mir die Zeit - weil er stets mit dem Auto wegfuhr, konnte ich ihm nicht folgen, daher blieb mir nichts anderes, als auf seine Rückkehr zu warten.

Da ich nach den Beobachtungen der vergangenen Tage davon ausging, dass er (wie sonst auch) mindestens drei bis vier Stunden wegbleiben würde, machte ich am Freitag einen Vorstoß, der mich eine ganze Handvoll Nerven kostete. Ich wartete nach seinem Verlassen des Hauses eine halbe Stunde, um sicherzugehen, dass er nicht zurückkehre, weil er vielleicht etwas vergessen hatte und schlenderte dann betont lässig über die Straße, aber innerlich war mir todelend zumute, ich musste mich beherrschen, mich nicht vor Aufregung in seinen Vorgarten zu übergeben.

Hatte ich bisher nur die Wohnungstür und die am Abend erleuchteten Fenster betrachtet, um seine Bewegungen zu verfolgen, so nahm ich das Gebäude in diesem Moment zum ersten Mal in seiner Gesamtheit wahr. Es lag an einer ruhigen Straße, direkt neben dem Haus bog ein schmaler Weg ab, der zu einer kleinen Neubausiedlung führte und kaum befahren wurde, gegenüber befand sich der beschriebene Park, in dem ich den ganzen Tag über saß.

Das Haus selbst war aus rotem Backstein erbaut und schon etwas älter, dabei aber gut gepflegt und anscheinend vor nicht langer Zeit renoviert worden, es hatte dicke Isolierfenster und eine neue Tür. Vor dem Haus gab es einen kleinen Garten, der von einer Hecke umgeben war, an dem zur Straße gewandten Balkon hingen Blumenkästen mit jetzt verwelkten Geranien, und zur Tür führte eine kurze Treppe mit schmiedeeisernem Geländer, die ich jetzt mit lautstark klopfendem Herzen emporschritt.

Was ich hier wollte, wusste ich zunächst auch nicht, der Hund würde wohl kaum auf mein Klingeln antworten - wenn ich mich überhaupt getraut hätte, die Klingel zu drücken. So stand ich einigermaßen ratlos vor der Tür und überlegte, was ich weiterhin tun wollte. Ich hatte durch den unregelmäßigen Lebenswandel dieses Mannes keine neuen Erkenntnisse gewonnen. Aber die Worte „dieser Mann" ließen mich nachdenken. Wie hieß er denn, dieser Mann? Ich stand direkt vor seiner Haustür, also sollte das wohl das kleinste Problem sein. Ich las „E. Stein" auf seinem ovalen, goldenen Schild, das den Klingelknopf umfasste, drehte mich um und ging benommen zurück in meinen Park, um die Beobachtungen wieder aufzunehmen.

Wie betäubt saß ich eine Zeitlang herum und dachte nach. Er wohnte offensichtlich allein, ich hatte in den Tagen meiner Beobachtungen niemanden außer ihm jemals das Haus betreten oder verlassen sehen, außerdem wies der Name „E. Stein" darauf hin, dass es sich nur um eine Person handelte, sonst hätte es vielleicht „Familie Stein" oder nur „Stein" geheißen. Aber was konnte das „E" bedeuten? Mir kamen etliche Namen in den Sinn, die gepasst hätten: Emil, Eckard, Erich, Eberhart, Erik, Ernst, Egon, Elmar oder Engelbert. Doch viel mehr als diese Namen erschreckte mich eine andere Möglichkeit: Edmund, Eduard oder Edgar waren Namen, die sich mit „Eddie" abkürzen ließen.

Es gab nur eine Möglichkeit herauszufinden, was hier vor sich ging, und in dem Augenblick, als ich den Entschluss fasste, in das Haus einzudringen und mir Klarheit zu verschaffen, wusste ich, dass ich die ganze Zeit mit nichts anderem gerechnet hatte. Denn was wollte ich hier? Ich wartete frierend in einem Park, beobachtend, nicht überprüfbare Gedanken vor mir her schiebend, keine Auflösung meiner Fragen und Zweifel in Sicht.

Irgendetwas musste geschehen, besser jetzt als gleich.

Ich ging in die Stadt, um ein paar Besorgungen zu machen und richtete mich darauf ein, in dieser Nacht etwas zu unternehmen. Am Wochenende hätte ich genug Zeit, ihm ein paar Fragen zu stellen, und er würde an seinem Arbeitsplatz nicht vermisst, wenn es etwas länger dauern sollte.

Spät am Abend nahm ich meinen üblichen Platz im Park ein und beobachtete das Haus. Herr Stein schien früh raus zu müssen, denn bereits gegen zehn Uhr gingen die Lichter in der ersten Etage aus. Ich wartete trotzdem noch bis ungefähr zwei Uhr, vergewisserte mich dann, dass niemand mehr unterwegs war und ging die Seitenstraße entlang, um die anderen Fenster des Hauses kontrollieren zu können. Alles war dunkel, mein Herz klopfte mir bis zum Hals, als ich mich durch die Hecke drückte und zur Rückseite des Gebäudes schlich. Die Fenster befanden sich etwa zwei Meter über dem Boden, aber ich merkte, dass man über die Mülltonnen auf einen kleinen Absatz aus Bruchstein steigen konnte, der das Haus umrahmte. Von diesem Absatz aus konnte ich bequem an das Fenster gelangen. Ich schnitt mit einem Glasschneider die Scheibe aus dem Sprossenfenster, die am nächsten am Fenstergriff lag, nachdem ich mit einem kurzen Blick festgestellt hatte, dass sich nicht etwa der Hund im Zimmer befand.

Immer wieder sah ich mich um und wähnte mich beobachtet, mein Magen rebellierte und fast hätte ich die zuvor hastig heruntergewürgten Brote wieder von mir gegeben. Ich klebte einen Streifen Klebeband über das Fenster, nachdem ich eine Seite eingeritzt hatte, damit mir die Scheibe nicht herunter fiel und überlegte, was ich hier eigentlich machte. Konnte ich nicht einfach klingeln und meine Fragen stellen?

Aber ich brauchte mir nur vorzustellen, wie ich selbst reagieren würde, wenn jemand bei mir klingelte und mir sagte: „Hallo, ich bin der Bruder deines Sohnes, den ich umgebracht habe, erzähl mir was von meiner Mutter." Genau, ich würde die Tür zuschlagen und den

Spinner im Regen stehen lassen, wahrscheinlich sogar die Polizei rufen, der Kerl war bestimmt gemeingefährlich, und vielleicht stimmte ja sogar, was er über den von ihm verübten Mord sagte, mit dem sollten sich ein paar Beamte oder besser noch direkt ein paar Pfleger beschäftigen.

Mit einer schnellen Bewegung riss ich das Glas aus dem Rahmen und legte es aufs Fensterbrett. Innerhalb von ein paar Minuten war auch die zweite Scheibe entfernt, ich griff mit zitternder Hand durch die Öffnung, drehte den Fenstergriff und prüfte kurz, dass sich nichts auf der inneren Fensterbank befand, was ich durch das Öffnen des Flügels herunterwerfen konnte, bevor ich das Fenster aufstieß.

Mir schlug die warme Luft aus dem Raum entgegen, der offensichtlich als Bibliothek genutzt wurde und an dessen Wänden schwere, massive Regale standen, die bis unter die Decke reichten und mit Büchern, Akten und Papieren vollgestopft waren. Als ich die Wärme spürte, wurde mir erst bewusst, wie kalt mir die ganze Zeit war, aber beim Gedanken daran, was ich hier gerade machte, hätte ich selbst im Hochsommer gezittert.

Ich glitt ins Haus und sah mich um. Von hinten schien der Mond in das Zimmer, der dem Raum mit seinem fahlen Licht einen gespenstischen Anstrich gab. Durch ein weiteres Fenster drang noch etwas Helligkeit von den Straßenlaternen herein, so dass ich meine Taschenlampe vorerst nicht brauchte. Neben den Regalen gab es einen großen Lesesessel und einen kleinen Beistelltisch, auf dem ein aufgeschlagenes Buch lag sowie eine Flasche Whisky und ein halbvolles Glas standen. Ich unterdrückte den Reflex, mir einen Schluck zu genehmigen, drehte mich um und schloss das Fenster wieder, um keine Aufmerksamkeit zu erregen.

Die Tür des Zimmers, eine schwere, dunkle Holztür mit Kassetten und einer Klinke aus Messing, war geschlossen. Ich schlich darauf zu, hielt den Atem an und drückte langsam die Klinke herunter. Im Flur, der nur durch eine matte Scheibe in der Haustür etwas erhellt wurde, konnte ich zunächst kaum etwas erkennen, und meine Augen brauchten eine Weile, bis sie sich daran gewöhnt hatten. Auf dem Boden neben der Tür sah ich einen Korb, der mit einer Decke ausgelegt war, und mein Herz setzte einen Schlag aus, als ich merkte, dass der Hund nicht darin lag.

Im nächsten Moment hörte ich das Tapsen seiner Pfoten aus einem am Flur angrenzenden Raum, wahrscheinlich die Küche, in der er auf den Fliesen herumlief. Ich dachte daran, dass ich das Fenster so lange hätte geöffnet lassen sollen, bis ich sicher war, nicht mehr Hals über Kopf fliehen zu müssen, aber jetzt war es zu spät.

Ich setzte meinen Rucksack so langsam und geräuschlos wie möglich auf den Boden, öffnete ihn und nahm das Fleisch heraus, das ich eingekauft hatte. Ich schob es durch den schmalen Türspalt in den Flur, schloss diese wieder und setzte mich auf den Boden neben die Tür. Mein Blick fiel wieder auf die Flasche mit dem verführerischen Schnaps, aber ich widerstand und hoffte inständig, dass Herr Stein nicht gerade jetzt aufstehen würde oder irgendetwas anderes, Unvorhergesehenes passierte.

Während ich wartete, fiel mir ein Spruch ein, den ich vor ein paar Wochen in der Bibel gelesen hatte: „Was da ist, ist längst mit Namen genannt, und bestimmt ist, was ein Mensch sein wird." (Prediger 6,10) War das hier mein Weg? War es vorherbestimmt, dass ich in ein Haus und in das Leben eines Fremden einbrach, bei Mondschein starr vor Aufregung in einem Raum saß und darauf wartete, dass ein Hund ein Stück Fleisch fraß, das ich mit Schlafmitteln präpariert hatte?

War der freie Wille nur eine Illusion, die man selbst aufrechterhielt, um nicht völlig wahnsinnig zu werden? War das alles hier nur ein Film, der vom Anfang bis zum schon vorher bestimmten Ende ablief? Wenn es wirklich stimmte, dass alles schon vorgezeichnet war, welchen Sinn hatte das Leben dann, welchen Unterschied machte es, ob man seine Zeit hier absaß oder direkt ging? So sehr ich mich auch bemühen mochte, war mit meiner Geburt schon bestimmt, dass ich ein Mörder und Einbrecher sein sollte?

Ich wurde jäh aus meinen Gedanken gerissen, als eine alte Standuhr, die zwischen zwei Bücherregalen stand, plötzlich einmal schlug. Ich zuckte vor Schreck zusammen, mein Puls raste, und fast wäre ich aufgesprungen und zum Fenster gestürzt. Erst jetzt bemerkte ich das Klacken des Pendels, das mir vorher in der Aufregung nicht aufgefallen war. Das Blut rauschte in meinen Ohren, und ein zweiter Schock durchfuhr mich, als ich den Hund im Flur hörte. Er tapste zunächst ein wenig herum, kam dann näher, und mit Erleichterung vernahm ich das gierige Schnappen und Kauen, als er das Fleisch fraß. Ich hatte die Tabletten zerstoßen und das Fleisch damit eingerieben, die Dosis war ausreichend, um ihn für den Rest der Nacht ruhig zu stellen.

Und wieder hieß es warten. Ich beruhigte mich ein wenig, da die Gefahr, durch den Hund gestellt zu werden, jetzt gebannt sein sollte, aber trotzdem machte mir die Zeit des Wartens sehr zu schaffen. Noch konnte ich einfach gehen, das Haus verlassen und zu meiner Wohnung zurückkehren, noch war nichts passiert, niemand hatte mich gesehen. E. konnte morgen die Polizei rufen und feststellen, dass nichts entwendet wurde, das kaputte Fenster der Versicherung melden und darüber rätseln, was eigentlich vorgefallen war. Und ich würde in meinem Bett liegen und schlafen, statt mich hier vom Ticken der Uhr verrückt machen zu lassen.

Aber dann musste ich damit leben, dass ich die Chance vertan hatte, mehr über mich und meine Mutter, meine und ihre Vergangenheit herauszufinden und einen Kerl zur Rede zu stellen, der eine Frau ausgenutzt und sitzen gelassen, der ihr ein Kind angehängt und sich dann verdrückt hatte. Also blieb ich, blätterte in ein paar Büchern und ließ mich von dem Pendel anklacken, bis es drei Uhr schlug.

Ich schloss die Augen für ein paar Minuten, um mich an die Dunkelheit zu gewöhnen, bevor ich in den Flur blickte und riskierte, dass der Köter mich zuerst sah. Mir war wieder eiskalt, als ich die Klinke erneut herunterdrückte und die Tür langsam aufzog. Ich spähte durch den Spalt und sah, dass der Hund in seinem Korb lag. Ich beobachtete ihn und machte ein paar Pst-Laute, um zu sehen, ob er sich rühren würde, aber er blieb liegen. Ich zog die Tür weiter auf und betrat den Flur, meinen Blick starr auf den Korb gerichtet.

Es kam mir vor, als brauchte ich eine halbe Ewigkeit, um die wenigen Meter zurückzulegen, aber schließlich stand ich vor ihm, er schlief und atmete ruhig, sein Körper hob und senkte sich langsam und gleichmäßig, selbst als ich ihn todesmutig anstupste. Ich riss einige lange Stücke von dem Klebeband ab und klebte ihm die Beine zusammen, um später keine bösen Überraschungen erleben zu müssen. Ein weiteres Stück wickelte ich um seine Schnauze, bevor ich ihn mit seinem Korb aus dem Flur schob und im WC einsperrte.

Es wäre übertrieben zu behaupten, dass ich mich jetzt sicherer fühlte, aber ein Teil der Anspannung war von mir gewichen, und ich sah mich ein wenig um. Auf der anderen Seite der Tür stand ein niedriger Schrank, auf dem das Telefon auf einem Spitzendeckchen stand, daneben ein gerahmtes Foto, auf dem E. mit einer Frau zu sehen war. Auch an den Wänden gab es mehrere Bilder, Urlaubsfotos zumeist, die dieselbe Frau zeigten.

Ich befürchtete kurz, dass er vielleicht doch nicht allein sein könnte, erinnerte mich dann aber daran, dass ich ihn nie in Begleitung gesehen hatte. Aber was wäre, wenn die Frau krank war und das Haus gar nicht verlassen konnte? Ein Blick auf die Garderobe beruhigte mich wieder etwas, denn ich entdeckte nur Herrenkleidung und Herrenschuhe. Das wäre dann nicht verwunderlich, wenn die Frau bettlägerig war, aber hätte es dann nicht im Laufe der Woche Besuch eines Pflegedienstes gegeben? Ich erinnerte mich an das einsame „E." auf dem Klingelschild, wischte die Möglichkeit beiseite, dass es „Eheleute" heißen konnte, und atmete durch.

Vom Flur gingen noch zwei weitere Türen ab, eine zur Küche, in der der Hund vorhin herumgestrichen war und eine in ein weiteres Wohnzimmer, das zwei Fenster zur Straße hatte. Außerdem gab es eine Treppe in den Keller und eine ins Obergeschoß, die ich hinaufstieg, wobei ich auf jeder Stufe kurz inne hielt, um zu lauschen. Aber das Einzige, was ich vernahm, war mein Herzschlag, der mir so in den Ohren dröhnte, dass ich fast fürchtete, man könne ihn durch das Haus schallen hören. Glücklicherweise war die Treppe aus Stein, so dass ich kein Knarren zu befürchten hatte.

Oben angekommen umfasste ich das mitgebrachte Metallrohr fester und sah mich vier verschlossenen Türen gegenüber. Ich schlich von einer zur anderen und hörte hinter der dritten, die zum Zimmer führte, das über der Bibliothek lag, ein leises Schnarchen. Ich fror jämmerlich, obwohl mir der Schweiß über die Stirn lief, als ich die Klinke umfasste und sie herunterdrückte. Das Schnarchen setzte sich fort, als ich die Tür behutsam öffnete, aber ich erschrak zu Tode, als sie mit einem deutlich hörbaren Geräusch gegen etwas Metallisches schlug. Ich zuckte zurück und presste mich an die Wand, das Schnarchen hatte aufgehört, ich vernahm das Rascheln einer Bettdecke. Ich wollte wegrennen, aber meine Beine waren starr vor Angst, ich blieb stehen und klammerte mich an meine Waffe, als ich die Stimme hörte, die mich wie ein Schuss durchfuhr. „Rex?"

Rex schläft, und das solltest du auch, dachte ich, aber es war zu spät. „Was ist denn?", fragte E. weiter, und dann hörte ich ihn aufstehen. Mein Denken setzte aus, ich spürte nur noch die pure Angst, die sich mit jedem Schritt, den ich aus dem Schlafzimmer hörte, zur Panik steigerte, aber ich war unfähig, mich zu bewegen. Er schaltete das Licht an, ein heller Strahl fiel durch den Türspalt, der sich jetzt erweiterte, als er sich anschickte, den Flur zu betreten. Wie in Zeitlupe blickte ich in seine Richtung, ich stand immer noch im Dunkeln, und er hatte mich noch nicht bemerkt, aber da sah ich schon, dass er im Flur nach dem Lichtschalter griff.

Bevor er das Licht einschalten konnte, schaltete ich ihn aus. Mit einem Ruck riss ich mich aus meiner erstarrten Haltung, stürzte ihm entgegen und hieb ihm das Rohr mit voller Wucht auf die Stirn. Er sackte in sich zusammen und schlug mit einem dumpfen Geräusch auf den Boden, während ich zitternd vor ihm stand und mich schließlich vor Aufregung auf seinen reglosen Körper übergab.

Danach wurde ich völlig ruhig. Ich stand da über ihm, schaltete das Licht im Flur an, sah auf meine Hand, die den Schlag geführt hatte und fühlte mich in eigentümlicher Art daran erinnert, wie ich Adam das Genick gebrochen hatte. Ich hörte nichts, spürte nur ein tiefes Summen in meinen Ohren, als stünde ich in einem jeden Schall verschluckenden Raum. Ich blickte auf E. herunter, seine Augen waren geschlossen, über seine Stirn lief das Blut dick wie Honig, und bei diesem Anblick fing ich wieder an zu würgen, aber es gab nichts mehr, was ich hätte erbrechen können.

Im Anschluss handelte ich wie im Rausch, und ich kann nicht sagen, wie lange es dauerte. Zunächst betrat ich kurz das Schlafzimmer und sah, was das Geräusch verursacht hatte: Hinter der Tür stand eine offene Reisetasche, gegen deren Verschluss die Tür geschlagen war. Ich schaltete das Licht im Zimmer aus, schloss die Tür wieder und verschnürte Herrn Stein genauso wie zuvor seinen Hund, nachdem ich mich vergewissert hatte, dass er noch lebte.

Als nächstes machte ich eine Runde durch das Haus, betrachtete jedes Zimmer kurz, so das Licht es zuließ, um mir einen Eindruck zu verschaffen, hielt mich aber nirgendwo lange auf und vermied es, mich an einem der Fenster sehen zu lassen. Danach ging ich in den Keller und fand einen Raum, der wie geschaffen für mein „Verhör" schien: ein Heizungskeller mit einer schweren Metalltür deren Schlüssel steckte und einem Lichtschacht, der zum Garten führte, aber durch ein Doppelfenster und Gitter gesichert war und so keine Fluchtmöglichkeit bot.

Ich holte mir einen Stuhl aus der Küche, trug ihn in den ersten Stock und zerrte E. darauf. Ich fesselte seine Gliedmaßen an den Stuhl und machte mich dann daran, ihn mitsamt seiner Sitzgelegenheit in den Keller zu schleppen, was sich als schwerer herausstellte, als ich zunächst gedacht hatte. Ich packte den Stuhl an der Lehne, kippte ihn hinten über und wollte ihn so Stufe für Stufe die Treppe hinab ziehen, befürchtete dann aber, dass die hinteren Stuhlbeine abbrechen könnten, also legte ich den Stuhl auf die Schräge der Stufen und ließ den Stuhl, E. mit den Füßen voran, herab rutschen, während ich an der Stuhllehne bremste.

Ich war gerade schweißnass bis ins Erdgeschoß gekommen und brauchte eine Pause, als E. aufwachte und anfing, auf seinem Sitz herumzuzappeln. Ich ging um den Stuhl herum, stellte mich vor ihn, legte den Finger vor die Lippen und machte „Pst", woraufhin er mich zu Tode erschrocken ansah und unter seinem Klebestreifen zu schreien versuchte. Nach kurzer Zeit ging ihm allerdings die Luft aus, er schnaufte nur noch durch die Nase und presste dabei eine derartige Menge Rotz heraus, dass ich mich angewidert abwendete.

Ich ließ ihn auf seinem Stuhl sitzen und ging in die Küche, um mir etwas zu trinken zu holen, konnte aber auf die Schnelle nichts finden, also machte ich mich wieder an die Arbeit. Ich wuchtete ihn auf dieselbe Art und Weise wie zuvor weiter in den Keller, nur dass mein Vorhaben jetzt zusätzlich dadurch erschwert wurde, dass E. unruhig hin und her strampelte.

In den nächsten Stunden war ich unfähig, darüber zu reflektieren, was ich hier tat. Ich war gefangen in einer Lawine, die ich losgetreten hatte. E. hatte mittlerweile wahrscheinlich mein Gesicht gesehen, und ich musste zu Ende bringen, was ich begonnen hatte, es gab keinen anderen Ausweg. Natürlich hätte ich zu diesem Zeitpunkt einfach gehen können, noch war ja nicht viel passiert, aber was war mit meinen Antworten? Hatte dieses Arschloch es nicht verdient, einmal ein wenig Angst zu haben, ein bisschen Todesangst vielleicht sogar?

Dieses Schwein hatte meine Mutter unglücklich gemacht, sie wahrscheinlich mit meiner ganzen Familie in den Tod getrieben, und er saß hier in seinem feinen Haus und ließ es sich gut gehen! War das gerecht? Und jetzt erzähl mir nicht, Du hättest nicht genauso gehandelt. Es gab keinerlei Verbindung zwischen ihm und mir, niemand konnte wissen, dass ich hier war, und ich brauchte nur in eine andere Stadt zu verschwinden, wenn ich erfahren hatte, was ich wissen wollte. Aber vielleicht war das noch nicht einmal nötig, wenn E. seine Fehler einsähe und bereit war, dafür zu büßen, dann würde alles gut werden.

Was würdest Du tun, wenn Du ein dreckiges Stück Scheiße wie ihn vor Augen hättest, wüsstest, dass er Deine Familie und Dein Leben ruiniert hat, und Du hättest die Chance, ihn in aller Ruhe zu befragen und ihm zu erklären, was er getan hat, ohne dass Du Konsequenzen für die Wahl Deiner Mittel zu befürchten hättest. Würdest Du die Gelegenheit ergreifen? Ich wette meinen Arsch darauf, dass Du es tun würdest!

Ich platzierte E. in der Mitte des Heizungskellers unter einer nackten Glühbirne und entfernte alles aus dem Raum, was er irgendwie verwenden könnte, falls er es schaffte, sich loszumachen. Ich würdigte ihn keines Blickes und ging schnell und zielstrebig vor, während er mir ständig mit seinem Blick folgte und versuchte, mich durch seinen Knebel hindurch anzusprechen. Aber ich reagierte nicht.

Als ich meine Vorbereitungen abgeschlossen hatte, brachte ich einen zweiten Stuhl aus der Küche in den Keller und setzte mich ihm gegenüber. Ich blickte ihm so lange in die Augen, bis er seinen Blick niederschlug. Über seine Stirn war eine beträchtliche Menge Blut gelaufen, das seine Haare verklebt und rote Streifen quer über sein Gesicht gezogen hatte, aber jetzt hatte die Blutung aufgehört.

In diesem Moment war ich erstaunt, dass ich nicht intensiver fühlte, ich hatte angenommen, dass Hass eine viel stärkere Erregung hervorrufen würde, aber ich war relativ ruhig und gelassen, als ich ihn ansprach, worauf er ruckartig seinen Blick wieder hob und mich angstvoll anstarrte.

„Ich werde dir jetzt den Knebel abnehmen. Wenn du anfängst zu schreien, wirst du es bereuen. Ist das klar?"

E. blickte mich nur in panischer Wildheit an, unternahm aber nichts, um mir zu antworten. Ich sprach seelenruhig weiter.

„Ob du mich verstanden hast? Wir können diese kleine Unterhaltung wie zwei vernünftige Menschen führen, wenn du dich benimmst."

Jetzt nickte er hektisch, ich beugte mich vor und riss ihm mit einem Ruck den Streifen vom Mund. Er fing an zu keuchen und hustete ein paarmal, ich betrachtete ihn ohne Regung, Mitleid war hier fehl am Platz. Die Erfahrung, die er gerade durchmachte, war ein Fliegenschiss gegen das, was ich hatte durchleben müssen. Nach einiger Zeit beruhigte er sich, sein ganzes Gesicht glänzte von Schweiß und Blut, er sah aus wie ein Getriebener, hatte blanke Angst.

„Was wollen Sie? Ich habe nichts", brachte er schließlich hervor. Er hielt mich anscheinend für einen ganz gewöhnlichen Dieb, der ihn ausplündern wollte, und ich musste unwillkürlich lächeln, was ihm wahrscheinlich mehr zusetzte, als wenn ich auf ihn eingeprügelt hätte.

„Wie heißt du?", fragte ich ihn, aber statt einer Antwort stieß er nur ein gehauchtes „Was?" hervor.

„Die Frage ist doch nicht so schwer zu beantworten. Also, nochmal: Wie heißt du?"

Aber er wiederholte nur die Frage von vorhin: „Was wollen Sie?", keuchte er, „Ich habe nichts." Dabei schüttelte er verzweifelt den Kopf.

„Gut. Ich glaube, es wird Zeit, hier ein paar Regeln zu erklären." Ich stand auf und ging während meiner folgenden Ansprache um ihn herum, was ihn sichtlich nervös machte, da er nie wusste, was ich hinter seinem Rücken anstellte. „Zum einen bin ich nicht hier, um dir irgendetwas von deinen kleinen Habseligkeiten wegzunehmen. Zum anderen: Mit den Lügen ist ab sofort Schluss. Du wohnst allein in einem Haus mit einer beträchtlichen Bibliothek, trinkst teuren Whisky und kannst dir wohl den Luxus leisten, deine Arbeitszeit selbst einzuteilen, also erzähl mir bitte nicht, du hättest nichts.

Des Weiteren stellst du ab sofort keine Fragen mehr. Ich bin hier, um ein paar Antworten von dir zu bekommen, also stelle ich die Fragen und du beantwortest sie mir. Und zwar wahrheitsgemäß. Haben wir uns soweit verstanden?"

Er reagierte nicht und starrte mich nur an, offensichtlich hatte er keine Ahnung, wovon ich sprach.

„Ich nehme das als Zustimmung. Also, zurück zu meiner ersten Frage: Wie heißt du?"

„Edwin Stein", stieß er hervor, und mir fuhr der Name wie ein Schwert durch die Brust. Ich blieb für einen Moment hinter ihm stehen und versuchte, die Enden zusammenzuknüpfen. Konnte er „Eddie" sein? Aber was hätte dann der Brief und dieses ganze Versteckspiel mit dem angeblichen Zellenkumpel für einen Sinn?

„Warst du jemals im Knast, Eddie?", fragte ich hinter seinem Rücken, worauf er vergeblich versuchte, den Kopf zu drehen, um mich ansehen zu können. „Was?", keuchte er.

„Keine Fragen, Eddie, Antworten. Warst du jemals im Knast?"

Er schüttelte langsam den Kopf und atmete schwer. „Natürlich nicht."

„So natürlich ist das nicht, das geht manchmal schneller, als man denkt, Eddie. Brauchst du eine Kopfschmerztablette?"

Er riss den Kopf hoch, stöhnte vor sich hin, und fast hätte er wieder zu einer Frage angesetzt, aber er besann sich und nickte nur.

„Ich nehme an, ich finde welche im Badezimmer? Kann ich mich darauf verlassen, dass du keinen Unsinn machst, während ich weg bin, oder brauchen wir wieder einen Knebel?"

Als Antwort erhielt ich nur ein verzweifeltes Kopfschütteln.

Ich ging zurück in den ersten Stock und löste zwei Tabletten in einem Glas Wasser auf, das ich Eddie an die Lippen hielt. Er trank so hastig, dass er sich ein paarmal verschluckte, sah mich dann aber fast dankbar an, seine Schmerzen mussten nicht von schlechten Eltern sein.

Ich setzte mich wieder ihm gegenüber und sagte ihm, dass er ja sicherlich wisse, mit wem er es zu tun habe und warum ich hier sei, aber er blickte mich nur verständnislos an.

„Wir sind uns nie offiziell vorgestellt worden, aber du weißt, wer ich bin, du bist doch quasi ein Freund der Familie."

„Hören Sie, bitte, ich weiß nicht, wer Sie sind und was Sie wollen. Sie müssen mich verwechseln, bitte, machen Sie mich los, ich habe Sie noch nie in meinem Leben gesehen."

Seine Stimme nahm einen fast weinerlichen Ton an, als er diese Sätze sagte. Ich hatte ehrlich gesagt nicht damit gerechnet, dass er leugnen würde, mich zu kennen, vor ein paar Tagen auf der Straße hatte er mich noch ganz anders angesehen. Ich war mir einfach sicher, dass er es war, es gab doch gar keine andere Möglichkeit.

Ich riss ein Stück Klebeband von der Rolle ab, verklebte ihm den Mund und stand auf.

„Eddie, ich werde doch meinen Stiefvater erkennen", ließ ich ihn wissen und verließ den Raum, um ihm Zeit zum Nachdenken zu geben.

Ich wartete in der Küche und machte mir ein paar Brote, während ich ihn schmoren ließ. War ich unsicher? Ich konnte doch jetzt, an diesem Punkt, nicht zweifeln, er musste es doch sein! Ich beschloss, seine Sachen zu durchsuchen, vielleicht würde ich irgendetwas finden, das mir weiterhelfen konnte, aber es war noch zu dunkel. Das Haus besaß keine Jalousien, und aus Angst, ein Nachbar könne mich oder den Schein meiner Taschenlampe im Haus herumgeistern sehen und die richtigen Schlüsse ziehen, verschob ich meine Suche auf später, aber ein kleiner, bitterer Stachel hatte sich in meinem Geist eingegraben und ließ mich nicht in Ruhe.

Was wäre, wenn ich einen völlig unschuldigen Mann malträtierte, wie konnte ich dieses Unrecht jemals wieder gutmachen? Ich wischte die Gedanken beiseite und ging zurück in den Keller. Eddie sah so aus, als habe er geweint, was ich aber nicht deuten konnte und wollte, also fragte ich ihn, ob er jetzt wisse, wer vor ihm stehe. Wieder nur ein langsames, fast trauriges Kopfschütteln.

„Gut, Eddie, dann gebe ich dir noch einmal ein paar Stunden Zeit zum Überlegen. Wenn ich wiederkomme, will ich Antworten, also denk scharf nach."

Ich wandte mich zur Tür und drehte mich noch einmal kurz um, bevor ich hinausging und abschloss. „Und keine Dummheiten, ich bin in deiner Nähe."

An Schlaf war nicht zu denken, deswegen begann ich, die zahlreichen Bilder im Flur und im Treppenhaus mit meiner Lampe zu betrachten, da hier aufgrund fehlender Fenster keine Gefahr bestand, dass jemand mein Licht sähe. Ich nahm Einblick in sein Leben, das er eine Zeitlang mit meiner Mutter geteilt hatte, um ihres dann zugrunde zu richten. Was erwartete ich eigentlich zu finden? Fotos, auf denen er in trauter Zweisamkeit mit ihr zu sehen war?

Wohl kaum. Dafür gab es eine ganze Reihe Bilder, auf denen er mit dieser anderen Frau abgebildet war, die hier aber offensichtlich nicht, oder nicht mehr, wohnte. Später fand ich in einer Schublade seines Kleiderschranks im Schlafzimmer ein Album mit weiteren Fotos, aber auch hier: Fehlanzeige. In der Bibliothek stand ein Regal mit Akten, aber ich gab es schnell auf, diese unglaubliche Menge an Papier durcharbeiten zu wollen, ich erfuhr in meiner kleinen Stichprobe nur, wo er versichert war und was sein Auto im Jahr kostete, aber das half mir nun überhaupt nicht weiter.

Es gab nur eins: Er selbst musste mir die Antworten liefern.

Ich ging wieder in den Keller, nahm Eddie den Knebel vom Mund und setzte mich ihm erneut gegenüber. Er konnte meinem Blick nicht standhalten, sah ständig zu Boden und wich mir aus.

„Willst du mir etwas erzählen, Eddie?"

Er brauchte eine Zeitlang, um zu antworten, aber dann sprudelte es aus ihm heraus, zunächst stockend, dann aber immer wilder und verzweifelter. Der Mann hatte Todesangst.

„Hören Sie, ich weiß nicht, was Sie von mir wollen. Ich … ich kann mich nicht erinnern, wo ich Sie schon einmal gesehen habe. Vor ein paar Tagen auf der Straße, kann das sein? Aber ich weiß nicht, wer Sie sind, ich weiß es einfach nicht. Bitte … lassen Sie mich frei, ich werde nichts sagen, ich kenne Sie gar nicht, ich möchte nur … man wird mich vermissen, sie werden vorbeikommen, um nach mir zu sehen …" Hier versagte seine Stimme.

„Hatte ich dir nicht gesagt, du sollst mich nicht anlügen, Eddie? Warum steht in deinem Schlafzimmer eine gepackte Tasche? Du wolltest verreisen, stimmt's? Und wenn du in den Urlaub fährst, vermisst dich auch niemand auf der Arbeit, oder? Außerdem ist Samstag, da arbeitet niemand, vermissen werden sie dich also frühestens Montag."

„Nein, nein, nicht in den Urlaub, ich fahre auf eine Geschäftsreise, heute Nachmittag werde ich abgeholt …"

Das konnte immerhin stimmen und meinen Plan gehörig durchkreuzen, aber ich ließ mich nicht aus der Ruhe bringen.

„Wenn du hier nicht länger den Idioten spielst, bin ich lange weg, bevor deine Kollegen kommen, und du kannst deine Reise antreten. Wenn du es aber vorziehst, mich weiter für dumm zu verkaufen, dann sitzen wir die ganze nächste Woche hier in deinem gemütlichen Keller. Ich habe Zeit."

In seiner Stimme lag ein Flehen, das mich anwiderte. Noch viel mehr störte mich aber ein beißender Geruch, der in der Luft lag und den ich erst jetzt bemerkte. Offensichtlich hatte Eddie sich während meiner Abwesenheit vor Angst nass gemacht.

„Nein, bitte, ich weiß doch nichts, ich kann Ihnen doch nicht sagen, was ich nicht weiß …"

Ich erwartete, dass er gleich anfing zu weinen und verließ den Keller. Wir würden sehen, wer hier Ausdauer für eine Langstrecke mitbrachte, dachte ich bei mir, als ich die Tür zum Gäste-WC öffnete, um Rex zu holen. Ich griff nach dem Korb, in dem der Hund lag, aber irgendetwas schien mir seltsam an ihm. Das Fenster über der Toilette war in der Nacht gekippt gewesen, es war eiskalt in dem Raum, und auch das Tier war kalt, bewegte sich nicht mehr.

Ich ließ vor Schreck fast den Korb fallen. Das hatte ich doch nicht gewollt! Bevor ich noch darüber nachdenken konnte, ob wohl meine Dosierung an Schlafmitteln zu hoch für ihn gewesen war, hörte ich aus dem Keller einen Schrei nach Hilfe. Der Schrei wiederholte sich, wurde weinerlicher und kreischender, wenn Eddie nicht bald damit aufhörte, hätten wir im Nu die Nachbarn und damit auch die Polizei auf dem Hals.

Ich rannte zurück in sein Gefängnis und schlug ihm aus dem Lauf mit voller Wucht ins Gesicht. Er kippte nach hinten über und knallte mit dem Stuhl auf den Boden.

„Was hatte ich dir gesagt? Kein Unsinn, verdammt noch mal!", schrie ich ihn an, dabei tat er mir schon ein bisschen leid, wie er da lag, mit gebrochener Nase, und Blut spuckte. Ich richtete ihn wieder auf, da traf mich sein Blick. Jegliches Mitgefühl schwand sofort aus meinem Gehirn, denn dieser Blick bestand aus purem Hass, sprühte vor unterdrückter Gewalt, und ich wusste, hätte er in diesem Moment die Möglichkeit gehabt, mich umzubringen, er hätte keine Sekunde gezögert.

„Alles klar, Eddie", sagte ich, so ruhig, wie es mir mein Erstaunen über seinen plötzlichen Gefühlsausbruch erlaubte, aber ich hörte meine Stimme zittern. „Alles klar, du willst es nicht anders." Und bevor er etwas entgegnen konnte, hatte ich ihm wieder einen Knebel angelegt und ihn im Keller eingeschlossen.

Was sollte ich jetzt machen? Offensichtlich war er nicht bereit, mir zu helfen, aber ich wusste, dass er die Antworten für mich hatte. Und wenn er seine schändlichen Taten schon nicht zugab, musste ich ihn eben dazu bringen, dass er beichtete. War es nicht noch schlimmer, eine Sünde begangen zu haben und sie zu leugnen, als sie wenigstens zuzugeben, wenn man sie auch nicht bereute?

Ich suchte mir im Haus ein paar Utensilien zusammen, trug den kleinen Tisch aus dem Flur in den Keller und öffnete die Tür. Es stank noch übler als vorher, Eddie hatte nicht an sich halten können, aber ich war weit davon entfernt, jetzt Mitleid mit ihm zu haben. Die Fronten waren klar, und ich war nicht der Böse in diesem Spiel.

Ich trug den Tisch in den Raum und stellte ihn neben meinen Stuhl, so dass er ihn gut sehen konnte. Ich verließ den Keller, um ihm ein bisschen Zeit zum Nachdenken zu geben, und holte dann meine Werkzeuge. Ich brachte eins nach dem anderen herein, damit er Gelegenheit hatte, sich darüber klar zu werden, was ihn erwarten würde, wenn er mich weiter anlog. Als ich den Aufbau beendet hatte, schloss ich die Tür ab, blieb aber im Raum und setzte mich wieder auf meinen Platz.

„So. Du willst auf deine Geschäftsreise, und ich verliere auch langsam die Geduld. Also, ich werde dir jetzt nochmal ein paar Fragen stellen. Sollten mir deine Antworten nicht gefallen, werde ich sie überprüfen." Dabei ließ ich meinen Blick über den Tisch schweifen, und Eddie tat es mir nach. Er sah auf die Instrumente, sein Blick blieb an dem Tauchsieder hängen, und er fing an zu weinen. Hätte er schluchzen können, er hätte die ganze Nachbarschaft zusammengeheult, aber der Knebel ließ ihm kaum Luft, seine Augen tränten, Rotz rann aus seiner Nase, und ich wartete eine schier endlose Zeit, bis er sich wieder beruhigt hatte. Dann blickte ich ihn fragend an, und er nickte. Ich nahm ihm den Knebel ab, offensichtlich hatte er verstanden.

„Gut. Du bleibst also dabei, mich nicht zu kennen?"

„Ich … ich kann mich nicht erinnern, bitte …", aber ich unterbrach ihn.

„Soll ich dir helfen, dich zu erinnern, Eddie?" Ich nahm ein langes Küchenmesser vom Tisch, betrachtete es eine Weile, legte es dann wieder zurück und griff nach dem Fleischklopfer, einem schweren Hammer mit spitzen Metallzacken, den ich in der Hand wog, bevor ich ihn wieder anblickte. Seine Augen waren geweitet, sein Gesicht zu einer Fratze entstellt, als erwarte er, dass ich ihm im nächsten Moment den Schädel einschlagen werde. Aber ich legte das Werkzeug wieder weg und betrachtete ihn eine Zeitlang.

Seine Haare klebten an seinem Kopf, er hatte die vergangenen Stunden ohne Unterlass geschwitzt, das Blut an seiner Stirn war, im Gegensatz zu den Spuren unter seiner kaputten Nase, in der Zwischenzeit getrocknet. Mit einem Wort, er sah Scheiße aus, aber das hatte er sich selbst zuzuschreiben.

„Erinnerst du dich an Maria?", fragte ich ihn, und beim Namen meiner Mutter wurde mir kalt. Ich sah sie vor mir, sah Szenen aus unbekümmerten Tagen, bevor dieses dreckige Arschloch sie zerstört hatte.

„Ich … ich kenne keine Maria", stieß er hervor. Ich fragte mich, wie lange er noch leugnen würde, ich konnte mich in dieser Sache doch nicht irren. Nein, ich verdrängte die Zweifel, ich hatte es Tausende Male durchdacht, überlegt und verglichen, er war der Richtige. Vielleicht war er sogar wirklich „Eddie", der nicht nur meine Mutter, sondern auch meinen Vater gekannt hatte und jetzt Blut und Wasser schwitzte, weil ich seinem miesen Spiel auf die Schliche gekommen war. Wenn ich nur wüsste, was er damit bezweckte, aber ich würde es herausfinden. Er hielt den Atem an, als ich um ihn herumging und ihm ein Messer an den Hals hielt.

„So, eine Maria kennst du also nicht?", fragte ich und erhöhte den Druck auf die Klinge, die ich ihm nur mit der stumpfen Seite an die Haut drückte, was er aber nicht wissen konnte, deswegen versucht er vergeblich, sich zu strecken und sich meinem Griff zu entwinden. Irgendwann gab er es auf, saß stocksteif auf seinem Stuhl und schnappte stoßweise nach Luft.

„Wollen wir wetten, dass du sie kennst, Eddie?" Ich griff in meine Hosentasche und zog das alte, mittlerweile zerknitterte und abgegriffene Bild hervor, das mich, Timo und Mutter zeigte. Ich hielt es ihm hin und schrie ihn an, ob er immer noch behaupten wolle, dass er sie nicht kenne. Schließlich ließ ich von ihm ab, legte das Messer zurück, setzte mich wieder auf meinen Stuhl und hielt ihm die ganze Zeit über das Bild hin.

„Aber … das ist nicht … sie … sie nannte sich Klara …", begann er, ängstlich auf das Foto starrend. Dann sah er mich an und fast meinte ich, er werde noch ein wenig bleicher.

„Oh mein Gott, du bist …" Sein Blick zuckte nervös zwischen dem Foto und meinen Augen hin und her, bis ich das Bild wieder einsteckte und langsam nickte. „Aber … was … was willst du?"

„Das kann ich dir sagen, Eddie. Wie fühlst du dich eigentlich dabei, eine verheiratete Frau zu verführen, ihre Not auszunutzen, sie für ein paar kleine Scheine zu ficken wie eine billige Nutte und sie dann schließlich mit einem Kind sitzen zu lassen? Mmh, Eddie, wie fühlt sich das an? Findest du es richtig, sowas zu machen, Menschen wie Dreck zu behandeln, sie auszunutzen und dann wegzuwerfen, findest du das in Ordnung, Eddie?"

Er runzelte die Stirn und sah mich verständnislos an. Es schien, als habe sein Verstand gerade ausgesetzt, und ich konnte es ihm nicht verübeln. Wie sollte er auch ahnen, dass seine kleinen und seine weniger lässlichen Sünden irgendwann einmal auf ihn zurückfallen würden? Er fühlte sich sicher hier in seinem Nest, und Jahre später, als schon lange Gras über die Sache hätte gewachsen sein sollen, stand mit einem Mal ein rächender Ritter aus der Vergangenheit vor ihm und forderte Vergeltung.

Weniger theatralisch formuliert war ich es, der vor ihm saß und Erklärungen forderte, aber in seinen Augen hatte ich in diesem Moment bestimmt eine strahlende Rüstung an und schwang ein blutiges Schwert über seinem Haupt.

Aber was spielte er für ein Spiel? Warum behauptete er, meine Mutter habe sich „Klara" genannt? Sollte das nur erklären, warum er bisher den Mund nicht aufgemacht hatte, aber jetzt, wo ich ihm das Foto zeigte, nicht mehr leugnen konnte? Ein anderer Grund mochte mir nicht einfallen, denn warum legte man sich einen anderen Namen zu? Doch nur, um seine Identität zu verschleiern, und er hatte sie schließlich vor unserem Haus abgeholt, wusste also, wo sie wohnte, was gab es da denn noch zu verbergen?

„So, Eddie, dann lass mal hören."

Die nächsten Stunden verbrachte ich damit, Eddie zuzuhören, wie er von meiner Mutter erzählte. Er begann damit, wo und wie er sie kennengelernt hatte, wie oft, wann und wo sie sich getroffen, was sie getan und gelassen hatten, er erwähnte, wie es ihm dabei gegangen war und weitere überflüssige Details dieser Art. Ich nahm alles, was er mir sagte, wie ein Schwamm auf und wog ab, wo er log, was er ausschmückte und was er wegließ.

Zumindest in einer Hinsicht hatte er die Wahrheit gesagt, soweit ich das nachprüfen konnte: Irgendwann am Nachmittag klingelte es an seiner Haustür, ich knebelte ihn und schlich nach oben. Mein Herz schlug mir bis zum Hals, ich war schon viel zu weit gegangen, als dass ich mich aus dieser Sache noch hätte heraus winden können. Ich setzte mich mit dem Rücken an die Haustür und hörte draußen zwei Männer miteinander reden, konnte aber nicht verstehen, was sie sagten. Sie klingelten noch ein paar Mal aber schließlich verschwanden sie wieder und ließen uns allein.

Das Spiel konnte weiter gehen.

Aber jetzt ist nicht der Moment, darüber zu sprechen, ich brauche Zeit...

Teil Sechs

Ich stand am Grab meiner Lieben, zum ersten Mal nach ihrem Tod. Der Beerdigung hatte ich nicht beiwohnen können, und später war es mir nicht möglich, sie zu besuchen, so schwer wogen die Trauer und die Scham. Aber jetzt hatte ich ihr Ansehen, ihren Ruf wieder hergestellt, was vergangen war, war vergeben, wenn auch niemals vergessen.

Ich redete mit ihnen, allen dreien, Mutter, Timo und auch Adam, erzählte ihnen von dem, was vorgefallen war, obwohl ich jetzt denke, dass sie all das schon wussten, dass sie mich auf meinem ganzen Weg begleitet, jede Minute und Sekunde mit mir gelebt und gelitten hatten. Sie hießen bestimmt nicht alles gut, was ich getan hatte, aber niemand konnte behaupten, dass ich nicht mit den besten Absichten handelte, mit dem Willen, recht zu tun und Recht walten zu lassen.

Aber Du möchtest sicherlich wissen, was am Tag des Verhörs, dem Eddie unterzogen wurde, noch geschah. Kehren wir also zurück in seinen traurigen Keller und zurück zu seinen Erzählungen, die er zum Besten gab.

Zunächst berichtete er davon, wie er „Klara" kennengelernt hatte. Angeblich waren sie sich beim Einkaufen über den Weg gelaufen, sie war ihm mit ihrem Einkaufswagen in die Hacken gefahren, hatte sich umständlich entschuldigt, man hatte sich kurz unterhalten, dann aber erst einmal längere Zeit nicht mehr gesehen. Erst später, wieder in besagtem Markt, hatten sie sich erneut getroffen und daraufhin verabredet.

Insgesamt wollte er sie allerdings nur ein paarmal gesehen und dann nie wieder getroffen haben, es kostete mich ein bisschen Überzeugungskraft und ihn seine Kniescheibe, bis er mit seinen Geschichten fortfuhr.

Er beteuerte immer wieder, dass er nur die besten Absichten gehabt habe, er sei sehr verletzt gewesen, als seine Frau ihn verließ und habe sehr zurückgezogen gelebt, deswegen war er so froh, dass er sich nach vielen Jahren endlich wieder jemandem hatte öffnen können. Und Klara … Maria, meine Mutter, sei eine sehr freundliche, offenherzige Frau gewesen, die es ihm so leicht machte, von sich zu erzählen, von seinen Gefühlen und Ängsten, sie war seit langem die erste Person, die ihn wirklich verstand, die wusste, was es bedeutete, verlassen worden zu sein.

Während er diesen Unsinn von sich gab, beobachtete ich ihn aufmerksam, ich blickte ihn an und schätzte ab, was der Wahrheit entsprach und wo er log. Er verstand mein Schweigen als Interesse und redete sich in einen Wahn, ließ kein uninteressantes Detail aus, sprach über ihr Wesen, ihr Aussehen, so als habe er sie sich auf ewig eingeprägt wie ein Gemälde, das man Tag um Tag betrachten kann.

Aber meine Mutter war kein Gemälde, keine festgefügte Person, die man sich einverleiben konnte, indem man sie studierte wie ein Objekt. Sie war lebendig und jeden Tag anders, und niemand konnte das besser wissen als ich, denn ich hatte die meiste Zeit meines Lebens mit ihr verbracht, während dieser alte Bock nur ein paar Nächte mit ihr geteilt hatte, schwitzend und hechelnd, ohne Liebe, die pure Geilheit in seinen Augen.

Ich spürte ziemlich schnell, dass uns das Gespräch in dieser Form nicht weiterbrachte. Unser beider Ziel wurde so nur hinausgeschoben, meine Klarheit und seine Freiheit verzögert mit jedem Wort, das er herauspresste, sabberte, heulte und schrie. Sein Zustand konnte zuletzt nicht mehr als gesund bezeichnet werden, aber er hatte sich in diese Lage gebracht, hätte er mir von Anfang an die Wahrheit gesagt, hätten wir nicht so weit gehen müssen. Hätte er - um damit zu beginnen - die Finger von meiner Mutter gelassen, hätte er nie meine Bekanntschaft machen müssen.

Das nächste, wonach ich ihn fragte, war sein Sohn, aber er sah mich nur verständnislos an. Ich erklärte ihm den Umstand der Schwangerschaft meiner Mutter und dass es nur eine Erklärung gab, denn er wolle doch nicht behaupten, meine Mutter sei eine Hure und hätte sich von jedem beliebigen Arschloch an der nächsten Ecke schwängern lassen? Er beeilte sich zu versichern, dass das natürlich nicht seine Absicht sei, aber genau diese Art von Erzählungen habe er über meine Mutter gehört. Er habe sich nämlich in ihrem Bekanntenkreis kundig gemacht, und was er da erfahren habe, sei nicht gerade schmeichelhaft, deswegen wolle er vor ihrem Sohn nicht schlecht über sie reden. Es war genau dieser Zeitpunkt, als die Situation eskalierte.

Später sah er mich mit seinem traurigen Auge an und heulte, ich solle doch meine Mutter fragen, was passiert sei, sie könne doch bestätigen, dass sonst nichts war, dass sie sich nur wenige Male getroffen und sich dann nicht mehr gesehen hatten. Sein Gesicht zeigte nicht wenig Erstaunen, als ich ihm eröffnete, dass es sie nicht mehr gab, dass meine ganze Familie dahingerafft wurde an diesem unseligen Brückenpfeiler, den meine Mutter hatte ansteuern müssen, um sich und uns vor der Schande zu bewahren, die er uns aufgebürdet hatte.

Aber mal ehrlich: Wer würde nicht zum preisverdächtigen Schauspieler mutieren, wenn man ihm die Pistole auf die Brust setzte? Ich bin mir sicher, in jedem von uns schlummert ein ausgemachter Lügner, wenn man ihn nur hart genug antreibt. Und genau diesen Lügner sah ich hier vor mir, Eddie, der Mann, der meine Mutter geschändet und meine Familie zugrunde gerichtet hatte, es war ihm alles zuzutrauen, alles, um sein schäbiges, mieses Leben zu retten.

Eins muss ich ihm lassen: Er spielte seine Rolle gut, er war beinahe überzeugend. Als er mir erzählte, dass meine Mutter viele Männer gehabt habe, war ich einen kurzen Moment versucht, tatsächlich darüber nachzudenken, ob ich wirklich ihr Sohn sein konnte. Stell Dir das vor! Er hatte mich für die Dauer eines Lidschlages soweit, dass ich auf sein Spiel einging! Du musst Dir die Situation vergegenwärtigen, ich, vor ihm auf meinem Stuhl, er auf seinem, blutend und gebrochen, die Wahrheit der einzige Weg, der ihn aus diesem Gefängnis führen konnte. Ich, voller Macht. Er, hilflos. Welcher Dämon muss ihn geritten habe, mir ins Gesicht zu lügen, mir diese Geschichten aufzutischen, mir zu erzählen, meine Mutter sei eine billige Nutte, die es mit jedem brunftigen Wichser getrieben habe, der ihr über den Weg lief, sie sei wahllos gewesen mit ihrer Liebe, die sie für jeden zum Kauf auf den Markt warf.

Und ich vor ihm als derjenige, der das Verhör führte, als sein Vollstrecker, war der Sohn dieser derart von ihm gedemütigten Frau, meiner Mutter, der Heiligen meines Lebens!

In seiner Not erfand er noch weitere Geschichten. Er behauptete, er habe sie nie angerührt, sie hätten sich nur diese wenige Male getroffen, um zusammen essen zu gehen, ins Theater, auf eine Ausstellung. Jemand anderes, ein anderer dieser zahl- und namenlosen Männer, die sie seinen Angaben nach gehabt hatte, müsse der Vater des kleinen Adam sein, er könne es gar nicht …

An dieser Stelle unterbrach er seine lebhafte Erzählung, stockte mitten im Satz, und ich brauchte eine Weile, bis ich ihn überzeugt hatte weiterzusprechen. Mit flüsternder Stimme und abgewandtem Blick erzählte er mir, dass er unfruchtbar sei und seine Frau ihn deswegen verlassen habe. Sie wünschte sich Kinder mehr als alles andere auf der Welt, und lieber wollte sie mit einem anderen Mann neu beginnen, als mit ihm, dem Taugenichts, den Rest ihres Lebens kinderlos verbringen. Er weinte bei dieser Episode und brachte eine wirklich gelungene Vorstellung auf die Bühne, von der ich ihm nicht das Geringste glaubte.

Man soll nicht schlecht von den Toten reden, aber es passierte noch eine Sache, die die ganze Situation beschließen sollte, und ich war wirklich nicht derjenige, der es soweit hatte kommen lassen. Er versuchte über eine geraume Zeit, sich herauszureden aus seiner Verantwortung, behauptete, er wisse überhaupt nicht, was ich von ihm wolle, es sei Wahnsinn, was ich ihm unterstellte, aber ich überzeugte ihn schließlich davon, dass er die Wahrheit sagen müsse, um zurückkehren zu können in sein Leben, seine Existenz, die ihm so viel bedeutete. „Um deines Heiles willen schäme dich nicht, die Wahrheit zu sagen" (Sirach 4,24), zitierte ich, und er verstand, dass dies der letzte Weg sei, sein Leben zu retten, aber leider blieb er bei seinen Lügen und Verleumdungen.

Er erzählte mir, beim angeblich letzten Treffen, bei dem er meine Mutter gesehen hatte, sei es fast dazu gekommen, dass sie zusammen ins Bett gingen, aber kurz bevor es soweit war, habe sie ihm gesagt, dass sie Geld benötige. Er habe sie nur fragend angesehen, aber sie habe ihre Forderung wiederholt und hinzugefügt, sie müsse ihre Kinder ernähren und habe keine andere Wahl. Daraufhin habe er sie gebeten zu gehen und sie nicht wiedergesehen.

Ich stand auf, fixierte ihn, und er muss in meinen Augen gesehen haben, was jetzt folgen sollte. Er brachte keinen Ton hervor, als ich über ihn kam und ihn bewusstlos schlug, auf ihn einprügelte, bis er schlief. Dann sah ich an ihm hinunter, an der Trauergestalt eines

Menschen, auf einen Stuhl gefesselt, ohnmächtig, blutend, vollgepisst und stinkend, in seinem Schlafanzug. Mein Blick fiel auf seine nackten Füße, ich nahm das Messer und öffnete seine hervortretenden Adern, damit ihn sein Leben, seine verlogene Existenz für immer verlassen sollte.

Es tat mir leid. Eddie tat mir leid, weil er nicht bei der Wahrheit geblieben war und nicht anders konnte, als das Ansehen und die Ehre meiner Mutter zu beschmutzen, um sich selbst aus den Fängen der Realität zu befreien. Adam tat mir leid, dem nie eine Chance gegeben war, ein Leben zu leben, das frei war von Sorgen und Nöten, mit einem richtigen Vater und keinem dummen, toten Feigling. Die Menschen, die Eddie finden würden, taten mir leid wegen des Anblicks der sich ihnen bieten musste: ein hingerichteter, gefolterter Lügner mit herausgebranntem Auge, ausgeblutet wie Schlachtvieh.

Aber heute stehe ich am Grab derer, die ich gerächt habe und deren Ansehen wieder hergestellt ist. Auf ihrem Grabstein, einer schlichten, schwarzen Marmorplatte, stehen ihre drei Vornamen, darunter, in kleinerer Schrift, unser gemeinsamer Nachname. Es sind keine Daten zu finden. Wer auch immer dieses Denkmal veranlasst hat, er hat es in unserem Sinne getan.

Glaubst Du, das alles sei nur Zufall gewesen? In meinen Augen gibt es so etwas wie den Zufall nicht. Konnte es Zufall sein, dass der Mann, der meine Mutter mit einem weiteren Kind sitzen ließ, genau den Namen trug, den mir ein angeblicher Freund meines Vaters als den seinen angab? War es möglich, dass der Mann, der mit meiner Mutter auf einem Foto zu sehen war, auf dem sie ihn verliebt anblickte, der Kerl sein sollte, der mir nachher das Erbe meines Vaters übergab? Welche Chance hatte ich, Kalle und Eddie zu finden, in einer Stadt, die mehrere Hunderttausend Einwohner hat? War es nicht viel wahrscheinlicher, dass sie mir nie wieder über den Weg laufen sollten, Kalle sich mit dem Geld meines Vaters ein schönes Leben machte und Eddie unbehelligt von seiner Vergangenheit in seinem kleinen Haus lebte?

Ich glaube nicht an den Zufall, aber ich glaube an Vorsehung. In der Sekunde, als ich den Entschluss fasste, ein rechtes Leben zu führen, war es mir bestimmt, diesen Weg zu gehen. Die Wahl der Mittel blieb weiterhin mir überlassen, nicht jeder Moment, jede Situation ist vorgezeichnet, aber ich wurde dafür bestimmt, dem Recht den Vorzug zu geben und die Wahrheit hervortreten lassen aus dem Sumpf der Lügen, in die meine Familie gestoßen wurde. Und meinst Du, ich käme damit durch, wenn es nicht so sein sollte? Glaubst Du wirklich, ich könne zwei Menschen töten, ohne dass irgendjemand aufmerksam wurde, mich verfolgte und stellte und ohne dass mir in all dieser Zeit nach Eddies Weg zur Wahrheit eine einzige Frage gestellt wurde nach meinem Aufenthaltsort in fraglicher Zeit? So viele Zufälle kann es nicht geben, irgendjemand oder irgendetwas ist an meiner Seite, begleitet meinen Weg und gibt mir Recht.

Ich kehre zurück an meine Arbeit, ich beobachte weiter die kleinen Sünden, derer ich manche sühnen werde. Vielleicht werde ich Kalle einen Besuch abstatten und ihm einige Fragen stellen, vielleicht finde ich eines Tages meinen Vater wieder, der mir noch Antworten schuldet.

Ich weiß nicht, wohin mein Weg mich führen wird, aber eins ist sicher: Ich bin unter Euch.

Ein Großteil der im AAVAA Verlag
erschienenen Bücher sind in den
Formaten Taschenbuch, Großdruck und Mini-Buch
sowie als eBook in den gängigen Formaten erhältlich.

Bestellen Sie bequem und deutschlandweit
versandkostenfrei über unsere Website:

www.aavaa.de

Wir freuen uns auf Ihren Besuch und informieren Sie gern
über unser ständig wachsendes Sortiment.

Einige unserer Bücher wurden vertont.
Die Hörbücher finden Sie unter
www.talkingbooks.de

www.aavaa-verlag.com